Wenn die Liebe erwacht

Als ihr geliebter Mann Richard auf tragische Weise in Kairo stirbt, werden alle Zukunftsträume, die Kyla von einer glücklichen Familie hatte, zerstört. Wenig später fallen all ihre Liebesbriefe, die sie im Laufe der Zeit voller Sehnsucht an Richard geschrieben hat, irrtümlich seinem Freund Trevor in die Hände. Mit jeder Zeile, die er liest, verliebt er sich mehr in die Unbekannte. Und so fliegt er nach Texas, wo Kyla nach Richards Tod ein neues Leben beginnen will. Er begegnet ihr – doch er gibt sich nicht zu erkennen ...

Sandra Brown

Wenn die Liebe erwacht

Roman

Aus dem Amerikanischen von
Victoria Werner

MIRA®

MIRA® TASCHENBUCH
Band 25057
1. Auflage: Juli 2003
2. Auflage: August 2003

MIRA® TASCHENBÜCHER
erscheinen in der Cora Verlag GmbH & Co. KG,
Axel-Springer-Platz 1, 20350 Hamburg
Deutsche Taschenbucherstausgabe

Titel der nordamerikanischen Originalausgabe:
Above And Beyond

erschienen bei: Silhouette Books, Toronto
Published by arrangement with
Harlequin Enterprises II B.V., Amsterdam

Konzeption/Reihengestaltung: fredeboldpartner.network, Köln
Umschlaggestaltung: pecher und soiron, Köln
Titelabbildung: GettyImages, München
Autorenfoto: © by Harlequin Enterprise S.A., Schweiz
Satz: Berger Grafikpartner, Köln
Druck und Bindearbeiten: Ebner & Spiegel, Ulm
Printed in Germany
ISBN 3-89941-072-6

www.mira-taschenbuch.de

1. KAPITEL

„Gut so, Kyla ... Gut ... Jetzt pressen! ... Richtig ... Ja gut ... Ein bisschen stärker ...“

Die junge Frau auf dem Entbindungstisch biss die Zähne zusammen, als der Schmerz der Wehen immer unerträglicher wurde. Endlich verebbte er wieder, und sie zwang ihren Körper zu entspannen. „Können Sie es schon sehen?“

Sie hatte die Worte kaum gesprochen, als ein neuer Wehenschub einsetzte.

„Jetzt sehe ich es“, sagte der Arzt. „Noch einmal pressen ... so ... ja ... da haben wir es! Es ist da!“ rief er aus, als das neue Leben in seine wartenden Hände glitt.

„Was ist es?“

„Ein Junge. Ein richtig schwerer Bursche.“

„Ein Junge!“ flüsterte Kyla glücklich und ließ sich zurücksinken. „Zeigen Sie ihn mir. Ist er gesund?“

„Perfekt“, versicherte der Arzt, während er ihr das schreiende rote Baby hinhielt.

Tränen brannten Kyla in den Augen, als sie ihren Sohn zum ersten Mal sah. „Aaron. So wollen wir ihn nennen. Aaron Powers Stroud.“

Einen Moment lang durfte sie ihn an ihrer Brust halten, bevor die Schwester ihr das Kind abnahm, es in eine weiche Decke schlug und zur Waage trug. Der Arzt versorgte Kyla. Es war, wie erwartet, eine leichte, problemlose Geburt gewesen.

„Wie schnell können Sie Ihren Mann benachrichtigen?“

„Meine Eltern warten draußen. Dad hat versprochen, Richard ein Telegramm zu schicken.“

„Der Junge wiegt genau acht Pfund und zehn Gramm!“ stellte die Schwester fest.

Der Arzt zog seine Handschuhe aus und drückte Kylas kraftlose Hand. „Ich gehe jetzt hinaus und bringe Ihren Eltern die gute Nachricht, damit sie das Telegramm auf den Weg bringen können. Was haben Sie gesagt – wo ist Ihr Mann stationiert?“

„In Kairo.“ Kyla sah zu, wie ihr Sohn energisch ausschlug, als man ihm einen Fußabdruck abnehmen wollte. Ein schönes Baby. Richard würde so stolz auf ihn sein.

Aaron wurde am Abend geboren, dennoch hatte Kyla eine einigermaßen ruhige Nacht. Zweimal brachte man ihr den Kleinen, obwohl sie noch nicht stillen konnte und er noch keinen Hunger hatte. Ein tiefes Glücksgefühl durchlief sie, als sie seinen warmen kleinen Körper an ihrem spürte. Es war eine vollkommen neue Erfahrung, die so ganz anders war als alles andere, was sie bisher erlebt hatte.

Sie betrachtete ihren Sohn, drehte seine winzigen Hände um und untersuchte die Handlinien, wenn sie die Finger öffnen konnte, die er hartnäckig zur Faust geballt hielt. Jeder Zeh, jedes Haar auf seinem Kopf, seine Ohren – alles wurde untersucht und für perfekt befunden.

„Dein Daddy und ich lieben dich sehr", flüsterte sie, bevor sie ihn wieder der Schwester übergab.

Die Geräusche des Krankenhauses – das Quietschen der Wäschewagen, die in den Gängen auf und ab geschoben wurden, klappernde Frühstückstabletts, Türen, die geöffnet und wieder geschlossen wurden, weckten Kyla früh auf. Sie war gerade dabei, herzhaft zu gähnen und sich zu recken, als ihre Eltern ihr Einzelzimmer betraten.

„Guten Morgen!" begrüßte sie sie glücklich. „Es überrascht mich, dass ihr hier seid, statt euch am Fenster des Babysaals die Nasen platt zu drücken. Aber der Vorhang wird ja auch erst später ..." Sie unterbrach sich, als sie die ernsten Mienen sah. „Ist etwas passiert?"

Clif und Meg Powers wechselten einen Blick. Meg umklammerte den Griff ihrer Handtasche so fest, dass ihre Knöchel weiß hervortraten. Clif machte den Eindruck, als hätte er soeben eine extrem bittere Medizin schlucken müssen.

„Mom? Dad? Was ist los? Oh, mein Gott! Das Baby? Aaron? Ist etwas mit Aaron?" Kyla warf die Decke beiseite und wollte trotz des Schmerzes in ihrem Unterleib aufspringen und zum Babysaal rennen.

Meg Powers eilte zu ihrer Tochter und hielt sie zurück. „Nein, nein, das Baby ist in Ordnung. Wirklich! Ich verspreche es dir."

Schon fast hysterisch sah Kyla von einem zum anderen. „Was ist es dann?" Sie war der Panik nahe, und ihre Stimme war schrill geworden. Ihre Eltern ließen sich selten aus der Ruhe bringen. Wenn sie so offensichtlich aufgebracht waren, dann bestand wirklich Grund zur Sorge. Warum schwiegen ihre Eltern nur so lange?

„Darling ..." Clif Powers legte eine Hand auf ihren Arm. „Wir haben schlechte Nachrichten." Er warf einen Blick zu seiner Frau hinüber, bevor er fortfuhr: „Auf die amerikanische Botschaft in Kairo ist in den frühen Morgenstunden ein Bombenanschlag verübt worden."

Ein eisiger Schauer überlief Kyla. Ihr Mund war plötzlich wie ausgetrocknet. Ihr Herz schien für kurze Zeit auszusetzen, bevor es seine Tätigkeit wieder aufnahm. Langsam zunächst, aber dann immer schneller, als ihr klar wurde, was die Nachricht bedeutete.

„Richard?" Ihre Stimme war kaum mehr als ein raues Flüstern.

„Wir wissen es nicht."

„Sagt es mir."

„Wir wissen es nicht", beharrte ihr Vater. „Es herrscht

ein einziges Chaos in der Botschaft, genauso wie damals in Beirut. Bisher hat es keine offizielle Verlautbarung gegeben."

„Stell den Fernseher an!"

„Kyla, ich glaube nicht, dass du ..."

Ohne auf die Worte ihres Vaters zu achten, schnappte sie sich die Fernbedienung vom Nachttisch und schaltete das Fernsehgerät ein, das an der Wand gegenüber dem Fußende des Bettes stand.

„... Ausmaß der Zerstörung ist zu diesem Zeitpunkt noch nicht abzusehen. Der Präsident erklärte sich tief betroffen von diesem terroristischen Bombenattentat. Es sei ein Schlag gegen alle friedliebenden Nationen der Welt. Premierminister ..."

Sie wechselte die Kanäle.

„... wird wahrscheinlich noch Stunden, wenn nicht Tage dauern, bevor die Zahl der Toten offiziell feststeht. Marine-Einheiten sind mobilisiert worden und suchen zusammen mit ägyptischen Soldaten nach Überlebenden unter den Trümmern."

Die Bildqualität war schlecht und bestätigte damit indirekt das Chaos, das die Ruinen dessen umgab, was einmal das Gebäude der amerikanischen Botschaft gewesen war. „Die Verantwortung für diesen Anschlag hat eine Terroristengruppe übernommen, die sich die ..."

Kyla schaltete wieder um. Es war auf allen Kanälen

dasselbe. Als die Kamera einen Schwenk über die Szene des Grauens machte, sah man die Körper der bereits geborgenen Toten auf dem Boden nebeneinander liegen. Kyla warf die Fernbedienung beiseite und schlug die Hände vors Gesicht.

„Richard! Richard!“

„Darling, du darfst die Hoffnung nicht aufgeben. Sie glauben, dass es noch Überlebende gibt.“ Aber Megs tröstende Worte stießen auf taube Ohren. Sie drückte ihre schluchzende Tochter fest an sich.

„Es ist nach Kairoer Zeit im Morgengrauen passiert“, erklärte Clif. „Wir standen gerade auf, als wir die Nachricht erhielten. Im Moment können wir nichts weiter tun als warten. Früher oder später werden wir von Richard hören.“

Die Nachricht kam drei Tage später, überbracht von einem Marineoffizier, der bei den Powers klingelte. In dem Moment, als Kyla den offiziellen Wagen vorfahren sah, begriff sie, dass sie unbewusst darauf gewartet hatte. Sie schob ihren Vater beiseite und ging allein, um zu öffnen.

„Mrs. Stroud?“

„Ja.“

„Ich bin Captain Hawkins. Es ist meine Pflicht, Sie davon in Kenntnis zu setzen, dass ...“

„Aber Darling! Das ist ja wunderbar!“ hatte Kyla ausgerufen. „Wieso freust du dich nicht?“

„Verdammt, Kyla, ich möchte nicht nach Ägypten gehen, während du schwanger bist“, seufzte Richard.

Sie fuhr ihm über das Haar. „Ich gebe zu, dass mir das auch nicht besonders gefällt. Aber es ist eine solche Ehre! Nicht jeder Marine wird auserwählt, Wache vor einer Botschaft zu stehen. Sie haben dich genommen, weil du der Beste bist. Ich bin sehr stolz auf dich.“

„Aber ich muss es nicht machen. Ich könnte vorschlagen ...“

„Dies ist eine einmalige Chance, Richard. Glaubst du, ich könnte damit leben, wenn du diese Ehre meinetwegen ausschlügst?“

„Aber nichts ist mir wichtiger als du und das Baby.“

„Wir werden immer auf dich warten.“ Sie umarmte ihn. „Dies wird deine letzte Tour sein, und es ist eine wunderbare Gelegenheit, die sich dir nur ein einziges Mal bietet. Du nimmst an, und dabei bleibt es.“

„Ich kann dich nicht allein lassen.“

„Ich werde zu Mom und Dad ziehen, während du fort bist. Dies ist ihr erstes Enkelkind, und sie werden ständig anrufen und sich erkundigen, wie es mir geht. Statt mich davon verrückt machen zu lassen, kann ich es uns doch allen erleichtern, indem ich gleich zu ihnen ziehe.“

Er nahm ihr Gesicht zwischen seine Hände. „Du bist wunderbar, Kyla."

„Heißt das, ich brauche mir keine Sorgen zu machen wegen dir und den geheimnisvollen Schönen Ägyptens?"

Er tat so, als müsse er darüber nachdenken. „Kannst du Bauchtanz?"

Sie versetzte ihm einen liebevollen Stoß in die Seite. „Das wäre sicher ein denkwürdiger Anblick – bei dem Bauch, den ich bald haben werde."

„Kyla." Er sah ihr zärtlich in die Augen. „Bist du sicher, dass du es so willst?"

„Ganz sicher."

Diese Unterhaltung, die vor einigen Monaten stattgefunden hatte, ging Kyla durch den Sinn, während sie vor sich den mit der amerikanischen Fahne bedeckten Sarg sah. Ein kalter Winterwind verwehte die seelenvollen Klänge der Trompete, die den Zapfenstreich blies. Die Sargträger, alle Marines in Uniform, erwiesen dem Toten die letzte Ehre.

Richard wurde neben seinen Eltern beigesetzt, die innerhalb eines Jahres nacheinander gestorben waren, noch bevor Kyla ihn kennen gelernt hatte. „Ich war ganz allein auf der Welt, bevor ich dich getroffen habe", hatte er ihr einmal gesagt.

„Ich auch."

„Du hast deine Eltern“, hatte er ein wenig verblüfft erklärt.

„Das schon, aber ich habe mich nie jemandem so verbunden gefühlt, richtig verbunden, so wie mit dir.“

Weil sie sich sehr geliebt hatten, hatte er sie dann verstanden.

Er war in einem versiegelten Sarg gebracht worden, und man hatte ihr geraten, ihn nicht öffnen zu lassen. Nach dem Grund musste sie nicht fragen. Von dem Botschaftsgebäude in Kairo war wenig mehr als ein Trümmerhaufen aus Stein und Stahl übrig geblieben. Da die Bombe in den frühen Morgenstunden explodiert war, waren die Diplomaten und Bürokräfte noch nicht eingetroffen. Nur die, die wie Richard und das andere militärische Personal Apartments im Nebengebäude bewohnten, waren zu Opfern geworden.

Ein Freund von Clif Powers hatte angeboten, die Familie nach Kansas zur Beerdigung zu fliegen. Weil Kyla ihren Sohn stillte, konnte sie nicht mehr als ein paar Stunden von ihm fort sein.

Sie zuckte zusammen, als man ihr die amerikanische Fahne reichte, die vom Sarg genommen und in einer Zeremonie zusammengefaltet worden war. Der Sarg wirkte nackt ohne die Fahne. Unwillkürlich fragte Kyla sich, ob es Richard nicht kalt sei.

Oh, Gott! Es war ein stummer Aufschrei. Ich muss ihn

hier allein lassen! Wie sollte sie das über sich bringen? Wie konnte sie sich abwenden und fortgehen und das frische Grab wie eine obszöne, offene Wunde in der Erde zurücklassen? Wie konnte sie in die kleine Privatmaschine einsteigen und zurück nach Texas fliegen, während Richard in dieser kahlen, öden Landschaft bleiben musste, die sie plötzlich voller Inbrunst hasste?

Ein eisiger Wind fuhr über die Gräber.

Sie würde ihn verlassen, weil sie keine andere Wahl hatte. Dieser Teil von Richard war tot. Aber ein anderer Teil von ihm lebte und wartete zu Hause auf sie. Aaron.

Wahrend der Pfarrer das letzte Gebet sprach, ergänzte Kyla es durch ein eigenes: „Du wirst weiterleben, Richard. Ich schwöre es. In meinem Herzen wirst du bei uns bleiben. Ich liebe dich. Ich liebe dich. Du wirst für Aaron und mich immer weiterleben, weil ich es so will."

2. KAPITEL

Er war eingeschlossen in einer Wolke aus Watte. Hin und wieder drang die Welt zu ihm durch. Es waren unwillkommene Störungen. Alle Geräusche waren zu laut, die leichteste Bewegung schien wie ein Erdbeben, der kleinste Lichtstrahl verursachte Schmerzen in seinem Kopf. Er wollte nichts von alledem. Wollte nur die Stille, das Vergessen.

Aber die Störungen kamen immer häufiger. Getrieben von einer Kraft, die er nicht verstand, geleitet von Lauten und Gefühlen, tauchte er langsam aus dem weißen Nebel empor. Verließ die Sicherheit für das beängstigende Ungewisse.

Er lag auf dem Rücken. Er atmete. Sein Herz schlug.

„Können Sie mich hören?“

Er versuchte, den Kopf in die Richtung der leisen Stimme zu drehen, aber ein stechender Schmerz durchfuhr seinen Kopf. Schoss hin und her wie abprallende Kugeln.

„Sind Sie wach? Können Sie sprechen? Haben Sie Schmerzen?“

Es kostete einige Mühe, aber es gelang ihm, die Zunge an die Lippen zu bringen. Er versuchte, sie anzufeuchten, aber seine Mundhöhle war so trocken und spröde wie Watte. Sein Gesicht fühlte sich merkwürdig an, und er hatte das Gefühl, er hätte den Kopf auch dann nicht bewegen können, wenn der Schmerz weniger stark gewesen wäre. Vorsichtig versuchte er, seine rechte Hand zu heben.

„Nein, nein, liegen Sie ganz still. Sie haben einen Tropf im Arm.“

Er kämpfte erneut. Musste seine ganze Kraft aufbringen und schaffte es schließlich, die Lider einen Spaltbreit zu heben. Die Wimpern, die sich wie ein Fächer über seine Sicht legten, schienen unendlich vergrößert. Er hätte sie fast einzeln zählen können. Endlich hoben sie sich ein wenig mehr. Ein Bild schwebte ihm vor Augen. Ein Engel. Eine weiße Uniform. Eine Frau. Eine Haube. Krankenschwester?

„Hallo! Wie fühlen Sie sich?“

„Wo ...“ Er erkannte den krächzenden Laut nicht als seine eigene Stimme.

„Sie befinden sich in einem Militärhospital in Westdeutschland.“

Westdeutschland? Westdeutschland? Er musste am Vorabend doch betrunkener gewesen sein, als er angenommen hatte. Was für ein Albtraum!

„Wir haben uns Sorgen um Sie gemacht. Sie waren drei Wochen im Koma.“

Koma? Drei Wochen? Unmöglich. Gestern war er doch mit der Tochter des Colonels aus gewesen, und sie hatten keine Bar in Kairo ausgelassen. Wieso zum Teufel redete dieser Traumengel etwas von Koma? Und wo sollte er sein? Westdeutschland?

Er versuchte, mehr von seiner Umgebung zu erkennen. Das Zimmer wirkte fremd. Er konnte nicht klar sehen. Es war alles so verschwommen. Irgendwie ...

„Machen Sie sich keine Sorgen, falls Sie Probleme mit dem Sehen haben. Ihr linkes Auge ist verbunden“, erklärte die Schwester. „Bleiben Sie jetzt still liegen. Ich werde den Doktor holen. Er wird wissen wollen, dass Sie wach sind.“

Er hörte nicht, wie sie ging. Im einen Moment war sie da, im nächsten verschwunden. Vielleicht hatte er sich alles nur eingebildet. Träume konnten sehr bizarr sein.

Die Wände schienen zu schwanken. Die Decke senkte sich herab und hob sich dann wieder. Das Licht der Lampe schmerzte in seinen Augen. In seinem Auge.

Sie hatte gesagt, sein linkes Auge sei verbunden. Warum? Ohne an ihre Warnung zu denken, hob er seine rechte Hand erneut. Es kostete eine fast übermenschliche Anstrengung. Das Pflaster, das die Nadel des Tropfs hielt, zog an den Haaren seines Arms. Eine Ewigkeit schien vergangen zu sein, bis seine Hand endlich den Kopf erreichte. Als es so weit war, spürte er Panik in sich aufkommen.

Sein ganzer verdammter Kopf war bandagiert! Er hob

den Kopf so weit es ging – das waren gerade zwei, drei Zentimeter – und sah an seinem Körper herunter.

Der Schrei, der Sekunden später durch den Korridor gellte, schien direkt aus den Tiefen der Hölle zu kommen. Schwester und Arzt rannten die letzten Meter zum Zimmer.

„Ich halte ihn, während Sie ihm die Spritze geben", brüllte der Arzt. „Er wird alles wieder zunichte machen, wenn er weiter so um sich schlägt."

Der Patient spürte den Stich der Nadel in seinem rechten Schenkel. Er schrie auf, verzweifelt über seine Unfähigkeit zu sprechen, sich zu bewegen, sich zu wehren.

Beruhigende Hände drückten ihn zurück auf das Kissen. Als er es erreichte, hatte das Vergessen ihn wieder.

Trevor driftete hin und her zwischen Bewusstsein und Bewusstlosigkeit. So ging es für Tage. Wochen? Er hatte keinen Anhaltspunkt, um die Zeit zu messen. Er fing an, es zu registrieren, wenn der Tropf gewechselt wurde, wenn man den Blutdruck maß und die Katheder, die aus seinem Körper herauskamen, kontrollierte. Einmal erkannte er die Schwester, einmal die Stimme des Arztes. Aber sie bewegten sich um ihn wie Geister, wie Gespenster in einem nebulösen Traum.

Allmählich begann er, länger wach zu bleiben. Er lernte das Zimmer kennen, registrierte die Maschinen, die seine wesentlichen Körperfunktionen anzeigten. Zusehends wurde er sich seiner körperlichen Verfassung bewusst. Begriff, dass sie ernst war.

Er war bei Bewusstsein, als der Arzt hereinkam, den Blick auf seine Papiere gesenkt. „Oh, hallo!" sagte er, als er merkte, dass sein Patient ihn anstarrte. Nachdem er die Routineuntersuchung durchgeführt hatte, lehnte er sich gegen das Bett. „Ist Ihnen bewusst, dass Sie sich in einem Krankenhaus befinden?"

„Habe ... ich ... einen Unfall gehabt?"

„Nein, Sergeant Rule. Vor einem Monat wurde ein Bombenanschlag auf die US-Botschaft in Kairo verübt. Sie waren einer der wenigen, die überlebt haben. Nachdem man Sie aus den Trümmern geborgen hatte, wurden Sie hierher geflogen. Sobald es Ihnen gut genug geht, werden Sie in die Staaten gebracht."

„Was ... was ist mit mir?"

Der Arzt rieb sich das Kinn. „Wollen Sie alles wissen?"

Ein kaum merkliches Nicken bewegte ihn, offen und sachlich festzustellen: „Ihre linke Körperseite wurde unter einer einstürzenden Mauer begraben. So gut wie jeder Knochen, den Sie auf der Seite haben, war gebrochen, wenn nicht gar zermalmt. Wir haben gerichtet, was zu richten war. Der Rest ..." Er holte tief Luft.

„Daran werden die Spezialisten zu Hause arbeiten müssen. Sie haben noch einen langen Weg vor sich. Ich würde sagen, mindestens acht Monate, wenn nicht sogar das Doppelte. Einige Operationen und anschließend mehrere Monate Bewegungstherapie."

Das Elend, das sich auf dem bandagierten Gesicht zeigte, war schwer zu ertragen, sogar für einen Arzt, der sich seine Streifen in Vietnam verdient hatte.

„Werde ich ... wieder gehen ...?"

„Das kann im Moment noch niemand sagen. Es wird sehr viel von Ihnen selbst abhängen. Von Ihrer Willenskraft. Wie viel liegt Ihnen daran, wieder gehen zu können?"

„Ich will nicht nur so schnell wie möglich wieder gehen, ich will rennen", erklärte der Sergeant grimmig.

Der Doktor lächelte. „Gut. Aber im Moment sollten Sie sich zuerst einmal darauf konzentrieren, wieder zu Kräften zu kommen, damit wir anfangen können, Sie zusammenzuflicken."

Der Arzt berührte ihn leicht an der rechten Schulter und wollte dann gehen. „Doktor?" Die raue Stimme seines Patienten hielt ihn zurück. „Mein Auge?"

„Es tut mir Leid." Er räusperte sich. „Wir konnten es nicht retten." Er sah den Mann im Bett vor ihm an, dann ging er hinaus – mit einem dicken Kloß im Hals. Nie zuvor hatte er ein so beredetes Zeichen der Verzweiflung gesehen – eine einzige Träne, die über eine bleiche, von dunklen Bartstoppeln bedeckte Wange rann.

George Rule durfte seinen Sohn am nächsten Tag besuchen. Er kam ans Bett und nahm Trevors rechte Hand in seine. Langsam ließ er sich auf den Stuhl sinken. Trevor konnte sich nicht erinnern, seinen Vater je weinen gesehen zu haben, nicht einmal, als seine Mutter vor einigen Jahren gestorben war. Nun erlebte er, wie der Anwalt, der der Schrecken aller gegnerischen Zeugen war, bittere Tränen vergoss.

„Ich muss schlimmer aussehen, als ich dachte", bemerkte Trevor mit einer Spur trockenen Humors. „Schockiert?"

Sein Vater riss sich zusammen. Der Arzt hatte ihn gebeten, optimistisch zu erscheinen. „Nein, ich bin nicht schockiert. Ich war bereits einige Stunden vor dir hier und habe dich gesehen, als du eintrafst. Es mag dir vielleicht nicht so erscheinen, aber du hast seitdem große Fortschritte gemacht."

„Dann muss es mir wirklich schlecht gegangen sein, denn im Moment ist es die Hölle." Trevor versuchte zu lächeln, was ihm allerdings nur bedingt gelang.

„Sie haben mich nur einmal am Tag zu dir gelassen, solange du noch im Koma warst, und seit du bei Bewusstsein bist, haben sie es mir ganz verwehrt. Du machst dich gut, Sohn, wirklich gut. Ich habe schon mit Ärzten in den Staaten gesprochen, mit Spezialisten, die ..."

„Tu mir einen Gefallen, Dad."

„Was auch immer du willst."

Als Trevor seinen Vater das letzte Mal gesehen hatte, waren sie nicht sehr gut miteinander ausgekommen. Wäre Trevor im Moment nicht so mit anderen Gedanken beschäftigt gewesen, wäre ihm die drastische Veränderung in der Haltung seines Vaters ihm gegenüber sicher aufgefallen.

„Sieh dir die Verlustliste an. Sieh nach, ob Sergeant Richard Stroud es geschafft hat."

„Du solltest dir jetzt keine Gedanken machen ..."

„Wirst du es tun?" stöhnte Trevor. Der Besuch seines Vaters hatte ihn bereits fast seine ganze Kraft gekostet.

„Ja, natürlich. Ich kümmere mich darum", beeilte sich George zu versichern, als er sah, wie wichtig es seinem Sohn war.

„Stroud, hast du gesagt?"

„Ja, Richard Stroud."

„Ein Freund von dir?"

„Ja. Ich hoffe, er hat es geschafft. Falls er umgekommen ist, war es meine Schuld."

„Wieso?"

„Weil das Letzte, woran ich mich erinnere, ist, dass ich in seinem Bett eingeschlafen bin."

„Pshhh! Stroud? Bist du wach?"

„Ja, jetzt bin ich es", kam die geknurrte Antwort. „Himmel, Smooch, es ist drei Uhr. Bist du betrunken?"

„Wie wär's mit einem Drink?"

Richard Stroud setzte sich in seinem Bett auf und fuhr sich mit der Hand über Gesicht. „Muss ja ein Wahnsinnsabend gewesen sein."

„Wahnsinnig! Je einen Orgasmus gehabt?"

Stroud lachte. „Du bist wirklich stockbetrunken. Komm, ich helfe dir mit dem Ausziehen."

„Ein Orgasmus, ein Orgasmus. Ich glaube, ich habe drei gehabt. Oder waren es vier?"

„Vier? Das wäre wohl sogar für dich ein Rekord, oder?"

Ein schwankender Finger deutete auf Strouds Nasenspitze. „Siehst du, Stroud? Du denkst immer gleich das Schlimmste von mir. Ich habe von dem Drink gesprochen. ‚Orgasmus' ist ein neuer Drink. Mit Wodka und Likör und ... Hast du meine Hose schon ausgezogen?"

„Nein, aber gleich – wenn du mal die Füße hebst."

„Ooops!" Trevor Rule fiel auf Strouds Bett und zog den Freund mit sich. „Kennst du Becky?" fragte er mit einem anzüglichen Grinsen.

„Ich dachte, sie heißt Brenda." Stroud befreite sich wieder.

„Ach ja, ich glaube, du hast Recht. Ich glaube, sie heißt

tatsächlich Brenda. Superbeine!“ Er seufzte dramatisch, während Stroud ihm half, das Hemd auszuziehen. „Tolle Schenkel. Verstehst du, was ich meine?“

Stroud lachte leise und schüttelte den Kopf. „Ja, ich weiß, was du meinst. Und ich glaube nicht, dass Colonel Daniels sonderlich begeistert wäre, wenn er dich über die Schenkel seiner Tochter reden hörte.“

„Ich glaube, ich liebe sie.“ Trevor sagte es mit jenem feierlichen Ernst, der nur einem Betrunkenen möglich ist. Er unterstrich seine Worte mit einem lauten Rülpsen.

„Natürlich tust du das. In der letzten Woche war es noch die brünette Sekretärin aus dem dritten Stock. Und die Woche davor die blonde AP-Reporterin. Nun komm schon, Smooch, wir wollen dich zu deinem eigenen Bett bugsieren.“

Er schob seine Arme unter Trevors und versuchte, ihn hochzuhieven, aber der andere Mann war bleischwer und grinste ihn nur verständnislos an. „Ich habe eine bessere Idee“, meinte Stroud, als er einsah, dass er Trevor nicht bewegen konnte. „Du schläfst heute Nacht in meinem Bett.“

Lautes Schnarchen war die Antwort. Trevor war bereits weggetreten. Im Dunkeln suchte Richard sich den Weg zum Bett seines betrunkenen Freunds.

Ehe einer von ihnen erwachte, hatten die Terroristen zugeschlagen.

Trevors Genesung war schwerer als erwartet – und er hatte bereits erwartet, dass es die Hölle sein würde.

Er musste noch einen weiteren Monat im Militärhospital in Westdeutschland bleiben, bevor man ihn in die Staaten fliegen konnte. Die Spezialisten, die ihn untersuchten, machten ernste Gesichter. Die linke Seite seines Körpers war in einem katastrophalen Zustand.

„Bringen Sie es in Ordnung", sagte Trevor rau. „Tun Sie, was Sie können. Den Rest mache ich. Auf eines können Sie sich verlassen: Ich werde dieses Krankenhaus auf eigenen Füßen verlassen."

Er ließ sich von den Schwestern Zeitungsberichte über den Bombenanschlag vorlesen. Den Phasen des Nichtglauben-Könnens und der Verzweiflung folgte die des Zorns. Der Zorn war das Beste. Er gab ihm die Kraft, die er brauchte, um den Schmerz ertragen zu können – das Trauma einer Operation nach der nächsten, das Trauma der schmerzvollen Therapiestunden.

Sobald seine Entlassung aus der Marine aus medizinischen Gründen offiziell feststand, ließ er sich das militärisch kurze Haar lang wachsen. Er bat die Schwester, die ihn jeden Morgen rasierte, ihm einen Bart stehen zu lassen, einen Schnauzbart. Und er weigerte sich, sich eine Prothese für das verlorene Auge einsetzen zu lassen.

„Ich finde, es sieht ... schneidig aus", war die Meinung einer der Schwestern, die sich um sein Bett versammelt hatten, während der Arzt ihm eine schwarze Augenklappe aufsetzte. Fast alle Schwestern waren verliebt in Trevor. Seine Verletzungen hatten nicht verbergen können, was für einen kräftigen Körper er hatte. Seine herbmännlichen Züge, die langen Glieder, die breite Brust und die schmalen Hüften waren ein ebenso viel bewunderter wie viel diskutierter Gesprächsstoff im Schwesternzimmer.

„Sie passt zu Ihrem welligen schwarzen Haar."

„Wenn wir Sie hier entlassen, werden Sie die Frauen abwehren müssen wie die Fliegen."

„Dafür habe ich ja dann meinen Krückstock", bemerkte Trevor trocken, während er die Augenklappe in einem kleinen Handspiegel betrachtete, den ihm jemand gereicht hatte.

„Geben Sie niemals auf!" ermunterte ihn der Arzt. „Wir haben gerade erst angefangen."

Den Wechsel der Jahreszeiten nahm er nur durch das Fenster des Krankenzimmers wahr. Die Tage verflossen ineinander. Er versuchte, ein Gefühl für die Zeit zu entwickeln, indem er eine Art Tagebuch führte, in das er jeden Tag wenigstens einen Eintrag machte.

Eines Nachmittags brachte der Sanitäter, der gelegentlich auf eine Partie Poker vorbeikam, einen Duffelbag mit, den er auf einen Stuhl neben dem Bett abstellte.

„Was ist das?“ wollte Trevor wissen.

„All die Sachen, die sie aus Ihrem Zimmer in Kairo retten konnten. Ihr Vater meinte, Sie möchten es vielleicht durchsehen, ob irgendetwas dabei ist, was sie aufheben möchten.“

Es war nichts dabei. Nur eines erregte seine Aufmerksamkeit. „Geben Sie mir doch bitte die Metallbox.“

Es war eine unauffällige grüne Box mit einem durch Scharniere befestigten Deckel. Das Kombinationsschloss hatte nur eine Zahl. Wie durch ein Wunder erinnerte er sich an sie. Er drehte das Schloss, und als es sich öffnete, hob er den Deckel.

„Was ist denn das?“ Der Sanitäter sah ihm neugierig über die Schulter. „Sieht aus wie ein Stoß Briefe.“

Trevor spürte, wie sich in seinem Inneren alles zusammenzog. Er musste sich räuspern, bevor die Stimmbänder ihm gehorchten. „Genau das ist es.“

Er hatte diese Briefe ganz vergessen, aber plötzlich stand ihm jener Nachmittag wieder deutlich vor Augen.

„He, Smooch?“

„Hallo, Stroud. Was kann ich für dich tun?“

„Erinnerst du dich an diese Metallbox, in der du deine Pokerkarten aufbewahrst?“

„Natürlich. Was ist damit?“

„Hättest du etwas dagegen, wenn ich die darin einschließe?“ Verlegen hielt Stroud einen Stoß Briefe hoch, die durch ein Gummiband zusammengehalten wurden.

„Hmm. Sind die von deiner Frau, die dich hier wie einen Mönch leben lässt?“

„Hmm.“ Richard nickte.

„Ich wusste nicht, dass sie schreiben kann.“

„Wie bitte?“

„Ich ahnte ja nicht, dass Engel auch über so irdische Fähigkeiten verfügen.“ Trevor versetzte seinem Freund einen Stoß in die Seite und grinste ihn spitzbübisch an.

„Bitte! Nicht du auch noch! Die anderen ziehen mich schon genug damit auf, dass ich die Briefe meiner Frau aufbewahre, aber ich lese sie gern mehrmals.“

„Heiß?“ Trevors grüne Augen blitzten.

„Nein, eigentlich nicht. Nur persönlich. Was ist nun mit der Box?“

„Okay, nimm sie. Um sie aufzubekommen, musst du das Schloss auf vier drehen.“

„Vier? Danke, Smooch.“

Er packte Stroud beim Arm, als er sich abwandte. „Sind sie wirklich nicht heiß?“

Stroud grinste. „Na ja, vielleicht ein bisschen.“

Sie waren zusammen auf ein Bier ausgegangen, und das war das letzte Mal, dass Trevor an Strouds Briefe von seiner Frau gedacht hatte. Bis jetzt.

Er ließ den Deckel zufallen. Der Blick auf die Briefe

war ihm so peinlich, als hätte er Stroud und seine Frau durch das Fenster bei der Liebe beobachtet. „Werfen Sie den Rest weg“, sagte er gereizt.

„Sie behalten die Box mit den Briefen?“ Der Sanitäter sah ihn fragend an.

„Ja, die behalte ich.“

Er wusste selbst nicht, warum. Wahrscheinlich hatte es etwas mit seinen Schuldgefühlen zu tun, weil er noch lebte, während Stroud in seinem Bett umgekommen war. Während der Hand- und Arm-Übungen, die er am Nachmittag machte, sagte er sich wohl tausend Mal, dass er nicht die Absicht habe, in die Intimsphäre eines Toten einzudringen und die Briefe seiner Frau zu lesen.

Aber als es Abend wurde, die letzten Besucher aus den Gängen verschwunden waren und die letzte Medizin verteilt worden war, als die Schwestern sich ins Stationszimmer zurückgezogen hatten und es still wurde – da nahm Trevor die Box vom Nachttisch und stellte sie auf seine Brust.

Er war einsam. Es war dunkel. Er hatte mehr Nächte alleine geschlafen, als er zählen mochte. Es war ihm eine Riesenerleichterung gewesen, zu spüren, dass sein Körper reagierte, wenn der Sanitäter ihm heimlich die Monatsausgabe von PLAYBOY und PENTHOUSE zusteckte. Wenigstens dieser Teil seines Körpers war unversehrt geblieben. Er brauchte eine Frau.

Es war nicht so, dass er keine hätte haben können. Er wusste, dass einige der Schwestern ihm nur zu gern entgegenkommen würden. Aber er hatte auch so schon mehr Melodrama in seinem Leben gehabt, als ihm lieb war. So wie er den Krankenhausklatsch kannte, wäre es dumm gewesen, sich hier irgendwie romantisch zu engagieren, zumal wenn das, was er wollte und brauchte, wenig oder nichts mit Romantik zu tun hatte.

Er sehnte sich nach der Berührung einer Frau. Nach der Stimme einer Frau. Es brachte ihm an diesem Abend keine Befriedigung, die Zeitschriften durchzublättern, wie er es schon so oft zuvor getan hatte. Diese Frauen mit ihren üppigen Körpern, dem langen Haar und dem aufgesetzten Lächeln blieben in ihrer Wirkung so flach wie das Papier, auf das ihre Fotos gedruckt waren.

Die Verfasserin der Briefe hingegen war real.

Der Deckel der Metallbox öffnete sich ohne einen Laut, aber das Papier raschelte, als er die Briefe berührte. Er riss die Hand zurück. Schalt sich einen Dummkopf. Nahm den obersten Brief vom Stapel.

Es waren insgesamt siebenundzwanzig. Er sortierte sie und brachte sie in chronologische Ordnung – eine Aufgabe, die nur hinauszögerte, was er selbst als eine unverzeihliche Sünde betrachtete. Er konnte ihr nicht widerstehen: Er nahm den ersten Umschlag, zog den Briefbogen heraus und begann zu lesen.

7. September

Liebster Richard!

Es ist nur Wochen her, erscheint mir aber wie Jahre, seit du fortgegangen bist. Du fehlst mir sehr. Es wird mit jedem Tag schlimmer. Meine Fantasie spielt mir oft grausame Streiche. Dann glaube ich, dich vor mir zu sehen, vor allem in einer Menge. Mein Puls beginnt vor Aufregung zu rasen, bis mir klar wird, dass es eine Täuschung war. Dass jemand mich nur an dich erinnert hat ...

15. September

Mein Darling Richard!

In der letzten Nacht habe ich von dir geträumt. Als ich aufwachte, weinte ich ...

16. September

Mein Darling!

Verzeih den Brief von gestern. Ich war deprimiert ...

2. Oktober

Liebster Richard!

Heute habe ich zum ersten Mal gespürt, wie das Baby sich bewegt hat! Oh Darling, ich kann dir gar nicht sagen, was für ein unbeschreiblich schönes Erlebnis das war. Zuerst war es nur ein Kribbeln. Ich hielt den Atem an und blieb ganz still stehen. Dann hat er (ich weiß, dass es ein

Junge wird!) sich wieder bewegt, diesmal stärker. Ich habe gelacht und geweint. Mom und Dad kamen gleich angerannt. Sie konnten die Bewegungen nicht spüren, weil sie nur sehr leicht waren, aber irgendwie weiß ich, dass du sie gefühlt hättest. Wenn du jetzt hier wärest und mich berührtest, dann würdest du es fühlen. Ich liebe dich. Ich liebe dich sehr.

15. Oktober

Mom und ich waren gestern in North Park und haben ein paar Einkäufe gemacht. Der Verkehr in Dallas wird immer schrecklicher. Ich war so müde, als wir nach Hause kamen, dass ich mich kaum noch die Treppe in mein Zimmer hochschleppen konnte. Dad hat mir das Abendessen auf einem Tablett gebracht. Aber wir hatten einen sehr produktiven Tag. Ich werde keine Sachen mehr kaufen müssen, bis das Baby sechs ist! Wir haben alle sehr über deine Geschichte von der Frau des Konsuls gelacht. Zieht sie sich wirklich so an? Und was du da von deinem Freund Smooch erzählst! HALT DICH VON IHM FERN! Er scheint kein sehr guter Umgang zu sein für einen verheirateten Mann mit einer schwangeren Frau ...

Thanksgiving

... ich hätte dich so gern bei mir. Gestern Abend war ich mit Bobs im Kino. Ich hätte es besser wissen sollen. Es war

sexy, schon fast an der Grenze zum Porno. Und nun sehne ich mich nach dir! Ich könnte die Wände hochgehen. Was für eine Schande! Nette schwangere Damen haben keine Lust auf Sex, oder? Aber es ist kalt und regnerisch, und ich glaube, wenn ich die Chance hätte, würde es mir jetzt sogar gelingen, dich von deinem geliebten Football im Fernsehen wegzulocken.

21. Dezember
Liebster!

Gestern habe ich deinen Brief erhalten und laut losgelacht. Du willst, dass ich mich von Babs fern halte? Einverstanden – wenn du deine Freundschaft mit Smooch beendest. Er scheint zu den Männern zu gehören, die ich verachte. Er hält sich wohl für ein Geschenk Gottes an die Frauen, oder? Auch wenn du sagst, er sehe sehr gut aus, weiß ich, dass ich ihn nicht leiden könnte ...

24. Dezember
Mein Liebling!

Die Tage sind kurz, aber sie scheinen endlos. Ich bin deprimiert.

Ich wollte, ich hätte Weihnachten verschlafen können. Überall, wo ich hinsehe, Menschen, die feiern, die lachen und die Tage mit denen verbringen, die sie lieben. Ich fühle mich wie ein Fremdkörper in einer Welt, die nur aus

Paaren zu bestehen scheint. Wo bist du? Ich weiß, dass Mom und Dad sich meinetwegen Sorgen machen, weil ich so deprimiert war. Sie haben ihr Bestes versucht, mich aufzumuntern, aber du fehlst mir so sehr, dass nichts hilft, was sie tun. Die Geschenke, die du geschickt hast, liegen unter dem Baum. Dad hat in diesem Jahr eine besonders schöne Tanne gekauft. Ich hoffe, du hast unsere Geschenke rechtzeitig erhalten. Ich würde alle Geschenke, die ich je bekommen habe und je bekommen werde, eintauschen gegen einen Kuss von dir. Einen von diesen langen, langsamen Küssen, die Lust auf mehr wecken ... Oh Richard, ich liebe dich. Fröhliche Weihnachten, Darling.

11. Januar

... es geht mir jetzt viel besser, wo die Feiertage vorbei sind und die Hälfte unseres Trennungsjahrs um ist. Das Schlafen wird immer unbequemer. Es dürfte dich freuen zu hören, dass dein Sohn alle Qualitäten eines Football-Verteidigers zu entwickeln scheint. Vielleicht wird er auch ein Boxer. Er schlägt und tritt schon jetzt sehr energisch. Übrigens: Wie findest du den Namen Aaron? Falls es ein Junge wird! Und das ist zu hoffen, denn mir ist bisher kein einziger Mädchenname eingefallen, der mir gefällt.

Du würdest wahnsinnig werden, wenn du meine Brüste jetzt sehen könntest. Sie sind riesig! Leider hat sich mein übriger Körper dem angepasst. Mir war nicht klar, dass das Baby sie so drastisch verändern würde. Sogar die Nippel sind größer geworden. Ich bereite sie auf das Stillen vor. (Diese unanständige Babs sagt, sie wünscht, sie hätte einen so guten Vorwand. Sie ist wirklich schlimm!) Ich wünschte, du wärest hier, um bei dem Projekt zu helfen. (Wenn ich es recht bedenke, bin ich genauso schlimm wie Babs!)

Aber ich kann mir nichts Schöneres vorstellen als unser Baby zu stillen ... Aaron ...

25. Januar

... es war der schrecklichste Traum, den ich je gehabt habe. Ich erwachte in Schweiß gebadet. Bis zur Geburt werde ich kein Chili mehr essen, so viel ist klar.

War Smooch auch mit auf der Wochenendfahrt nach Alexandria, von der du geschrieben hast? Du hast ihn nicht erwähnt, und ich habe das Gefühl, dass du das mit Absicht getan hast. Falls du etwas Indiskretes getan oder deine Augen nach einer Bauchtänzerin verdreht hast, gesteh es mir nicht. Ich fühle mich im Moment wie das reinste Nilpferd und habe mir gestern fast die Augen ausgeweint, weil ich so dick geworden bin – und gleich danach habe ich dann einen Bananen-Split gegessen, weil Babs behauptet hat, das würde mich aufmuntern! (Drei Kugeln Schokoladen-Nuss-Eis) Manchmal habe ich Angst, ich könnte dich nie wiedersehen, Richard. Wirst du mich je wieder in deinen Armen halten? Werde ich dich je wieder in mir spüren? Manchmal glaube ich, du existierst gar nicht wirklich, sondern bist etwas Wunderbares, das ich mir erträumt habe. Ich sehne mich nach dir, Darling. Ich muss wissen, dass du mich liebst. So wie ich dich liebe ... von ganzem Herzen ...

„Du wirst also in der nächsten Woche entlassen?"

Trevor wandte sich vom Fenster ab. „Ja. Endlich!"

„Das sind gute Neuigkeiten." George Rule sah ihn ernst an. „Du siehst wieder aus wie neu."

„Nicht ganz." Trevors Ton enthielt keine Bitterkeit. Während der vergangenen dreizehn Monate war ihm deutlich geworden, was für ein Glück er in seinem Unglück noch gehabt hatte. Das hatten die Spaziergänge durch die Korridore des Krankenhauses immer wieder gezeigt. Er hätte gezwungen sein können, den Rest seines Lebens in einem Rollstuhl zu verbringen wie so viele, die er bei der Therapie sah.

Er konnte gehen, zwar mit einem leichten Hinken, aber immerhin: Er konnte gehen. Er hatte sich sogar an die Augenklappe gewöhnt, so dass er nicht mehr länger gegen die Möbel stieß wie anfangs. Es schien zu stimmen, dass der Körper fähig war, den Verlust eines seiner Glieder auszugleichen. Er konnte sich schon gar nicht mehr erinnern, wie es war, zwei Augen zu haben.

„Sie möchten, dass ich jede Woche einmal wieder zur Therapie hierherkomme, aber ich habe abgelehnt", erklärte er seinem Vater. „Ich glaube, besser als es im Moment ist, wird es nicht werden. Die Übungen kann ich auch allein machen."

„Was hast du jetzt beruflich vor?" fragte George Rule zögernd.

Trevors Berufswahl war seit seinem Examen in Harvard ein ständiger Streitpunkt gewesen zwischen ihnen. Sein Eintritt bei den Marines war ein purer Akt der Rebellion gegen seinen Vater gewesen. Der hatte sich gewünscht, sein Sohn möge Anwalt werden wie er. Er hatte vor allem eigenen Wünschen Trevors die Ohren verschlossen.

„Was ich immer tun wollte, Dad. Ich werde Bauunternehmer."

„Ich verstehe." Rules Enttäuschung war offensichtlich, aber er fasste sie nicht in Worte. Er hätte seinen Sohn fast verloren. Trevors enge Berührung mit dem Tod hatte dem sonst unerschütterlichen George Rule Angst gemacht. Nun wollte er ihn nicht auf irgendeine andere Weise verlieren. Er hatte keinen Zweifel, dass eben das geschehen würde, sollte er versuchen, Trevors Zukunft zu beeinflussen.

„Wo? Wie willst du anfangen?"

„In Texas."

„Texas!“ Es hätte ebenso gut ein anderer Planet sein können.

Trevor lachte. „Du hast doch sicher vom Bau-Boom in den Südstaaten gehört. Dort werden im Moment die großen Geschäfte gemacht. Dort gibt es noch Land zu entwickeln. Ich habe mich für eine kleine Stadt in der Nähe von Dallas entschieden: Chandler. Sie ist stark am Expandieren, und ich möchte mir von dem Kuchen, der da verteilt wird, ein Stück abschneiden.“

„Du wirst viel Kapital brauchen, um anfangen zu können.“

„Ich bekomme noch eine Zahlung von den Marines.“

„Das dürfte kaum genug sein, um in dieses Geschäft einzusteigen.“

Trevor sah seinen Vater ruhig an. „Wie viel hätte dich ein Jurastudium in Harvard gekostet, Dad?“

George Rule nickte. „Du hast Recht.“ Er reichte seinem Sohn die Hand, und Trevor schüttelte sie fest.

„Danke.“

Zum ersten Mal, solange Trevor denken konnte, wurde er von seinem Vater umarmt und fest gedrückt.

Später an dem Abend, nachdem Trevor seine Sachen gepackt hatte, streckte er sich zum letzten Mal auf dem Krankenhausbett aus. Aber er war zu aufgeregt, um zu schlafen. Er hatte eine zweite Chance im Leben erhalten. Sein erster Versuch hatte nicht viel gebracht. Aber dieser zweite, der morgen beginnen sollte, würde anders werden. Keine im Zorn vergeudeten Jahre mehr. Nun hatte er eine Aufgabe. Ein Ziel.

Er griff nach der grünen Metallbox. Sie war nie weit entfernt. Die Briefe fielen fast auseinander. Er kannte inzwischen alle siebenundzwanzig auswendig, aber er genoss es dennoch, seinen Blick über die feminine Schrift gleiten zu lassen. Er zog einen heraus, und es war keine Zufallswahl.

Du willst, dass ich mich von Babs fern halte? Einverstanden, wenn du deine Freundschaft mit Smooch beendest. Er scheint zu den Männern zu gehören, die ich verachte. Er hält sich wohl für ein Geschenk Gottes an die Frauen, oder? Auch wenn du sagst, er sehe sehr gut aus, weiß ich, dass ich ihn nicht leiden könnte …

3. KAPITEL

Sie war schön.

Er hatte sie in den vergangenen Wochen oft gesehen, aber noch nie so nah. Noch nie so lange. Es war ein Genuss, sie so betrachten zu können.

Hätte er tausend Jahre Zeit gehabt, ihm wäre keine passende Beschreibung eingefallen. „Blond“ war nicht genug, wegen der rötlichen Strähnen, die es durchzogen. Aber „rothaarig“ konnte man sie auch nicht nennen. „Rotblond“ klang süßlich bis an den Rand des Faden, Dümmlichen. Und Kyla Stroud war weder das eine noch das andere. Sie strahlte Energie aus und Licht wie ein Sonnenstrahl.

Dieses unbeschreibliche Haar war zu einem lässigen Pferdeschwanz zurückgebunden. Die Enden waren gelockt, ebenso wie die Strähnen, die sich aus dem Schwanz gelöst hatten und weich um ihr Gesicht fielen.

Und was für ein Gesicht! Herzförmig – mit einem zierlichen Kinn. Schmale Brauen über weit auseinander liegenden Augen. Eine glatte, hohe, intelligente Stirn. Ein Teint, der förmlich danach schrie, liebkost zu werden. Wangen von der natürlichen sanften Röte eines reifen Pfirsichs.

Sie trug eine sportliche helle Hose, eine gestreifte Bluse mit bis zu den Ellenbogen aufgerollten Ärmeln und einen

Pullover, den sie sich einfach übergehängt hatte, die Ärmel über der Brust verknotet. Ihre Figur war zierlich und schlank. Perfekt proportioniert.

Sie war ... es gab kein anderes Wort dafür: perfekt. Er mochte, wie sie mit dem Kind sprach, so als verstünde es jedes Wort. Und vielleicht tat es das auch, denn als sie lächelte, lächelte auch der robuste kleine Kerl. Die beiden schienen die vielen Besucher der Einkaufspassage gar nicht wahrzunehmen, schienen völlig unberührt von der Samstagnachmittagsmenge, die sich durch die Geschäfte drängte und die Imbissstände umlagerte.

An einem dieser Stände hatte sie das Eis gekauft. Mit bewundernswerter Geschicklichkeit hatte sie das Eis in der einen Hand gehalten, während sie mit der anderen den Sportwagen durch die Menge zu einer Bank bugsierte. Dort hatte sie dem kleinen Jungen beim Aussteigen geholfen – er brauchte nicht viel Ermutigung.

Nun saßen die beiden auf der Bank, und das Kind war mit dem Eis beschäftigt. Die Mutter lachte immer wieder laut auf über die putzige Ungeduld des Kleinen und tadelte ihn hin und wieder dafür, dass er sich beim Essen so bekleckerte. Mit der Rechten hielt sie das Eis, mit der Serviette in der Linken versuchte sie, den Schaden zu begrenzen.

Das Eis war schließlich gegessen, die Serviette völlig durchweicht. Die Mutter sagte streng etwas zu dem

Kleinen und verließ dann die Bank, um das Papier in den nächsten Abfallkorb zu werfen.

Kaum hatte sie ihm den Rücken gekehrt, rutschte der Kleine von der Bank und plumpste auf den Boden. So schnell ihn seine kurzen dicken Beinchen tragen konnten, rannte er zu der glitzernden Fontäne, die bis unter die Glaskuppel der Passage aufsprühte. Der Springbrunnen wurde von einem Becken umgeben, das etwa fünfzig Zentimeter tief sein mochte.

Rein instinktiv löste Trevor sich von der Mauer, gegen die er sich lässig gelehnt hatte, während er die beiden beobachtete. Er riskierte es für ein paar Sekunden, den Blick von dem Kind zu wenden und zu Kyla hinüberzusehen. Sie war vom Abfalleimer zurückgekehrt und bemerkte, dass der Junge fort war. Sogar aus der Entfernung sah er in ihrem Ausdruck jene spontane Panik, die nur eine Mutter, deren Kind verschwunden ist, empfinden konnte.

Ohne lange nachzudenken schob Trevor sich durch die Menge zum Springbrunnen. Der Junge kletterte gerade auf die niedrige Mauer, die den Brunnen einfasste, und streckte die Hand nach dem sprudelnden Wasser aus.

„Oh Himmel!“ murmelte Trevor, während er einen Mann beiseite schob. Er beschleunigte seine Schritte. Und kam doch zu spät. Er musste zusehen, wie das Kind über die Mauer ins Wasser stürzte.

Einige Umstehenden bemerkten es, aber Trevor

erreichte den Springbrunnen als Erster. Er warf sein rechtes Bein über die Mauer, trat in den Pool, packte den Jungen unter den Armen und hob ihn heraus.

„Aaron!“ Kyla drängte sich in panischer Angst durch die Menge.

Der Kleine spuckte ein bisschen Wasser aus. Dabei betrachtete er den Mann, der ihn hielt, neugierig. Offensichtlich fand er seine Zustimmung, denn er begann zu lächeln und zeigte dabei zwei Reihen kleiner Babyzähne. Dabei sagte er etwas, das wie „Wasser“ klang.

Vorsichtig verließ Trevor den Brunnen. Die Umstehenden wichen zur Seite, um ihm Platz zu machen.

„Ist er okay?“

„Was ist passiert?“

„Wo ist die Mutter?“

„Hat denn niemand auf ihn aufgepasst?“

„Einige Eltern kümmern sich auch überhaupt nicht um ihre Kinder.“

„Entschuldigen Sie, entschuldigen Sie.“ Kyla hatte sich endlich mit den Ellenbogen den Weg durch die Menge gebahnt. „Aaron, Aaron!“ Sie hob ihren Sohn aus Trevors Armen und drückte ihn fest an sich, ohne darauf zu achten, dass er ganz nass war. „Oh mein Baby. Bist du okay? Du hast mir solche Angst gemacht. Oh Gott!“

Kaum spürte Aaron die Erregung seiner Mutter, verwandelte sich das Abenteuer für ihn zum Schrecken.

Seine Unterlippe begann zu zittern, seine Augen füllten sich mit Tränen und sein kleines Gesicht verzog sich. Er riss den Mund weit auf und begann zu schreien. „Er ist verletzt! Ist er verletzt?“ Kyla war der Hysterie nahe. „Kommen Sie, wir wollen von hier verschwinden. Bitte, lassen Sie uns durch. Der Junge ist okay, nur erschreckt.“

Kyla nahm den großen Mann an ihrer Seite nur vage wahr. Sie spürte seine Hand zwischen ihren Schulterblättern. Er schob sie durch die Menge zu einer etwas abseits stehenden Bank. Sie war so damit beschäftigt, Aaron nach möglichen Verletzungen zu untersuchen, dass sie den Mann erst bewusst registrierte, als sie auf der Bank saß. Sie drückte den weinenden Jungen an sich und sah zu seinem Retter auf.

Es dauerte lange, bis ihr Blick sein Gesicht erreichte. Ihr erster Eindruck war, dass er sehr groß war. Der Anblick des Bartes überraschte sie ebenso wie die schwarze Augenklappe. Sie konnte gerade in letzter Sekunde einen kleinen Aufschrei unterdrücken. „Vielen Dank.“

Der große Mann setzte sich neben sie. „Ich glaube, er ist okay. Ihre Reaktion hat ihn erschreckt.“

Sie fuhr herum und sah ihn empört an, bis sie bemerkte, dass seine Worte nicht als Kritik gemeint waren. „Ich nehme an, Sie haben Recht“, sagte sie zerknirscht. „Ich habe überreagiert.“

Aarons Weinen wurde leiser. Sie hielt ihn ein wenig von sich ab und wischte die Tränen von seinen roten Pausbacken. „Du hast mich halb zu Tode erschreckt, Aaron Stroud“, schalt sie den Kleinen. Und an den Mann neben sich gewandt, setzte sie hinzu: „Es ging alles so schnell. In der einen Sekunde saß er noch da, in der nächsten war er verschwunden.“

Sie hatte braune Augen. Samtbraune Augen, in denen er zu versinken meinte.

„Er war wie ein geölter Blitz.“ Als sie ihn fragend ansah, erklärte er: „Ich hatte zugesehen, wie er sein Eis aß.“

„Oh.“ Es kam ihr nicht in den Sinn, zu fragen, wieso sie sein Interesse geweckt hatte. Sie fragte sich, was mit seinem Auge passiert sein mochte. Es war eine Schande, dass er es verloren hatte. Das Auge, das sie sah, war grün. Dunkelgrün. Herrlich grün, umgeben von dunklen Wimpern.

Er wich ihrem Blick nicht aus. Es machte sie verlegen, dass er sie dabei ertappt hatte, wie sie ihn anstarrte. Hastig wandte sie sich ab. Erst jetzt bemerkte sie seine nassen Jeans und die nassen Schuhe. „Sie waren im Brunnen!“

Er lachte und sah dabei auf seine Beine herab. Scine Jeans waren von den Knien an nass. „Ja, das muss ich wohl gewesen sein. Ich erinnere mich gar nicht daran. Ich dachte nur an Aaron.“

„Woher kennen Sie seinen Namen?“

Trevors Herz machte einen kleinen Satz. „Äh ... ich habe gehört, dass Sie ihn so genannt haben, als Sie nach ihm griffen."

Sie nickte. „Es tut mir Leid, dass sie nass geworden sind."

„Es wird wieder trocknen."

„Aber diese Schuhe scheinen sehr teuer gewesen zu sein."

„Nicht so kostbar wie Aaron." Er kraulte den Kleinen unter dem Kinn. Aaron hatte einen Zipfel des Pulloverärmels seiner Mutter in den Mund genommen und kaute darauf herum. Rein mechanisch nahm Kyla ihm den Ärmel weg und strich ihn glatt.

„Lieber Himmel!" entfuhr es ihr. Aarons lautes Niesen bestätigte, was ihr soeben bewusst geworden war: dass sie beide platschnass waren.

„Sie sind ganz nass", bemerkte in diesem Moment auch Trevor.

Sein Blick glitt über ihre Brust. Es war ein Blick, der ihr eher heiß als kalt werden ließ. Sie sprang auf. „Nochmals vielen Dank. Auf Wiedersehen." Sie hielt Aaron vor sich wie ein Schild und eilte zum nächsten Ausgang.

„Warten Sie!"

„Warum?"

„Haben Sie nicht etwas vergessen?"

„Was?“

„Zum Beispiel Ihre Tasche. Und Aarons Sportwagen. Die Sachen stehen noch dort drüben beim Eisstand.“

Kyla kam sich unsäglich dumm vor. Sie schüttelte den Kopf und lachte unsicher. „Ich bin immer noch ganz ...“

„... aufgebracht“, ergänzte er für sie. „Das ist verständlich. Warten Sie, ich hole die Sachen.“

„Sie haben schon genug für uns getan.“

„Kein Problem.“

Ehe sie noch einmal protestieren konnte, war er bereits gegangen. Verstohlen sah sie an sich herunter, um zu sehen, ob die Bluse ihr nicht zu sehr am Körper klebte, aber glücklicherweise war es noch erträglich.

Sie sah auf und blickte dem Mann nach. Erst jetzt fiel ihr auf, dass er leicht hinkte. Es war kaum merklich, aber ganz eindeutig schonte er seine linke Seite. Er musste in einen schrecklichen Unfall verwickelt gewesen sein, bei dem er nicht nur sein Auge verloren, sondern auch seine ganze linke Körperseite teilweise verletzt hatte.

Aber auch das Hinken täuschte nicht über die Geschmeidigkeit seiner Bewegungen hinweg. Für einen so großen Mann bewegte er sich sehr leicht, fast wie ein trainierter Athlet. Und dieser Körperbau! Breite Schultern und schmale Hüften. Sein Haar war sehr dunkel, gewellt und lang genug, um sich leicht über den Kragen zu legen. Kyla bemerkte, dass die Frauen, an denen er vorbeiging, sich alle noch einen zweiten Blick gönnten. Keine schien von der Augenklappe abgestoßen. Eigentlich passte sie sogar zu seinem Appeal. Sie verlieh ihm etwas Verwegenes ...

So männlich er war, so wenig schien es ihm doch auszumachen, sich ihre Tasche über die Schulter zu hängen und den Sportwagen durch die Passage zu ihr herüberzuschieben.

„Noch einmal: vielen Dank." Sie musste den Kopf rasch beiseite biegen, weil Aaron es auf ihren Ohrring abgesehen hatte. Sie griff nach ihrer Tasche. Trevor schob ihr den Riemen auf die Schulter.

Sie ist so zierlich! dachte er.

Er ist so groß! dachte sie.

Sie bückte sich und versuchte, Aaron in den Wagen zu setzen, aber er wollte nicht. Er machte seinen kleinen Körper steif wie ein Brett und begann lauthals zu protestieren.

„Er wird müde", erklärte sie rasch. Es war ihr peinlich, dass ihr Sohn sich so undiszipliniert benahm. Erneut zogen sie die allgemeine Aufmerksamkeit auf sich, und die Passanten, die die Brunnenszene nicht miterlebt hatten, starrten neugierig auf das nasse Kind, die feuchte Mutter und den Mann mit den nassen Jeans.

„Wieso tragen Sie Aaron nicht und lassen mich den Wagen zu Ihrem Auto schieben?"

Sie richtete sich auf. „Das kann ich nicht zulassen. Ich habe Ihnen schon genug Umstände gemacht."

Er lächelte. Seine Zähne waren ebenmäßig und sehr weiß unter dem sexy Bart. „Es macht mir nichts aus."

„Nun ja ..." Sie zögerte.

Der Mann machte Kyla nervös. Sie hätte nicht zu sagen vermocht, wieso. Seine Höflichkeit hätte jedem Pfadfinder zur Ehre gereicht. Sein Blick war nie irgendwie anzüglich gewesen. Wahrscheinlich glaubte er, sie habe einen Mann, der gerade Golf spielte oder zu Hause im Garten arbeitete.

Und dennoch: Sie war sich bewusst, dass er ihre nasse Bluse sehr wohl wahrnahm. Und auch wenn er eigentlich nichts sehen konnte, war die Andeutung noch da, und das machte sie nervös.

„Kommen Sie. Lassen Sie uns gehen, bevor Aaron zu viel wird für uns beide."

Der Junge wurde mit jeder Sekunde schwerer in ihren Armen, und er wurde immer zappeliger. Zweifellos fühlte er sich in seinen Sachen ebenso unbehaglich wie sie. „Okay." Sie strich sich eine Strähne aus dem Gesicht. „Das wäre sehr nett von Ihnen."

„Hier entlang?" Trevor deutete auf den Ausgang.

Sie räusperte sich verlegen. „Nein, offen gestanden steht mein Wagen auf der anderen Seite von Penney's."

Er hätte sie fragen können, wieso sie dann noch vor wenigen Minuten auf diesen Ausgang zugerannt war, als wäre der Teufel höchstpersönlich hinter ihr her, aber wie ein echter Gentleman sagte er nichts. Er ließ ihr den Vortritt und steuerte den leeren Sportwagen hinter ihr her zum anderen Ende der Passage.

„Übrigens: Meine Name ist Trevor. Trevor Rule." Mit verhaltenem Atem wartete er darauf, dass sie irgendwelche Zeichen des Erkennens gab. Als nichts kam, atmete er erleichtert auf.

„Ich bin Kyla Stroud."

„Freut mich, Sie kennen zu lernen." Er deutete mit dem Kopf auf Aaron, der aufgehört hatte zu weinen, nachdem er nun wieder in Bewegung war. „Und Aaron natürlich."

Lächeln dieser Art sollte verboten werden, fand Kyla bei sich. Sie waren eine Gefahr für die gesamte weibliche Bevölkerung, ganz gleich welchen Alters. Teens flirteten ungeniert mit ihm, und etliche Großmütter drehten sich ein zweites Mal nach ihm um. Ganz gleich, ob eine Frau in Begleitung eines Mannes war oder nicht – keine übersah Trevor Rule.

Er war nicht schön im klassischen Sinne. Von der Nase zu den Mundwinkeln herab gruben sich – nicht verdeckt vom Bart – zwei tiefe Furchen in seine Haut. Was mochte die Ursache sein dafür? Schmerz von seinem Unfall? Er konnte nicht sehr viel älter als dreißig sein. Nicht viel älter als Richard jetzt wäre.

Richard. Bei dem Gedanken an ihn verspürte Kyla wieder jenen inzwischen vertrauten Schmerz. Würde er noch leben, würde er jetzt neben ihr gehen. Dann würde sie keine Hilfe eines Fremden brauchen.

Der erste Jahrestag seines Todes war lange vorbei. Den allgemeinen Regeln zufolge sollte sie zu diesem Zeitpunkt den Verlust allmählich verwunden haben, aber auch jetzt verging kein Tag, an dem sie nicht an Richard dachte. Meist kam er ihr in den Sinn, wenn sie es am wenigsten erwartete. So wie jetzt. Und sie war froh darüber. Sie hatte geschworen, die Erinnerung an ihren Mann lebendig zu halten, sowohl für sich selbst als auch für Aaron.

„Wie alt ist Aaron?“ fragte Trevor plötzlich.

„Gerade über fünfzehn Monate.“

„Er ist ganz schön groß, nicht? Ich meine, ich kenne nicht viele Babys, aber ...“

„Ja, er ist groß. Und schwer.“ Kyla hob den Kleinen lachend auf den anderen Arm. „Sein Daddy war sehr muskulös!“

„War?“

Wieso hatte sie das provoziert? Es war nicht ihre Absicht gewesen. „Er lebt nicht mehr“, sagte sie knapp.

„Das tut mir Leid.“

Es war sein Ernst. Oder?

Trevor hatte seit Monaten auf diesen Tag gewartet. Seitdem er aus dem Krankenhaus entlassen worden war, hatte er nur den richtigen Zeitpunkt abgewartet. Ihm lag daran, sein Unternehmen in Gang zu bringen, aber auch trotz der Beziehungen, die sein Vater ungeniert nutzte, gab es tausend Dinge vorab zu regeln. Die Stunden, die er in irgendwelchen Büros verbrachte, schienen endlos für einen Mann, der Monate seines Lebens wettzumachen hatte. Er versuchte so viele Stunden wie möglich ohne Hemd an der frischen Luft zu verbringen, um die schreckliche Krankenhausblässe loszuwerden.

Während der ganzen Zeit hatte er sich wohl hundert Mal vorgestellt, wie diese erste Begegnung mit Kyla aussehen würde, hatte sich überlegt, wo es passieren würde, wie sie sein, was er sagen würde.

Er war an diesem Tag nicht gezielt darauf aus gewesen, sie zu treffen. Aber es war passiert! Er hatte sie kennen gelernt. Und jetzt konnte er nicht mehr sagen, ob es ihm wirklich Leid tat, in jener schicksalhaften Nacht in Richard Strouds Bett eingeschlafen zu sein oder nicht. Aus schierem Egoismus war er in diesem Moment überaus froh, am Leben zu sein, und einen kurzen Augenblick schämte er sich dafür.

„Ich fürchte, wir müssen noch ein ganzes Stück

gehen", sagte Kyla entschuldigend, als er ihr die Tür aufhielt.

„Das macht mir nichts aus."

Der Parkplatz des Einkaufszentrums war sehr groß und dennoch dicht belegt. Autofahrer stritten um frei werdende Plätze.

„Sind Sie von hier, Mr. Rule?" erkundigte Kyla sich, während sie über den Platz gingen.

„Nennen sie mich doch Trevor. Nein, ich bin nicht von hier. Ich bin vor ungefähr einem Monat zugezogen."

„Was hat Sie nach Chandler gebracht?"

Sie schlug die Augen nieder.

„Gier."

Verblüfft sah sie auf. „Wie bitte?"

Ein Haarsträhne fiel ihr über die Lippen. Sein Herz machte einen Satz bei der Vorstellung, er könnte die Strähne beiseite schieben und diese Lippen küssen. Sie hatte den verführerischsten Kussmund, den er je gesehen hatte. „Ich bin Bauunternehmer", sagte er eine Spur zu laut, nachdem er sich geräuspert hatte. „Ich möchte an dem Bauboom teilhaben, der hier stattfindet."

Vielleicht hätte er vor der Begegnung mit dieser Frau ein paar Nächte mit einer Prostituierten verbringen sollen. Die lange Enthaltsamkeit zeigte ihre Folgen.

„Ich verstehe. So, hier ist mein Wagen." Sie blieb bei einem hellblauen Kombi stehen.

„Petal Pushers?“ Er las das Logo auf der Wagentür und sah Kyla fragend an.

„So heißt der Blumenladen, den meine Freundin und ich gemeinsam betreiben.“

5298 Ballard Parkway. Er wusste genau, wo das Geschäft war, wusste, von wann bis wann es geöffnet hatte. „Ein Blumenladen? Das klingt ja interessant.“

Er wartete, während sie Aaron auf seinem Kindersitz festschnallte, und half ihr dann, den zusammenfaltbaren Sportwagen auf den Rücksitz zu legen. „Ich weiß nicht, wie ich Ihnen danken soll, Mr. ... ähm ... Trevor. Sie waren sehr nett.“

„Sie brauchen mir nicht zu danken. Es hat mir Spaß gemacht. Alles – außer mitansehen zu müssen, wie Aaron ins Wasser gefallen ist.“

Kyla schauderte. „Ich mag gar nicht mehr daran denken.“ Sie sah ihn an und wusste nicht so recht, was sie sagen sollte. Wie verabschiedete man sich von einem Mann, der seinem Kind das Leben gerettet hatte? „Also dann, auf Wiedersehen.“ Sie fühlte sich sehr unbeholfen und wusste nicht, wohin mit ihren Händen.

„Auf Wiedersehen.“

Kyla setzte sich ans Steuer und schloss die Tür. Trevor trat zurück, winkte und ging davon. Sie drehte den Schlüssel. Der Motor gab ein paar Mal ein röchelndes Geräusch von sich, sprang aber nicht an. Sie drückte mehrmals auf das Gaspedal und versuchte es noch einmal. Nichts. Kyla gab etwas von sich, das sicher in keinem Benimmbuch für junge Damen zu finden gewesen wäre.

„Probleme?“ Trevor Rule war zurückgekehrt.

Kyla rollte das Fenster herunter. „Der Motor springt nicht an.“

„Hört sich ganz so an, als wäre die Batterie leer.“

Kyla versuchte es noch ein paar Mal, aber schließlich gab sie sich geschlagen. Sie zog den Schlüssel ab und ließ sich frustriert zurücksinken. Aaron quengelte auf seinem Sitz herum. Diese Einkaufsfahrt entwickelte sich mehr und mehr zu einem wahren Horrortrip.

„Kann ich helfen?“ fragte Trevor nach einem Moment.

„Ich gehe einfach zurück ins Einkaufszentrum und rufe meinen Dad an. Er wird uns abholen und jemanden vorbeischicken, der sich um den Wagen kümmert.“

„Ich habe eine bessere Idee. Wie wäre es, wenn ich sie beide nach Hause bringe?“

Sie starrte ihn einen Moment stumm an, bevor sie sich abwandte. Ein leichtes Angstgefühl stieg in ihr auf. Sie kannte diesen Mann doch gar nicht. Er konnte werweißwer sein. War es nicht denkbar, dass er ihren Wagen sabotiert hatte, um sie dann in der Passage anzusprechen und ...

Hör auf! befahl sie sich selbst. Das war doch verrückt!

Aarons Sturz in den Brunnen hatte er ja nun wirklich nicht inszenieren können. Aber dennoch: Sie hatte nicht die Absicht, zu einem totalen Fremden in den Wagen zu steigen und irgendwo mit ihm hinzufahren.

„Nein, danke, Mr. Rule, ich komme schon zurecht."

Die Ablehnung fiel brüsker aus als beabsichtigt, aber sie durfte keine positiven Gefühle entwickeln für einen Menschen, der vielleicht schlechte Absichten verfolgte. Mit einem stummen Seufzer ging sie die ganze Prozedur von vor wenigen Minuten noch einmal durch, diesmal in entgegengesetzter Reihenfolge: Sie stieg aus, löste Aaron aus seinen Gurten, hob ihn heraus, nahm ihre Tasche, rollte das Fenster nach oben und verschloss die Wagentür. Dann schlug sie die Richtung ein, aus der sie zuvor gekommen waren.

„Ich möchte Sie nicht aufhalten, Mr. Rule", sagte sie kühl, als er neben ihr herging.

„Es wäre überhaupt keine Mühe für mich, Sie hinzufahren, wohin auch immer Sie möchten."

„Nein, danke."

„Sicher? Ich wäre doch viel ..."

„Nein, danke!"

„Liegt es an diesem verdammten Ding?" Er deutete auf seine Augenklappe. „Ich weiß, sie macht mich automatisch verdächtig, aber ich schwöre, ich bin kein Mensch, vor dem Sie Angst haben müssten."

Kyla war abrupt stehen geblieben und drehte sich zu ihm herum. Himmel! Nun dachte er wahrscheinlich, sie habe Vorurteile gegen Behinderte! „Ich habe keine Angst vor Ihnen."

Die Spannung in seinen Zügen wich einem breiten Lächeln. „Das sollten Sie aber. Man kann heutzutage keinem Fremden trauen." Sie lachten leise. Ohne darauf zu achten, dass sie den Verkehr behinderten, trat er einen Schritt näher und sah sie ernst an. „Ich versuche doch nur zu helfen, indem ich Ihnen anbiete, Sie zu fahren."

Sie kam sich vor wie der letzte Mensch. Ein Mann, der ein Paar Vierhundert-Dollar-Schuhe ruinierte, um einen kleinen Jungen aus einem Brunnen zu fischen, war sicher weder ein Kidnapper, ein Killer noch sonst ein Ganove. „Ich nehme Ihr Angebot gern an", sagte sie leise. „Gut."

Die Geduld des Fahrers, der ihretwegen nicht aus seiner Parklücke konnte, war am Ende. Er hupte energisch. Sie gingen weiter. „Wo ist Ihr Wagen?"

Trevor deutete mit einer Kopfbewegung die Richtung an. „Ungefähr eine Meile von hier", erklärte er lachend. „Wie wäre es, wenn ich Aaron trage?" Mit nur einer Spur des Zögerns reichte Kyla ihm ihren Sohn. Aaron dankte ihm seine Hilfe, indem er ihm die kleine Hand ins Gesicht klatschte. Er schien gar keine Angst zu haben vor dem großen, dunklen Mann mit der Klappe über dem linken Auge, dem Charme eines Filmstars und einem Lächeln, das Eisberge zum Schmelzen bringen konnte.

4. KAPITEL

Trevor entschuldigte sich dafür, dass er ihr nicht mehr als einen Pickup bieten konnte. „Ich wusste nicht, dass Sie mein Gast sein würden, sonst hätte ich diesen zu Hause gelassen und meinen anderen Wagen genommen."

Er schloss die Tür mit der rechten Hand auf und öffnete sie, während er Aaron immer noch auf dem linken Arm trug. Sobald Kyla auf dem Beifahrersitz saß, reichte er ihr den Jungen.

Trevors Arm streifte versehentlich ihre Brüste. Sie tat, als hätte sie es nicht bemerkt. Er hielt es ebenso. Auf jeden Fall schloss er rasch die Tür. Sie gaben vor, es sei nicht passiert, aber sie wusste, dass er ebenso wie sie an diese flüchtige Berührung denken musste.

„Es ist warm hier", bemerkte er, als er sich ans Steuer gesetzt und den Motor angeworfen hatte. „Die Sonne schien die ganze Zeit auf das Auto."

„Es ist gut so. Wir sind noch nass."

Sie hätte sich die Zunge abbeißen mögen. Dass sie das wieder erwähnen musste! Prompt fiel sein Blick auf ihre Brust. Sie war nur froh, dass sie Aaron wie eine Art Schild vor sich hatte.

Sie verfielen in ein verlegenes Schweigen, während er sich durch den Verkehr auf dem Parkplatz lavierte. Einmal sah er zu ihr herüber und lächelte, so als wollte er sich für die Verzögerung entschuldigen. Sie erwiderte sein Lächeln und fragte sich, ob dieses Verzerren der Mundwinkel so beklemmend wirkte, wie es sich anfühlte. Wieso fiel ihr nichts ein, was sie hätte sagen können?

Als er die Ausfahrt erreichte, drehte er den Kopf. Sie spürte, dass er sie ansah, konzentrierte sich aber darauf, Aarons Haar glatt zu streichen.

Wieso starrte er sie so an? Und wieso hatte sie ihn gebeten, die Klimaanlage einzuschalten? Es wurde unangenehm warm in der Kabine. Oder war es ihre eigene Temperatur, die stieg?

„Ich muss Sie etwas fragen“, sagte er leise.

Ihr Herz machte einen Satz.

Hättest du Lust?

Wohin mit dem Kind?

Bist du geschützt?

Zu dir oder zu mir?

Die Möglichkeiten rasten ihr durch den Sinn. Sie fürchtete, irgendeine von ihnen zu hören. Bisher war er so nett gewesen. Sie hätte wissen sollen, dass es nicht so leicht sein würde. Kein Mann half einer Frau, ohne eine Gegenleistung zu erwarten.

Sie wandte den Blick nicht von Aarons Haar. „Was?“

„Wohin soll ich fahren?“

Ein nervöses Lachen der Erleichterung entrang sich ihr. „Oh, entschuldigen Sie ... Nach rechts."

Er lächelte entwaffnend und folgte den Richtungen, die sie nun gab, ohne dass er noch einmal nachhaken musste. Kyla seufzte stumm. Er musste sie für ziemlich albern halten. Er war einfach nur ein netter Mann, der für eine Witwe mit Kind den guten Samariter spielte. Nichts weiter.

Die Rolle hätte nur wesentlich überzeugender gewirkt, wenn er nicht so gut aussähe, so ... männlich. Seine Hände zum Beispiel. Groß, kräftig, gebräunt. Als er den Knopf des Radios drehte, sah sie, dass seine Nägel sauber geschnitten und gepflegt waren. Der Handrücken war bedeckt mit dunklem Haar, das an den Spitzen von der Sonne gebleicht war.

Er bewegte den rechten Fuß vom Gaspedal zur Bremse. Kyla beobachtete die leichten Bewegungen der Muskeln seines Schenkels. Auch sein Schoß zog ihre Aufmerksamkeit auf sich ...

„Heiß?"

„Was?"

„Ist Ihnen heiß?"

Ihr schoss das Blut in die Wangen. Sie brannte vor Scham. Hatte er ihren Blick auf ... auf seinen Schoß bemerkt? „Ja, ein wenig." Er veränderte das Thermostat, und kühle Luft begann durch den Innenraum des Wagens zu strömen. Von diesem Moment an hielt Kyla den Blick von ihm abgewandt.

Clif und Meg Powers lebten bereits seit Kylas Geburt in demselben Haus. Als sie es gekauft hatten, war dies ein begehrter Stadtteil gewesen. Aber das industrielle Wachstum der Stadt hatte alles verändert. Die Gegend war nicht mehr länger „in".

Die Häuser, die früher einmal hübsch und gut gepflegt gewesen waren, gehörten nun Leuten, die keinen Wert auf ihren Besitz legten. Die Häuser wirkten heruntergekommen, die Gärten vernachlässigt.

Die einzige Ausnahme bildete das Anwesen der Powers. Die breite Veranda wurde von einem weißen schmiedeeisernen Gitter eingefasst, das Clif erst im letzten Sommer neu gestrichen hatte. Die Büsche waren beschnitten, die Blumen blühten in wohlgepflegten Beeten.

„Dort ist es." Kyla deutete auf das Haus ihrer Eltern.

Trevor hatte den Fuß bereits auf der Bremse. Er wusste, in welchem Haus sie wohnte. Er war im letzten Monat so oft hier vorbeigefahren, dass er sogar schon wusste, an welchen Tagen hier die Müllabfuhr kam.

Kyla hatte seine Vertrautheit mit der Straße nicht bemerkt, weil sie stumm mit ihrem Schicksal haderte: Sie hatte auf der Auffahrt ihrer Eltern einen bekannten Wagen entdeckt. Babs. Als wäre es noch nicht schlimm genug, ihren Eltern erklären zu müssen, dass sie so nach Hause kam, hatte sie es nun auch noch mit Babs und ihrer lebhaften Fantasie zu tun! Vielleicht konnte sie einfach schnell aussteigen und Trevor rasch danken. Vielleicht fuhr er fort, bevor ihn irgendjemand bemerkt hatte.

Es sollte nicht sein.

Kaum brachte Trevor den Pickup am Straßenrand zum Stehen, als die Haustür aufging und ihr Vater herauskam. Er sah neugierig zum Wagen herüber, während er den Sprinkler aufstellte. Er wurde noch neugieriger, als er Kyla und Aaron vorn im Wagen erkannte.

„Das ist mein Vater", sagte Kyla, als Clif Powers zu ihnen herüberkam. Aus ihr selbst nicht nachvollziehbaren Gründen war sie nervös und scheu.

Trevor öffnete die Wagentür. „Hallo!" rief er Clif zu, während er ausstieg. „Ich habe zwei Passagiere, die sagen, sie wohnen hier."

Clif Powers schien wie vom Donner gerührt.

Kyla hatte ihre Tür bereits geöffnet, als Trevor zu ihrer Seite herumkam. „Es ist wohl am besten, ich nehme Ihnen Aaron ab." Widerstrebend ließ sie es zu, dass er Aaron nahm.

Als hätte er seit Jahren nichts anderes getan, schob er eine Hand unter den Po des Kleinen und drückte den Jungen an seine Brust. Mit der freien Hand half er Kyla beim Aussteigen. Er ließ die Hand an ihrem Ellenbogen, als sie um den Wagen herumgingen zu ihrem Vater, der immer noch kein Wort gesagt hatte.

„Hi, Dad!“

„Wo ist dein Wagen? Was ist passiert?“

„Nein, nichts weiter, aber es war nicht eben die ereignisloseste Einkaufsfahrt, die ich gemacht habe“, erklärte sie trocken. Dabei fragte sie sich, wie sie Trevor ihren Sohn abnehmen konnte, ohne eine unangenehme Situation zu schaffen. Sie wollte es nicht riskieren, ihn noch einmal zu berühren. Was an sich lächerlich war, denn er war völlig harmlos.

„Was ist los? Clif? Kyla?“

Die Stimme gehörte Meg Powers, die soeben aus dem Haus getreten war. Ihr sonst so freundliches Gesicht spiegelte Sorge wider. Hinter ihr kam gleich Babs. Kyla wagte nicht darüber nachzudenken, was Babs’ Miene ausdrückte.

Meg eilte die Stufen hinunter und kam fast im Laufschritt zu ihnen. Ihr Blick wanderte hin und her zwischen Kyla und dem großen, dunkelhaarigen Fremden, der ihren Enkel auf dem Arm hielt.

„Mom, Dad – das ist Mr. Rule. Trevor Rule.“

„Sir, Ma’am.“ Trevor schob Aaron auf seinen linken Arm, um Clif Powers die Hand zu schütteln.

„Und das ist meine Freundin und Geschäftspartnerin, Babs Logan“, setzte Kyla hinzu.

Babs musterte Trevor ungeniert. „Hi! Wo hat Ky Sie denn gefunden?“

„Takt“ war für Babs ein Fremdwort. Zurückhaltung kannte sie nicht. Sie sagte genau das, was die Powers auch dachten, aber nicht in Worte zu fassen wagten.

„Es war eher umgekehrt – er hat uns gefunden“, sagte Kyla.

„Wo ist dein Wagen?“ wiederholte Clif.

„Noch im Einkaufszentrum.“

„Ich glaube, die Batterie ist leer, Sir“, erklärte Trevor höflich.

„Mr. Rule hat angeboten, uns nach Hause zu bringen.“

„Wie ritterlich!“ Babs hatte ihre Inspektion noch nicht beendet. „Was hat denn Mrs. Rule dazu gesagt?“

Kyla wollte Babs umbringen! Bei der erstbesten Gelegenheit würde sie sie mit ihren eigenen Händen erdrosseln!

Trevor lächelte nur, während er sich bückte, um Aaron auf den Boden zu stellen. Normalerweise wäre der Kleine sofort davongelaufen, aber kaum berührten seine Füße jetzt die Erde, begann er zu weinen. Er klammerte sich an Trevors nasses Hosenbein. Trevor nahm ihn wieder auf den Arm und schon war Ruhe: Aaron schmiegte sich zufrieden an ihn.

„Es tut mir Leid“, murmelte Kyla. Es war ihr peinlich,

dass ihr Sohn so rasch Zutrauen gefasst hatte. „Ich nehme ihn Ihnen ab, damit Sie weiterfahren können."

„Das ist schon okay", versicherte Trevor ihr mit einem weichen Lächeln.

Einen Moment lang, als ihre Blicke sich trafen, war es so, als wären sie ganz allein. Sie vergaßen, dass drei Augenpaare sie aufmerksam musterten.

„Aaron ist ja ganz nass!" entfuhr es Meg.

„Ach ja." Kyla musste sich aus der Trance reißen. „Er ist in den Brunnen gefallen."

Die Powers waren sichtbar schockiert, Babs nur noch neugieriger. „War das bevor oder nachdem die Batterie leer war?" erkundigte sie sich amüsiert.

„Vorher. Trevor hat ihn herausgezogen. Keine Angst, Mom, Aaron ist okay – nur nass."

„Wie konnte das passieren?"

„Ich habe ihm ein Eis gegeben ..." Kyla erzählte mit wenigen Worten, was geschehen war. „Als ich mich umdrehte, war Aaron weg, aber um dem Brunnen hatte sich eine Menge gebildet. Mr. Rule stand da mit dem nassen Aaron auf dem Arm."

„Sie sind in den Brunnen gesprungen und haben Aaron herausgefischt?" fragte Babs mit einem Blick auf seine sichtbar immer noch bis zu den Knien feuchte Jeans.

„Richtig."

„Hmm." Babs warf Kyla einen viel sagenden Blick zu, der in ihrer Freundin neuerlich Mordgelüste weckte.

Clif und Meg dankten Trevor wortreich für seine rasche Reaktion und für die Hilfe, die er Kyla und Aaron erwiesen hatte. Die drei bemerkten nicht die nur mit den Lippen geführte Unterhaltung der beiden jungen Frauen.

„Er ist wahnsinnig!"

„Halt den Mund!"

„Deine Bluse ist nass."

Kyla sah sofort an sich herab und bemerkte zu ihrem Entsetzen, dass der Stoff der Bluse tatsächlich noch so an ihrem Körper klebte, dass der Spitzenbesatz ihres BHs sich abzeichnete.

Als sie aufsah, fing sie einen Blick von Trevor auf. Sein Blick war ihrem gefolgt. All das geschah in Sekunden, gerade als Meg, die sich darüber ausgelassen hatte, wie schnell doch ein Kleinkind etwas anstellen könne, bemerkte: „Warum kommen Sie nicht mit ins Haus und trinken eine Tasse Kaffee mit uns, Mr. Rule?"

„Nein!"

Kyla lief rot an, als ihr bewusst wurde, dass sie das Wort, das ihr durch den Sinn geschossen war, laut ausgesprochen hatte. Sie fuhr sich mit der Zungenspitze über die Lippen. „Ich meine, wir haben Mr. Rule auch so schon sehr lange aufgehalten." Sie griff Aaron und riss den Jungen förmlich aus Trevors Armen. „Nochmals vielen

Dank. Sie haben uns sehr geholfen." Und nun gehen Sie bitte! setzte sie stumm hinzu.

„Es war mir ein Vergnügen." Er kniff Aaron leicht ins Kinn. „Wiedersehen, Kleiner. Hat mich gefreut, Sie kennen zu lernen." Er nickte in die Runde, bevor er sich abwandte und mit seinem kaum merklichen Hinken zum Wagen zurückkehrte. Nachdem er ihnen ein letztes Mal zugewinkt hatte, fuhr er davon.

Verlegen wandte Kyla sich ihren Eltern und Babs zu, die sie erwartungsvoll ansahen. „Ich muss Aaron von diesen nassen Sachen befreien." Sie schob sich an ihnen vorbei, aber sie folgten ihr prompt und umringten sie, als sie die große, geräumige Diele erreichte.

„Nun erzähl!" verlangte Babs.

Sie war schon in der Schulzeit Kylas beste Freundin gewesen. Ihre Mutter war gestorben, als sie in der zehnten Klasse gewesen waren. Von da an hatte ihr Vater oft Doppelschichten in der Fabrik in Dallas gearbeitet. Während des letzten Schuljahres hatte Babs wohl ebenso viel Zeit bei den Powers verbracht wie bei sich zu Hause. Sie betrachtete sich als Teil der Familie, und die anderen sahen es ebenso.

„Was soll ich erzählen?"

„Über ihn natürlich!"

„Da gibt es nichts zu erzählen." Kyla eilte in die Küche

unter dem Vorwand, Saft für Aaron holen zu wollen. Sie setzte ihn auf seinen Stuhl und öffnete den Kühlschrank. Ihre Eltern und Babs folgten ihr auch hierher.

„Ist er wirklich in den Brunnen gesprungen, um Aaron zu retten?“ wollte Meg wissen. Sie wich erst zur Seite, als Kyla um sie herum nach dem Glas griff.

„Nun stell es nicht so heroisch dar, Mom. Er ist ja nicht gerade in von Haien verseuchte Gewässer hinabgetaucht. Es ist ein flacher Springbrunnen, und Aaron kann nicht länger als den Bruchteil einer Sekunde im Wasser gewesen sein.“

Sie konnte es selbst kaum glauben, dass sie den Vorfall so herunterspielte. Noch vor einer Stunde hatte sie daran gedacht, dass Aaron hätte ertrinken können, wäre nicht Trevor Rule gewesen.

„Woher wusste er von dem Wagen?“ fragte ihr Vater.

„Nun ja, er ... er ist mit mir hinübergegangen.“

„Den ganzen Weg zum Wagen?“

„Ja. Weil Aaron weinte und ich noch ziemlich mitgenommen war.“

„Er hat sich freiwillig erboten, euch zu helfen?“ Babs Augen leuchteten.

„Ja.“

„Hmm.“

„Hör doch endlich auf mit deinem ewigen ‚Hmm’! Du stellst hier keine Diagnosen! Überhaupt: Hört auf, mich so anzusehen. Er ist nur ein Mann, oder? Ein männliches Wesen, das so freundlich war, seine Hilfe anzubieten. Also wirklich!“ Sie seufzte gereizt. „Ihr benehmt euch wie ausgehungerte Katzen, die die letzte Maus der Stadt in die Ecke getrieben haben.“

„Er hätte dich ja nicht nach Hause zu fahren brauchen“, gab Meg zu bedenken.

„Er wollte eben nett sein.“

„Er hinkt. Was mag wohl mit ihm passiert sein?“

„Das geht uns nichts an. Wir werden ihn nie wieder sehen. Du solltest jetzt die Werkstatt anrufen und jemanden bitten, nach dem Wagen zu sehen, Dad. Brauchst du noch Hilfe beim Abendessen, Mom?“

Meg kannte ihren Ton. Es war jener knappe, abweisende Ton, den Kyla vor einigen Monaten angeschlagen hatte, um die Eltern wissen zu lassen, dass ihre offizielle Trauer um Richard beendet war. Mit diesem brüsken Ton hatte sie ihnen klar gemacht, dass sie sie nicht mehr wie ein rohes Ei zu behandeln und in ihrer Gegenwart zu flüstern brauchten, als wären sie immer noch auf der Beerdigung. Sie wollte nicht mehr, dass man auf sie Rücksicht nahm. An dem Ton erkannten sie, wann ihre Schmerzgrenze erreicht war ... und nun war dieser Punkt wieder einmal gekommen.

„Nein, danke, das ist nicht nötig“, winkte ihre Mutter ab. „Bring du nur Aaron nach oben und zieh ihm etwas

Trockenes an. Es gibt nur Sandwiches. Damit komme ich schon allein zurecht. Bleibst du zum Essen, Babs?"

„Heute Abend nicht, danke. Ich bin verabredet."

Kyla verließ die Küche und brachte Aaron nach oben, Babs folgte ihr. „Ich dachte, du bist verabredet!" bemerkte Kyla verdrossen, während sie Aaron in das kleine Zimmer trug, das sie für ihn hergerichtet hatten.

„Ich habe noch Zeit."

„Ist es jemand, den ich kenne? Oder ein neuer?"

„Das funktioniert nicht, Ky." Babs ließ sich in den Schaukelstuhl fallen und schob die Beine unter sich.

„Was funktioniert nicht?" Kyla zog Aaron die Shorts aus.

„Dein Versuch, mir deinen sexy Mann vorzuenthalten."

„Er ist nicht mein ... Ach, er ist überhaupt nichts!"

„Glaubst du, dass er verheiratet ist?"

„Woher soll ich das wissen? Außerdem: Was macht das schon für einen Unterschied?"

„Das heißt, du würdest dich mit einem verheirateten Mann einlassen?" bohrte Babs weiter.

„Babs!" Kyla sah ihre Freundin empört an. „Ich lasse mich überhaupt mit niemandem ein. Lieber Himmel, er hat sich erboten, uns nach Hause zu fahren – was ist denn schon dabei? Erzähl mir lieber, was wir für einen Tag im Geschäft gehabt haben."

„Gut bis mittelprächtig. Ich glaube nicht, dass er verheiratet ist“, nahm Babs den alten Faden unbeirrt wieder auf. „Er trug keinen Ring.“

„Das bedeutet nichts.“

„Ich weiß. Aber er wirkte irgendwie nicht verheiratet, wenn du weißt, was ich meine.“

„Nein, das weiß ich nicht. So genau habe ich ihn mir nicht angesehen.“

„Aber ich. Jeden seiner einhundertfünfundachtzig Zentimeter. Und wo wir schon von Zentimetern sprechen – hast du gesehen, wie er diese Jeans vorn füllt?“

„Hör auf!“ Babs hatte einen wunden Punkt getroffen. Kyla hielt ihrer Freundin den Rücken zugewandt, weil sie nicht sehen sollte, dass ihr eine verräterische Röte in die Wangen gestiegen war. „Du bist schrecklich!“

„Was hältst du denn von der Augenklappe?“

„Was soll ich davon halten?“

Babs erschauerte. „Ich finde sie wahnsinnig sexy. Zusammen mit diesem Bart lässt sie ihn aussehen wie einen Piraten oder sonst etwas Verwegenes.“

„Du hast zu viele Schnulzen gelesen.“

„Und dann dieses eine blaue Auge!“

„Es ist grün.“ Kaum waren die Worte heraus, wusste Kyla, dass sie sich verraten hatte. Ob Babs es überhört hatte? Vorsichtig warf sie einen Blick über die Schulter.

Babs lächelte wie ein Engel, aber in ihren Augen blitzte es teuflisch. „Ich dachte, du hättest ihn nicht so genau angesehen“, hakte sie prompt ein.

„Willst du nicht nach Hause gehen?“ Kyla nahm Aaron, den sie inzwischen angezogen hatte, auf den Arm. „Ich werde Aaron jetzt baden, damit er gleich nach dem Essen schlafen kann. Du bist verabredet, und ...“ Sie holte tief Luft. „Ich habe keine Lust, noch länger über Mr. Rule zu sprechen. Ich möchte nicht einmal mehr an ihn denken.“

„Ich wette, er denkt jetzt an dich.“ Babs erhob sich. Kylas Gereiztheit konnte sie nicht beirren.

„Sei nicht albern. Wieso sollte er noch einen weiteren Gedanken an mich verschwenden?“

„Weil er nur sehr widerstrebend gegangen ist. Wenn du nicht so entsetzt ‚Nein' geschrien hättest, als deine Mutter ihm einen Kaffee angeboten hat, dann wäre er garantiert noch geblieben. Und außerdem ist deine nasse Bluse ihm genauso aufgefallen wie mir.“

„Das stimmt nicht!“ empörte Kyla sich.

„Oh doch, das tut es. Wiedersehen!“

Ehe Kyla noch etwas sagen konnte, war Babs bereits auf dem Weg nach unten.

Während des Abendessens waren die Powers genauso neugierig auf den Mann, der Kyla und Aaron „gerettet“ hatte, wie Meg es nannte. Ihre Fragen waren vielleicht nicht ganz so unverhohlen wie Babs', aber es war doch unverkennbar, dass der Mann sie beschäftigte.

Als Kyla die Fragen nicht mehr ertrug, erhob sich sich abrupt. „Ich wollte, ich hätte einfach ein Taxi gerufen", erklärte sie verdrossen. „Ich habe nicht geahnt, dass ein einziger Mann so viel Aufregung hervorrufen könnte. Wir werden ihn nie wiedersehen. Und nun Gute Nacht."

Sie trug Aaron nach oben und brachte ihn zu Bett. Dann begab sie sich in ihr eigenes Zimmer und versuchte zu lesen, aber ihre Gedanken kehrten immer wieder zu Trevor Rule zurück. „Kein Wunder, wenn alle immer wieder von ihm anfangen", murmelte sie und legte das Buch beiseite.

Ganz gleich, was Babs gesagt hatte: Er hatte ihre nasse Bluse nicht angesehen!

Die Vorstellung, er könne es doch getan haben, ließ sie noch lange wach liegen.

„Man glaubt es nicht!" Babs richtete sich unvermittelt auf und brachte die Hollywoodschaukel auf der Veranda ins Schwingen.

„Was?" Kyla gähnte herzhaft. Sie hatte sich auf einem der Liegestühle ausgestreckt und die Augen geschlossen. Es war ein warmer, sonniger Sonntagnachmittag, und sie fühlte sich herrlich entspannt.

„Er ist da!"

Kyla öffnete ein Auge, um zu sehen, wen Babs meinte. Das zweite Auge flog wie von selbst auf. Vor ihrem Haus stand der Wagen von Trevor Rule. „Was habe ich dir gesagt?" triumphierte Babs. „Er kommt zurück, um einen zweiten Blick zu riskieren."

„Falls du irgendetwas Peinliches sagst, bringe ich dich um, das schwöre ich dir", zischte Kyla ihrer Freundin zu, bevor sie ein vages Lächeln aufsetzte. Trevor kam zur Veranda herüber.

„Hi."

„Hi", sagten die beiden im Chor.

Er warf Babs nur einen flüchtigen Blick zu, bevor er sich Kyla zuwandte. Ihr wurde peinlichst bewusst, dass sie nur Shorts trug und barfuß war. Ihre Sandalen lagen irgendwo auf dem Boden. Wenn sie sie jetzt anzog, lenkte das nur noch mehr die Aufmerksamkeit darauf, wie spärlich bekleidet sie war.

„Ich habe mir Sorgen gemacht um Ihren Wagen, aber wie ich sehe, haben Sie ihn wieder." Er deutete auf den Kombi auf der Auffahrt.

„Dad war mit jemandem aus der Werkstatt dort. Sie haben die Batterie neu aufgeladen, aber wahrscheinlich muss ich mir eine neue kaufen."

„Das wäre sicher eine gute Idee. Sind Sie mitgewesen?"

„Nein."

„Wie haben sie den Wagen in dem Meer von Autos gefunden?“

Sie lachte. „Es war der Einzige, auf dem an der Seite ‚Petal Pushers‘ stand.“

Er stimmte in ihr Lachen mit ein. „Ich bin froh, dass Sie den Wagen wiederhaben.“

„Ich auch.“

Nervös strich sich Kyla eine Strähne aus dem Gesicht. Ihr Haar sah sicher aus wie ein wildgewordener Handfeger.

Trevors eigene nervöse Reaktion auf das Verstummen des Gesprächs war, dass er die Hände in die hinteren Taschen seiner Jeans steckte und damit den Stoff noch enger um seine Hüften spannte. Unwillkürlich musste Kyla an das denken, was Babs über seine Zentimeter gesagt hatte ...

Babs hätte Kyla ohrfeigen können, weil sie so lahm war. Sie nahm die Sache selbst in die Hand. „Möchten Sie sich nicht setzen, Trevor? Möchten Sie etwas trinken?“

„Äh ... nein.“ Er zog rasch die Hände aus den Taschen. „Offen gestanden bin ich vorbeigekommen, um zu sehen, ob ich Kyla und Aaron zu einem Eis überreden kann. Ich weiß ja nun, dass er Eis mag.“

Kyla öffnete den Mund, um abzulehnen, aber Babs kam ihr zuvor. „Ach, wie schade! Aaron schläft gerade.“

Dann riss sie ihre blauen Augen weit auf, als wäre ihr soeben eine Idee gekommen. „Aber du könntest doch mitgehen, Kyla."

Verwirrt stammelte Kyla: „Ich weiß nicht ..."

„Habe ich Sie bei etwas unterbrochen?" Trevor sah Babs fragend an.

„Ach, machen Sie sich meinetwegen keine Gedanken", sagte Babs lachend. „Ich wohne zwar nicht hier, aber ich bin kein Besuch, der unterhalten werden muss. Kyla und ich sind alte Freundinnen. Ich bin praktisch mit ihr aufgewachsen. Wir haben heute Nachmittag etwas für unsere Bräune getan. Wissen sie, direkt vor Kylas Zimmer kann man völlig ungestört sonnenbaden." Sie zwinkerte ihm viel sagend zu. „Wenn Sie verstehen, was ich meine ..."

Er verstand sehr wohl. Wenn es um Anzüglichkeiten ging, hätte er selbst Babs wie eine Amateurin aussehen lassen können. Aber Kylas Lächeln wirkte so angespannt, dass er das Thema nicht weiter verfolgen mochte.

„Aber es ist zu heiß geworden", fuhr Babs fort. „Deswegen sind wir dann hereingekommen und haben geduscht. Nun entspannen wir uns hier im Schatten. Ich war gerade im Begriff, einzuschlafen. Es gibt also keinen Grund für Kyla, nicht mitzufahren."

Trevor sah Kyla an. „Hätten Sie Lust?"

„Nein, ich ..."

„Kyla, wer ... Oh, Mr. Rule!" Clif Powers war aus dem Haus gekommen. Er war auf Strümpfen und trug sein altmodisches Unterhemd über der Hose.

„Hallo, Sir!" Trevor schüttelte ihm höflich die Hand. „Ich hoffe, ich habe nicht Ihren Mittagsschlaf gestört."

„Nein, nein", log Clif. „Ich war noch bei der Sonntagszeitung. Ich glaube, ich lese sie hier auf der Veranda zu Ende."

„Trevor ist vorbeigekommen, um Kyla auf ein Eis einzuladen. Ist das nicht nett von ihm?" bemerkte Babs mit einem strahlenden Lächeln.

„Ja, das ist es", stimmte Clif zu.

„Ich glaube, ich sollte nicht mitgehen, weil Aaron ..."

„Er schläft noch, genau wie deine Mutter. Ich habe gerade nach ihm gesehen. Fahr nur mit! Es wird dir gut tun, einmal für eine Weile fortzukommen."

Kyla konnte sich nicht erinnern, wann man ihr das letzte Mal erlaubt hatte, einen Satz zu Ende zu bringen. Sie hätte mit Freuden alle drei umgebracht, ihren Vater, weil er so entgegenkommend war, das alte Plappermaul Babs und Trevor Rule, weil er sie in diese Lage gebracht hatte. „Okay, ich ziehe mich rasch um." Sie sprang auf und eilte zur Haustür.

„Du brauchst dich nicht umzuziehen", bemerkte Babs im unerbittlichen Ton eines Drillsergeanten auf dem

Kasernenhof. Sie wusste, was Kyla tun würde: Sie würde nach oben gehen, Aaron wecken und ihn dann als Vorwand benutzen, nicht mitzugehen. Babs kannte Kyla nur allzu gut.

Damit sollte sie nicht durchkommen. Sie war Witwe, das stimmte. Aber sie war eine junge Witwe, und Babs hatte nicht die Absicht, zuzusehen, wie sie sich noch weiter von der Welt zurückzog.

Trevor Rule war der erste Mann, der nicht gleich aufgegeben hatte, obwohl Kyla ihm die kalte Schulter wies. Ob Kyla nun wollte oder nicht – sie, Babs, wollte dafür sorgen, dass er nicht entmutigt das Handtuch warf. Ihr Ton wurde weicher, als sie sich an ihn wandte: „Muss sie sich umziehen, Trevor? Sie gehen doch nirgendwohin, wo sie groß angezogen sein müsste, oder?"

„Kaum. Kyla?"

So wie er ihren Namen sagte, brachte sie es einfach nicht über sich, ihn abzuweisen. „Also gut." Sie zupfte nervös am Saum ihrer Shorts. „Wenn wir nicht zu lange bleiben", schränkte sie vorsichtshalber ein. Sie kehrte zu ihrem Liegestuhl zurück und zog die Sandalen an. Nachdem sie Babs mit einem giftigen Blick bestraft hatte, erhob sie sich. „Meinetwegen können wir gehen."

Trevor legte seine Hand unter ihren Ellenbogen und führte sie zum Wagen. „Ihr braucht euch nicht zu beeilen!“ rief Clif ihnen nach. „Wir kümmern uns schon um das Baby.“

„Viel Spaß!“ Babs winkte ihnen munter nach.

Kyla hätte im Boden versinken mögen, so peinlich war ihr das alles. Sobald Trevor am Ende der Straße abgebogen war, überraschte er sie damit, dass er hielt und sich zu ihr herumdrehte.

„Hören Sie, ich weiß, dass die beiden Sie verlegen gemacht haben, aber ich möchte nicht, dass Sie es sind. Okay?“

Ein leichtes Lächeln umspielte seine Mundwinkel. Kyla seufzte schwer und versuchte dann ebenfalls so etwas wie ein Lächeln. „Es war mir wirklich sehr peinlich.“

„Ich weiß. Es tut mir Leid.“

„Es war nicht Ihre Schuld. Die beiden taten fast so, als wollten sie Sie festbinden, bevor Sie fortlaufen könnten.“

„Ich nehme an, Sie sind nicht viel ausgegangen seit dem Tod ihres Mannes.“

„Überhaupt nicht. Und ich habe auch nicht die Absicht, das zu ändern“, sagte sie hart.

Diese Nachricht war eine Überraschung für Trevor. Er drehte sich nach vorn und betrachtete die Kühlerhaube seines Wagens. Einerseits faszinierte es ihn, dass sie keinen anderen Mann gehabt hatte. Andererseits legte sie damit ganz deutlich Grundregeln fest, an deren Änderung ihr nichts gelegen zu sein schien. Aber saß sie nicht in seinem Wagen? War er nicht so weit gekommen?

Kyla überlegte, dass ihre Offenheit schon fast an Unhöflichkeit gegrenzt haben musste, und wollte sich gerade entschuldigen, als er sich wieder ihr zuwandte. „Nicht einmal auf ein Eis?“ Er nahm ihr spontanes Lachen als Zustimmung und legte wieder den Gang ein. „Außerdem ist es mit dem Eis-Essen wie mit dem Trinken.“

„Inwiefern?“

„Es macht keinen Spaß, wenn man es allein tut.“

Er fuhr durch die Straßen der Stadt, die ihr vertraut sein sollten, aber er schien sich besser auszukennen als sie selbst. „Dieses Grundstück habe ich gekauft.“

„Dort war früher das Postamt, bevor es in das neue Einkaufszentrum gezogen ist.“

„Davon habe ich gehört. Ich habe die Absicht, hier ein kleines Bürohaus zu errichten. Sehr hübsch. Es wird einen Innenhof haben mit viel Grün und Springbrunnen. Ich hoffe, es zieht Ärzte und Anwälte an. Auf das Grundstück dort drüben habe ich auch ein Gebot abgegeben, aber ich glaube nicht, dass ich den Zuschlag bekomme“, bemerkte er kurze Zeit später. „Dort soll ein Supermarkt entstehen.“

„Aber da lieg doch eine Wiese!“

Er lachte. „Im Moment noch. In einem Jahr dürfte es anders aussehen. Soweit ich gehört habe, wird es dort auch ein Gebäude mit mehreren Kinos geben."

Er schien eine ganze Menge Insider-Informationen zu besitzen über die Stadt, in der sie ihr ganzes Leben verbracht hatte. Und mehr noch: Er schien zu denen zu gehören, die Bewegung in die Stadt brachten.

„Vielleicht sollten Babs und ich überlegen, ob wir mit unserem Laden dann nicht umziehen."

„Nein, die Lage Ihres Ladens ist sehr günstig."

Sie sah ihn verblüfft an. „Woher wissen Sie, wo das Geschäft ist?" fragte sie ihn erstaunt.

„Ich bin heute daran vorbeigekommen, als ich auf dem Weg zu Ihnen war", erklärte er leichthin. „Ich war schon neugierig auf die ‚Petal Pushers'. Wie lange sind Sie schon im Geschäft?"

„Fast ein Jahr. Sechs Monate nach Richards Tod ... das war mein Mann ..." Sie spielte versonnen mit dem Saum ihrer Shorts, bevor sie weitersprach. „Als Babs und ich noch zur Schule gingen, gefiel uns der Film ‚My fair Lady' so gut, dass wir beschlossen, irgendwann in einem Blumenladen zu arbeiten, wie Eliza Doolittle es wollte. Als ich dann plötzlich allein war, griff Babs die alte Idee wieder auf. Sie war zu der Zeit sehr unglücklich in ihrem alten Job. Meine Eltern hielten es für eine gute Idee. Ich musste etwas mit meinem Leben anfangen und außerdem etwas für Aarons Zukunft tun. Wir haben dann alles, was wir hatten, zusammengelegt, und ehe ich es mich versah, war ich Mitbesitzerin eines Blumenladens."

„Und wie läuft es?"

„Bisher sehr gut. Der andere Florist in der Stadt hat sehr altmodische Ideen und keinerlei Fantasie. Wir rücken ihm allmählich zu Leibe." Sie lächelte verschmitzt – ein Lächeln, das Trevor ihr am liebsten von den Lippen geküsst hätte. Er war sich jeder Falte bewusst, die sie an ihren glatten, gebräunten Oberschenkeln mit den Fingern in die Baumwollshorts gedrückt hatte.

Zu seinem größten Verdruss musste er seine Aufmerksamkeit auf das Fahren richten. Er war von der Hauptstraße abgebogen auf einen Weg, der noch nicht befestigt war.

„Kennen Sie hier ein Eiscafé, das ich nicht kenne?"

Er lachte leise und zwinkerte ihr zu. „Vielleicht entführe ich Sie einfach in den Wald." Ihr Lächeln verflog. Er streckte die Hand aus und legte sie leicht auf ihr Knie. „Entspannen Sie sich!" Ich berühre ihr Knie. Meine Haut an ihrer. Himmel! Aber du solltest dein Glück nicht zu sehr strapazieren. Nimm die Hand weg! Sofort, Rule!

„Ich baue hier ein Haus auf eigenes Risiko. Einige der Zimmerleute arbeiten heute gegen Überstundenlohn. Ich möchte sichergehen, dass ich auch etwas für mein Geld bekomme. Haben Sie etwas dagegen, wenn wir ein paar Minuten hier halten?“

Natürlich hatte sie nichts dagegen. Aber „entspannen“? Das war absolut unmöglich. Nicht, wenn sie noch seine warme Hand an ihrem bloßen Knie zu spüren meinte.

5. KAPITEL

Der Weg wand sich durch einen Wald aus Kiefern, Eichen und Hickory. Er endete an einem Haus, das sich noch im Bau befand. Schon in diesem Stadium konnte Kyla sehen, dass der Stil modern und eindrucksvoll war. Das gut geschnittene, große Grundstück grenzte auf der anderen Seite an einen flachen Bach.

„Wie schön, Trevor!“ enfuhr es Kyla ganz spontan. Ihr wurde gar nicht bewusst, wie leicht sein Name ihr über die Lippen ging.

Aber er bemerkte es und sah sie lächelnd an, während er den Wagen zum Halten brachte. „Gefällt es Ihnen?“

„Das Grundstück ist herrlich!“

„Kommen Sie, ich zeige Ihnen alles.“

„Ich glaube nicht, dass ich so aussteigen sollte.“ Verlegen sah sie an ihrer spärlichen Bekleidung herunter und dann zu den Arbeitern, die alle neugierig zu ihnen herübersahen.

„Ich bin hier der Boss.“ Trevor öffnete lächelnd seine Wagentür. „Wenn ich sage, Sie sollen aussteigen, dann sollten Sie es auch tun.“

Die Sonne schien warm auf ihre bloßen Beine. Ein leichter Windzug schien sie zärtlich zu liebkosen. Kyla merkte es kaum, zu sehr war sie sich der neugierigen

Blicke der Arbeiter bewusst, während Trevor sie vorsichtig über den Bauplatz führte. Ein Blick von ihm genügte, und die Zimmerleute nahmen die Arbeit wieder auf. Es wurde gehämmert, gesägt, gebohrt.

„Passen Sie auf, dass Sie nicht auf einen Nagel treten", warnte Trevor. Er nahm seine Hand nur widerstrebend von ihrem Ellenbogen, als sie das Haus erreichten. „Hier soll die Eingangstür sein. Ich hatte an etwas mit verbleitem Glas gedacht."

„Wie hübsch."

„Die Diele soll eine hohe Decke haben – mit einem Oberlicht."

„Ich mag Oberlichter."

„Wirklich?" Er wusste es bereits aus einem ihrer Briefe:

... und bin hineingegangen. Es war genau die Art Haus, von dem ich immer geträumt habe. Sehr modern. Umgeben von Bäumen. Und mit einem Oberlicht in der Diele.

„Ich habe einmal ein ähnliches Haus gesehen. Es hat mir sehr gefallen."

„Vorsichtig!" Trevor nahm ihre Hand und führte sie weiter. „Hier ist das Wohnzimmer. An der Wand dort soll ein Kamin sein. Das Esszimmer ist dort drüben, die Küche hier." Er deutete den Grundriss an, und Kyla versuchte sich vorzustellen, wie es aussehen würde, wenn die

Wände standen. Das hielt sie davon ab, darüber nachzudenken, wie klein sich ihre Hand in seiner anfühlte.

„Kommen Sie weiter ... Hier wird das große Schlafzimmer sein."

Kyla entzog ihm die Hand. Seine Berührung hatte zwar den Anschein der Beiläufigkeit gehabt, aber sie hatte das Gefühl, dass sie ganz und gar nicht beiläufig war. Es war unmöglich, dass ein Mann, der so aussah wie Trevor Rule, kein Ladykiller war. Sie sah förmlich die Frauenherzen wie Trophäen an seinem Gürtel hängen. Je eher er wusste, dass sie nicht zu haben war, desto besser.

„Was kommt hierher?" Sie ging ein wenig auf Distanz.

„Noch ein Kamin."

„Machen Sie Witze?"

„Nein, wieso?"

Ihr Traumhaus hatte im Schlafzimmer einen Kamin, aber sie hatte nicht die Absicht, Trevor das zu sagen. „Ach, nichts weiter. Ich finde, ein Kamin hier wäre wunderbar."

„Und romantisch."

Sie sah ihn nicht an. „Ja, wahrscheinlich."

„Mr. Rule?" Einer der Zimmerleute war zu ihnen getreten. „Haben Sie einen Moment Zeit? Es geht um die Frühstücksecke."

„Natürlich. Ich bin gleich bei Ihnen." Sie begaben sich

durch das Gewirr von Stützbalken zurück in den Bereich, wo die Küche sein sollte.

„Sie wollten hier drüben ein Fenster haben. Wo soll es denn sein?“ wollte der Zimmermann wissen.

Trevor verschränkte die Arme vor der Brust. „Wo würden Sie es hinsetzen?“ fragte er Kyla.

„Ich verstehe nichts vom Bauen.“

„Ich möchte ja nur Ihre Meinung hören.“

„Hmm ...“ Sie zögerte. „Hier ist Süden, nicht? Und dort Osten?“

Der Zimmermann nickte zustimmend.

Kyla überlegte. „Wieso nicht an beiden Wänden?“ Als sie die verständnislosen Mienen der Männer sah, fuhr sie rasch fort: „Die Fenster könnten sich in der Ecke treffen. Man könnte oben vielleicht ein Dach aus Glas haben. Dann wäre es so, als würde man draußen frühstücken.“

Der Zimmermann kratzte sich skeptisch den Kopf. „Hmm, ja ... Könnte vielleicht gehen.“

Trevor war begeistert von der Idee. Er klopfte dem Zimmermann auf die Schulter. „Besprechen Sie das morgen mit dem Architekten, und lassen Sie mich dann wissen, wie Sie entschieden haben. Mir gefällt die Idee.“ Er wandte sich an Kyla. „Vielen Dank!“

Sie spürte, wie sein Lob ihr das Blut in die Wangen trieb. „Ich bin sicher, der Architekt wird nicht sonderlich begeistert sein, wenn ich seine Pläne ändere.“

„Es geht nicht darum, was ihm gefällt oder nicht. Es ist mein Bau."

Sie kehrten zum Wagen zurück. „Ich glaube, das Haus wird wunderbar", sagte Kyla ehrlich. „Wer wohl letztlich darin wohnen wird?"

„Das kann man nie wissen. Vielleicht Sie und Aaron."

Sie stolperte über einen weggeworfenen Sack Betonmischung. Ehe sie sich versah, hatte Trevor den Arm um sie gelegt und zog sie an sich. „Vorsicht! Sind Sie okay?"

Irgendwie hatte sie plötzlich Schwierigkeiten zu atmen. Ein Schauer prickelnder Erregung überlief sie. Sie hatte vergessen, wie herrlich es sein konnte, in den Armen eines Mannes zu liegen. Sein Körper war fest, kräftig und stark. Sein warmer Atem streifte ihre Wange, als er sich besorgt zu ihr herabbeugte.

„Ich ... ich bin okay", stammelte sie und löste sich von ihm.

„Sicher?"

„Ja, es war nur Ungeschicklichkeit."

Bei dem Ausrutscher hatte sich ein Riemen ihrer Sandalen gelöst. Sie bückte sich, um ihn wieder zu schließen. In dem Moment pfiff einer der Arbeiter. Kyla fuhr hoch und drehte sich herum. Alle Männer waren in ihre Arbeit vertieft. Alle wirkten zu unschuldig, um nicht schuldig zu sein.

Sie sah Trevor an, der ein wenig verlegen lächelte und

dann schulterzuckend meinte: „Die Männer haben eben einen guten Geschmack. Fertig?“

Sie konnte gar nicht schnell genug fortkommen. Sie war ja überhaupt nur mitgekommen, weil Babs und ihr Vater sie gedrängt hatten. Das Ganze hätte nicht länger als eine halbe Stunde dauern sollen. Schließlich hatten sie nur in ein Eiscafé fahren und Eis essen wollen.

Aber nun waren sie durch die ganze Stadt gefahren, um hierher zu kommen. Wie kam sie dazu, mit ihm auf eine Baustelle zu gehen und ihre Meinung zu einem Haus zu äußern, das er hier baute? Was war ihr überhaupt in den Sinn gekommen?

„Es ist wohl am besten, Sie fahren mich jetzt nach Hause“, sagte sie, während der Wagen langsam über den unebenen Weg rumpelte. „Aaron wird bald aufwachen.“

„Ich habe Ihnen ein Eis versprochen.“

„Das spielt keine Rolle.“

„Für mich schon.“

Damit schien das Thema beendet. Kyla lernte einen neuen Trevor Rule kennen. Er mochte bereit sein, in einen Brunnen zu springen und einen kleinen Jungen herauszufischen. Er mochte gutmütig genug sein, an einem Samstagnachmittag einen Babywagen durch eine belebte Passage zu schieben. Er mochte so freundlich sein, dafür zu sorgen, dass eine gestrandete Frau sicher nach Hause kam. Aber er war auch männlich halsstarrig. Diese pure männliche Dominanz war leicht einschüchternd und verursachte Kyla ein vages Unbehagen.

Der Wagen war ein weiterer Widerspruch. Sie hätte erwartet, dass er einen schnellen Sportwagen fuhr, stattdessen saß sie nun in einer konservativen Limousine, einem reinen Familienwagen mit einer breiten Rückbank, auf der Aarons Sitz bequem Platz hätte.

Großer Himmel! Wieso dachte sie denn so etwas?

„Was ist Ihre Lieblingssorte?“

Seine unvermittelte Frage riss sie jäh aus ihren Gedanken. „Meine Lieblingssorte?“ wiederholte sie verständnislos.

„Beim Eis, meine ich. Meine ist Schokolade-Nuss.“

„Meine auch!“

„Im Ernst?“

„Wenn es um mein Schokoladen-Nuss-Eis geht, ist es mir todernst.“

An diesem ersten sommerlichen Sonntagnachmittag in der Saison war das Eiscafé gut besucht. Trevor brachte Kyla zu einem Platz am Fenster und stellte sich dann geduldig in die Schlange. Sie hatte nur um eine einzige Kugel gebeten, aber er brachte eine Tüte mit zwei. „Das werde ich nie alles schaffen!“ stöhnte sie.

„Versuchen Sie Ihr Bestes. Kommen Sie, wir gehen nach draußen in den Pavillon. Ihnen ist kalt.“

Die Klimaanlage im Cafe war so hochgedreht worden, dass Kyla tatsächlich eine Gänsehaut hatte. Sie wusste nicht, ob sie beeindruckt sein sollte von Trevors Fürsorge oder irritiert, weil er ihren Körper so bewusst wahrnahm, dass er sogar ihr Frösteln bemerkte.

Als sie durch die Tür nach draußen gingen, kam gerade eine Familie mit drei Kindern herein. Ein kleines Mädchen von vielleicht sechs Jahren fragte laut: „Daddy, was hat der Mann da auf dem Auge?"

Die peinlich berührten Eltern schoben die Kinder schnell hinein und warnten sie flüsternd, den Mann nicht anzustarren.

„Es tut mir Leid", murmelte Trevor.

Kyla wusste nicht, was sie sagen sollte. Sie mochte den Kindern keinen Vorwurf machen – sie waren von Natur aus neugierig und wollten nicht grausam sein.

„Macht es Ihnen etwas aus, mit mir gesehen zu werden?" fragte er schroff.

„Nein, natürlich nicht!"

„Ich weiß, dass die Klappe einige Leute abschreckt."

„Und andere zieht sie an." Als sie seinen überraschten Blick auffing, erklärte sie: „Babs findet, sie lässt Sie wie einen Piraten aussehen."

Er schüttelte lachend den Kopf. „Wie einen Piraten, ja?" Dann wurde er ernst. „Einer, der die Kinder erschreckt."

„Aaron hat keine Angst gehabt vor Ihnen“, sagte sie leise.

„Nein, das stimmt.“ Er begann sich zu entspannen. „Es tut mir Leid, falls das kleine Mädchen sie verlegen gemacht hat.“

„Das hat es nicht. Aber ich weiß, dass solche Situationen für Sie sehr unangenehm sein müssen.“

„Ich gewöhne mich daran.“ Er leckte an seinem Eis und ließ die Zunge dann über seine Oberlippe gleiten, unter dem Bart entlang. Kyla fragte sich unwillkürlich, wie er sich wohl anfühlen mochte – seidig oder kratzig? „Manchmal vergesse ich sogar, wie ich für andere Leute aussehe. So wie heute. Zuerst habe ich Shorts angezogen, bis mir dann klar wurde, dass Jeans besser sind.“

„Wieso?“

Er lachte. „Falls Sie glauben, dass diese verdammte Klappe abstößt, dann sollten Sie mein linkes Bein sehen. Ich wollte Sie nicht verschrecken.“

„Das ist doch Unsinn. In meiner Gegenwart können Sie jederzeit Shorts tragen.“

Er sah ihr nachdenklich in die Augen. „Ich werde es mir merken“, sagte er dann leise.

Verdammt! Glaubte er etwa, sie habe damit andeuten wollen, sie würden sich wiedersehen? Um dem Gespräch eine neue Wende zu geben, fragte sie: „Hatten Sie einen Unfall?“

„Etwas in der Art, ja."

Wieder ein Fettnäpfchen. Offensichtlich war es ihm unangenehm, über die Ursache seiner Verletzungen zu sprechen. Das Thema war beendet. Sie suchte verzweifelt nach einem neuen, aber ihr wollte nichts einfallen. Was hatten sie außer einer hektischen halben Stunde in der Einkaufspassage schon gemeinsam?

Trevor schien diesen Mangel an Gesprächsstoff nicht zu bemerken, als er sie zu dem kleinen Pavillion führte, der angenehmen Schutz vor der Sonne spendete. Sie setzte sich auf die Bank, die an der Innenwand herumlief, und machten sich über ihr Eis her.

„Besser?" fragte Trevor nach einer Weile und deutete auf ihren Arm. „Ihre Gänsehaut ist verschwunden."

„Viel besser." Falls sie jetzt wieder Gänsehaut bekam, dann nur, weil sein Schenkel so nah an ihrem war. Hin und wieder spürte sie den weichen Jeansstoff an ihrem Bein.

„Sie haben sich neue Schuhe gekauft", bemerkte sie.

Er sah auf seine Füße herunter, die in der Tat in neuen Stiefeln steckten. Kyla wusste aus Erfahrung, dass sie nicht eben billig waren. „Bis vor kurzem habe ich noch nie Cowboystiefel besessen. Nun habe ich das Gefühl, ich möchte nie mehr etwas anderes tragen."

Das Eiscafé gehörte zu einer kleinen Kette von Geschäften und Boutiquen. Der Besitzer des Zentrums hatte im offenen Innenhof eine parkähnliche Anlage geschaffen. Weiden beugten sich über einen künstlichen kleinen Bach, auf dem Enten schwammen. Halbierte Whiskey-Fässer dienten als Blumenkübel. Es war eine Idylle, die dazu einlud, sich ins Gras zu setzen, im Wasser zu waten oder Hand in Hand zu gehen.

Kyla bemerkte, dass ein anderes Paar sich dem Pavillion genähert hatte. Offenbar waren die beiden so miteinander beschäftigt, dass sie sie und Trevor nicht bemerkten, zumal sie innen im Schatten saßen. Sie unterhielten sich flüsternd. Seine Arme lagen um ihre Taille, sie hatte ihre um seinen Nacken gelegt. Sie schmusten miteinander wie alle Liebespärchen der Welt.

„Sie sind offensichtlich nicht von hier." Kyla räusperte sich. Sie fragte sich im Stillen, ob Trevor das andere Paar auch bemerkt hatte. Als er lange Zeit brauchte, um auf ihre Bemerkung einzugehen, sah sie zu ihm hinüber. Er starrte durch das Gitter zu dem jungen Mann und seinem Mädchen.

Als er ihren Blick spürte, wandte er sich mit leicht schuldbewusster Miene ab. „Äh, nein. Philadelphia. Ich bin im Nordosten zur Schule gegangen."

Der Mann schob seine Hände jetzt die Arme der jungen Frau hinauf, um sie schließlich hinter ihrem Nacken zu verschränken.

„Deswegen hört man keinen Akzent“, bemerkte Kyla.

Der junge Mann küsste die Frau leicht.

„Ja, ich glaube auch.“

Die Frau legte den Kopf zurück und sagte etwas, das ihren Liebhaber leise auflachen ließ.

„Haben Sie Familie?“ Kylas Stimme war ein wenig außer Atem, so als wäre es ihr Hals, den der junge Mann gerade mit zarten Küssen bedeckte.

„Familie?“ wiederholte Trevor. „Oh, Familie. Ja, mein Dad lebt noch. Er ist Anwalt.“

Der Mann schob mit den Lippen den Kragen beiseite und beugte sich tiefer herab. Rein instinktiv fuhr Trevor sich mit der Zungenspitze über die Oberlippe.

„Das ist alles? Nur Ihr Dad?“

Die Frau gab einen kleinen Laut von sich und schob eine ihrer Hände mit leicht kreisenden Bewegungen über die Brust des Mannes.

Trevor räusperte sich. „Ja, das ist alles. Meine Mutter ist vor wenigen Jahren gestorben. Geschwister habe ich nicht.“

Das Paar küsste sich. Innig. Er bog ihren Kopf zurück. Ihre Zungen rieben sich aneinander. Arme und Beine bewegten sich gleichzeitig, um zwei Körper näher zueinander zu bringen. Leises Stöhnen war zu hören.

Der muskulöse Schenkel, der sich jetzt fest an Kylas drückte, wurde hart. „Lecken Sie!“

Der raue Befehl ließ Kyla erschreckt aufstehen. „Was?"

„Lecken Sie! Schnell! Bevor es tropft." Mit leicht geöffneten Lippen starrte sie ihn wie benommen und völlig verständnislos an. „Ihr Eis!"

Nun erst begriff sie. „Oh!" Das schmelzende Eis lief über ihre Finger.

Trevor erhob sich abrupt. „Sind Sie fertig?"

Ihr Blick fiel auf die Reste der Eistüte. Peinlich betreten stellte sie fest, dass sie sie in den Fingern zerdrückt hatte. Sie hielt sie Trevor hin, als wäre es eine Mordwaffe, mit der man sie überrascht hatte. „Ja, ja, ich bin fertig."

Ihr Puls raste, ihr Mund war wie ausgedörrt. Himmel, was würde sie für einen tiefen Atemzug geben. Sauerstoff! Das war es, was sie brauchte, um dieses Schwindelgefühl zu vertreiben, das zum ersten Mal aufgetreten war, als er erwähnte, es könnte doch sein, dass Aaron und sie in dem Haus wohnen werden, das er gerade baute.

Trevor trug die zerknüllten Tüten zum Abfalleimer. Kyla erhob sich. Ihre Knie waren immer noch weich. Sie folgte ihm. Fasziniert betrachtete er sie, als sie in der Öffnung des Pavillions stand.

Die Strahlen der Sonne fielen auf ihr Haar und ließen es leuchten. Ihre leicht geöffneten Lippen waren rot und feucht. Sie blinzelte in die Sonne, und lange, nach oben gebogene Wimpern legten sich über samtbraune Augen.

„Trevor? Ist etwas?“

„Nein, nein“, sagte er rau. „Ich habe nur gerade an Ihr Sonnenbaden auf dem Dach gedacht …“

Kyla lief rot an. Dunkelrot. Sie sagte nichts.

„Das muss wirklich sehenswert sein.“

Sie schluckte. „Ja. Babs hat eine gute Figur.“

Er wartete einen Moment, bevor er leise sagte: „Ich habe nicht an Babs gedacht.“

Der Wagen hielt. Kyla wusste auch ohne hinzusehen, dass hinter jedem Fenster ein Paar Augen war, das sie beobachtete. Sie wünschte, sie könnte einfach aus dem Wagen springen und ins Haus rennen, aber sie wusste, dass ein Gentleman wie Trevor das nicht zulassen würde. Er kam zu ihrer Seite herum und hielt ihr die Tür auf. Sie tat so, als würde sie die Hand nicht sehen, die er ihr hinhielt, und stieg allein aus. Sie konnte eine neuerliche Berührung mit ihm nicht riskieren.

Auf der Veranda drehte sie sich ein wenig unbehaglich zu ihm herum. Sie hatte ihm nicht mehr in die Augen blicken können, seit er davon gesprochen hatte, wie sie beim Sonnenbaden aussah. „Vielen Dank, Trevor. Es war ein netter Nachmittag.“

„Das finde ich auch.“ Die neuen Stiefel schienen

plötzlich zu eng zu sein. Er trat von einem Fuß auf den anderen. „Auf Wiedersehen also, Kyla."

„Auf Wiedersehen."

Sie wollte die Haustür öffnen und wäre fast mit ihrer Mutter zusammengestoßen, die gar nicht schnell genug auf die Veranda kommen konnte. „Oh Himmel!" Meg schien völlig durcheinander. „Wie nett, Sie wiederzusehen, Mr. Rule."

Ihre Überraschung darüber, sie beide hier zusammen zu sehen, war so falsch wie ein Drei-Dollar-Schein. Trevor wusste es, und Kyla wusste, dass er es wusste. Sie wäre vor Scham am liebsten im Boden versunken und nie wieder hervorgekommen.

„Hallo, Mrs. Powers!" sagte er.

„Ich habe gerade ein paar Sandwiches und Eistee gemacht. Wir dachten, wir essen draußen im Hof. Hätten Sie nicht Lust, sich zu uns zu setzen?"

Die Versuchung war groß. Trevor sah Kyla an. Ihr Lächeln wirkte angespannt. Nein, es war wohl besser, wenn er verzichtete. Er hatte sein Glück an diesem Tag schon weit genug gedrängt. Wenn er diese dumme Bemerkung über das Sonnenbaden nicht gemacht hätte ... Aber Kyla hatte einfach zum Anbeißen ausgesehen da im Sonnenschein. Und das, nachdem er mit hatte ansehen müssen, wie sie das Eis-Essen zu einer erotischen Übung gemacht hatte.

„Das klingt wirklich gut, Mrs. Powers, aber leider muss ich noch arbeiten."

Megs Enttäuschung war nicht zu übersehen. „Wie schade! Dann vielleicht ein andermal."

„Gern." Er lächelte sie beide an und kehrte dann zu seinem Wagen zurück. Kaum war er außer Sichtweite, kamen Babs und Clif hinter der Tür hervor.

„Nun, wie war's? Hat er dich gebeten, mit ihm auszugehen?" wollte Babs wissen.

„Wirst du ihn wiedersehen?"

„Hat er um die Erlaubnis gebeten, dich anzurufen?"

„Jetzt reicht's!" fuhr Kyla die drei gereizt an. „Ich wollte, ihr würdet mich endlich in Ruhe lassen!" Sie stürmte an ihnen vorbei ins Haus.

Aber gegen wen richtete sich ihr Zorn? Gegen Trevor? Gegen ihre Eltern, die es doch nur gut mit ihr meinten? Geben Babs? Oder gegen sich selbst?

Denn sie war eine kleine Spur enttäuscht, dass Trevor die Einladung ihrer Mutter nicht angenommen hatte.

„Nein, nein, Aaron!" Kyla wiederholte es wohl schon zum hundertsten Male: „Nicht die Blumen anfassen!"

Sie waren im Büro des Blumenladens. Meg, die sich um Aaron kümmerte, wenn Kyla arbeitete, hatte einen Termin beim Zahnarzt. Clif war nicht rechtzeitig von einer Besorgung zurückgekommen, deswegen hatte Meg den Kleinen ins Geschäft gebracht und versprochen, so bald wie möglich zurückzusein.

Kyla hielt ein Auge auf ihn, während sie den Monatsabschluss machte. Als sie das Geschäft eröffneten, hatten sie die Arbeit aufgeteilt: Babs hatte sich erboten, sich um den eigentlichen Verkauf und die Kunden zu kümmern, wenn Kyla die Bestellungen und überhaupt alles übernahm, was mit der Buchführung zu tun hatte. Babs liebte den Kontakt mit Menschen, war aber eine Katastrophe, wenn es um Zahlen ging. Da die Erledigung der Buchhaltung nicht an bestimmte Stunden gebunden war, konnte Kyla sich ihre Zeit frei einteilen, was im Hinblick auf den Jungen ideal war.

Sie rechnete gerade eine Zahlenreihe zum zweiten Mal durch und nahm das Klingeln der Ladenglocke nur vage wahr. Sie merkte erst auf, als Babs nach ihr rief. „Kyla?"

„Hmm?" Hastig notierte sie die Summe ihrer Addition.

„Du hast einen Kunden."

„Einen Kun..."

Die Frage erstarb ihr auf den Lippen, als Trevor Rule durch die Schwingtür hereinkam, die den Laden vom Büro trennte.

„Hallo!"

Babs stand hinter ihm, grinste über das ganze Gesicht und sagte mit herausforderndem Tonfall: „Ich dachte, um diesen Kunden möchtest du dich vielleicht gern selbst kümmern."

Hätten Blicke töten können, wäre Babs' Leben keinen Pfifferling mehr wert gewesen. Der Sonntagabend war eine reine Qual gewesen. Sie hatten draußen gesessen, und Babs war die Erste gewesen, die sich nicht hatte zurückhalten können.

„Willst du uns denn überhaupt gar nichts erzählen?"

„Es gibt nichts zu erzählen", hatte Kyla gesagt. „Und würdet ihr drei bitte aufhören, mich so anzustarren? Mir wird keine Nase wachsen wie dem kleinen Pinocchio."

„Man kann auch durch Verschweigen lügen", wies Babs sie zurecht. „Ich finde es nicht sehr fair von dir, uns so im Dunkeln zu lassen."

Kyla legte die Gabel beiseite. Sie zählte im Stillen bis zehn, dann hob sie den Kopf. „Also gut. Er ist mit mir in den Wald gefahren, hat gehalten, mir alle meine Sachen vom Leib gerissen, und dann haben wir uns auf dem Rücksitz seines Wagens wild und leidenschaftlich geliebt. Wir waren beide wie wilde Tiere, verzehrt von Lust und glühendem Verlangen."

Kyla war die Einzige, die lächelte, als sie mit ihrer Geschichte zu Ende war. „Das ist nicht witzig", erklärte Meg steif. „Seit Monaten sagen wir dir nun schon, dass du noch zu jung und zu hübsch bist, um dich dem Leben zu verschließen. Wir haben dich ermutigt, wieder auszugehen.

Mr. Rule ist der erste Mann, vor dem du nicht gleich davongelaufen bist. Wir freuen uns doch nur für dich."

Kyla seufzte müde. „Eben – das ist es ja, Mom. Es besteht kein Grund zur Freude. Ich habe einen Mann gehabt. Er hieß Richard Stroud. Er wird mein Mann bleiben, bis ich sterbe. Ich werde mich nie wieder verlieben, werde nie einen anderen lieben als Richard. Und ich suche auch niemanden, den ich so lieben könnte."

„Liebe, Liebe, Liebe!" entfuhr es Babs gereizt. „Muss es denn immer gleich Liebe sein? Wieso nicht einfach so zum Vergnügen ausgehen? Du musst einen Mann doch nicht gleich lieben, um mit ihm deinen Spaß zu haben."

„Du vielleicht nicht, aber ich. Und du weißt sehr wohl, Babs, dass kein Mann eine Frau einfach ‚so zum Vergnügen' einlädt. Sie erwarten doch alle, dass man hinterher gleich mit ihnen ins Bett springt. Es tut mir Leid, Mom, Dad", sagte sie, als sie die entsetzten Gesichter ihrer Eltern sah, „aber so ist es nun einmal heute. Nun möchte ich kein Wort mehr über Trevor Rule oder irgendeinen anderen Mann hören. Ist das klar?"

Sie hatten ihre Bitte respektiert und das Thema gewechselt, aber gleichzeitig war klar gewesen, dass Trevor Rule durchaus noch nicht abgehakt war. Den ganzen Montag waren ihre Eltern jedes Mal nervös aufgesprungen, wenn das Telefon klingelte. Im Geschäft war es dasselbe mit Babs. Kyla war erleichtert, dass es nie der Anrufer war, den sie offensichtlich erwarteten.

Erleichtert, aber auch eine Spur enttäuscht. Er hätte ja wenigstens versuchen können, sie zu erreichen – und ihr damit die Genugtuung verschaffen können zu sagen, sie wolle ihn nicht wiedersehen. Trotz bester Absichten befassten sich ihre Gedanken oft mit ihm.

Als sie ihn jetzt in der Tür zum Büro stehen sah, machte ihr Herz einen Satz.

„Hallo, Trevor!“ Sie musste sich räuspern, bevor die Stimmbänder ihr gehorchten.

Irgendeine Agentur sollte ihn als Modell für Jeans anwerben, befand Kyla bei sich. Sie passten ihm wie angegossen. Sein Haar war leicht zerzaust. Die Augenklappe gab ihm das gefährliche Image eines Wegelagerers – eines Mannes, der die Gefahr liebte und mit ihr zu leben wusste. Ein Mann, vor dem man sich in Acht nehmen sollte.

Trevor strafte das Macho-Image, das Kyla von ihm gezeichnet hatte, Lügen, indem er in die Hocke ging, um mit Aaron zu sprechen, der vor dem großen Kühlschrank stand, in dem sie ihre Blumen frisch hielten. „Hallo, Scout!“ Der Junge patschte seine Hände glücklich gegen das kühle Glas, bevor er einen glucksenden Laut von sich gab, der als Begrüßung gelten mochte, und Trevor dabei anstrahlte.

„Ich habe noch zu tun. Entschuldigt mich." Babs verschwand.

Kyla erhob sich – sie wusste selbst nicht, warum. Dann, als Trevor sich aufrichtete, setzte sie sich wieder. Wäre sie nicht so angespannt gewesen, hätte sie vielleicht das Witzige an der Situation sehen und darüber lachen können.

„Sie sehen hübsch aus", sagte er.

Sie sah an ihrem schlichten Kleid herunter. Die Champagnerfarbe stand ihr, das wusste sie, aber das Kleid war nichts Besonderes, und sie fragte sich, wieso er es überhaupt erwähnte. Dann fiel ihr ein, dass er sie nie elegant gekleidet gesehen hatte. „Danke." Sollte sie ihm jetzt auch ein Kompliment zu seinem Äußeren machen? Aber ‚hübsch' wäre wohl nicht das passende Wort gewesen. Er war ... sexy. Und das würde sie ihm mit Sicherheit nicht sagen, weil sie das Gefühl hatte, er wusste es bereits.

„Es duftet gut hier."

Sie zwang ihre Hände, zu entspannen. Sie hielten den Kugelschreiber umklammert, als wäre es ein Rettungsring. „Das ist einer der Vorzüge der Arbeit in einem Blumengeschäft. Es duftet immer gut."

„Ich dachte, es sei vielleicht Ihr Parfüm."

Sie zerbrach fast den Kugelschreiber zwischen ihren Fingern. Mit einiger Mühe löste sie den Blick von Trevors Gesicht und sah rein zufällig zu dem Kleinen hinüber.

„Nein, Aaron!" Mit einem Satz war sie aufgesprungen und eilte um den Tisch herum, um die Nelken zu retten. Sie standen in einem Wassereimer, um zu einem Arrangement verarbeitet zu werden, das jemand am Morgen bestellt hatte. Sie bückte sich und schob ihren neugierigen Sohn fort von den bunten Blumen, die ihn so sehr anzogen. „Hier, spiel mit deinem Teddy." Sie hielt Aaron das Spielzeug hin.

Als sie sich wieder aufrichtete, war sie Trevor so nah wie sein Schatten. Rasch wich sie einen Schritt zurück. „Vor ihm ist nichts sicher." Nervös fasste sie sich an die Goldkette um ihrem Hals, die Trevors Interesse geweckt zu haben schien. Graf Dracula dürfte nie einen Hals so aufmerksam gemustert haben!

„Ist Aaron immer hier bei Ihnen, wenn Sie arbeiten?"

„Nein." Sie erklärte, dass ihre Mutter einen Termin beim Zahnarzt hatte. Im Moment hätte sie nicht zu sagen vermocht, was ihr lieber gewesen wäre: Dass ihre Mutter zurückkam und sie davor bewahrte, mit Trevor allein sein zu müssen – Babs war ja wirklich keine Hilfe! – oder aber, dass ihre Mutter nichts von seinem Auftauchen im Geschäft erfuhr.

Aber wieso machte sie eigentlich eine so große Sache daraus? Er war einfach nur ein Kunde. „Kann ich Ihnen irgendwie helfen?"

„Ah ja, natürlich." Er schien sich wieder zu besinnen,

warum er gekommen war. „Ich möchte etwas zum Anstecken bestellen."

„Ich verstehe."

Mehrere Gedanken schossen ihr gleichzeitig durch den Sinn. Zuerst einmal die Frage, für wen die Blumen sein sollten. Dann: Wenn das alles war, was er wollte, wieso hatte er den Auftrag nicht einfach mit Babs besprochen? Und nicht zuletzt: Es war gar nicht seine Absicht gewesen, sie zu sehen! Hatte Babs ihn vielleicht gleich nach hinten durchgeschoben, obwohl er eigentlich nichts weiter wollte, als Petal Pushers einen Auftrag zukommen zu lassen?

„Ich ... ähm ... einen Moment, hier ist der Bestellblock." Sie notierte oben seinen Namen. „Was haben Sie sich vorgestellt?"

„Ich bin mir nicht sicher. Was schlagen Sie vor?" Er trat hinter sie. Sie spürte, wie seine Beine ihren Rock streiften, und musste automatisch an einen französischen Film denken, in den Babs sie vor ein paar Monaten gezerrt hatte. Es dauerte einen Moment, bevor das pornografische Bild verschwand, das sie vor Augen gehabt hatte.

Sie atmete einmal tief durch. „Was ist denn für ein Anlass?"

„Ein Essen. Halb formell."

Was für ein Essen? Für wen die Blumen? „Ein Essen? Gut."

„Ich mag Orchideen.“

„Orchideen?“

„Ja, diese großen, weichen, weißen.“

Du wirst es nicht für möglich halten, was ich neulich in meiner kleinen Schatzkiste wieder gefunden habe, in der ich meine Erinnerungsstücke aufbewahre: Die Orchidee, die du mir für den Chi Omega-Frühlingstanz geschenkt hast. Erinnerst du dich noch? Damals habe ich meine Liebe für die Bow Beils entdeckt – und für dich.

Kyla sah Trevor überrascht an. „Bow Beils?“

„Wie bitte?“

„Die Blumen, die Sie beschrieben haben, heißen Bow Beils.“

„Gut, die möchte ich.“

„Ich ... ich muss sie in Dallas bestellen. Für wann brauchen Sie sie?“ Wieso sah er sie so an, als wollte er sie auf der Stelle vernaschen – und wieso ließ sie es zu?

„Samstagabend.“ Er trat einen Schritt näher.

„Kein Problem“, sagte sie brüsk. Es erschreckte sie, wie still es plötzlich geworden war und wie nah er stand. Sie konnte jedes Haar in seinem dichten Bart ausmachen.

Rasch beugte sie sich wieder über ihren Block. „Eine oder zwei Blüten?“

„Zwei.“

„Sie sind teuer."

„Das macht nichts. Bitte sparen Sie an nichts."

„Wann wollen Sie sie abholen?"

„Liefern Sie auch?"

„Ja."

„Dann liefern Sie sie bitte am Samstagnachmittag aus."

„An welche Adresse?"

„223 East Stratton."

Der Kugelschreiber fiel Kyla aus den plötzlich kraftlosen Fingern. Er rollte über den Tisch und fiel schließlich zu Boden. Sie wandte sich um und sah Trevor in die Augen. „Das ist ja meine Adresse."

„Begleiten Sie mich zu dem Essen?"

Kyla sah ihn einen Moment sprachlos an. Dann schüttelte sie den Kopf. „Nein, das geht nicht."

„Es wäre ja kein Date", sagte er rasch. „Es ist ein Essen für Banker und andere politische Geldgeber. Eine Gruppe von uns Bauunternehmern hat ein Video zusammengestellt über die möglichen Projekte in dieser Stadt."

„Und was hat das mit mir zu tun?"

„Sie haben fast Ihr ganzes Leben hier verbracht. Ich bin noch ein Fremder in der Stadt. Ich möchte, dass Sie mich mit den Leuten bekannt machen."

Wenn Kyla eines wusste, dann das: Trevor Rule brauchte niemanden, der ihn bekannt machte. Ein

Lächeln wie das, was er ihr jetzt schenkte, und er würde die Leute – vor allem die Frauen – magisch anziehen. Mit dem Lächeln konnte er alles verkaufen, angefangen von Zahnpasta bis hin zu Millionen-Aktienpaketen. Als der Sex-Appeal verteilt worden war, hatte Trevor Rule mindestens zweimal zugegriffen.

„Nein, Trevor, es tut mir Leid, aber ich kann nicht."

Hätte er keine solche Bedrohung ihres Seelenfriedens dargestellt, hätte sie vielleicht zugesagt. Aber er war einfach zu attraktiv. Einmal in seiner Begleitung gesehen zu werden würde ausreichen, um die Gerüchteküche von Chandler auf Hochtouren laufen zu lassen. Spätestens am Sonntagmorgen würden die Freundinnen ihrer Mutter schon die Hochzeitsglocken läuten hören.

Er seufzte bedauernd und rieb sich den Nacken. „Ich hätte nie gedacht, dass ich zu solchen Maßnahmen greifen müsste, um eine schöne Frau dazu zu bewegen, mit mir auszugehen. Aber ich bin wirklich verzweifelt."

„Was für Maßnahmen?"

In seinem grünen Auge blitzte ein Lachen. „Sie schulden mir einen Gefallen."

In diesem Moment tauchte Babs mit leicht gequälter Miene in der Tür auf. Sie hatte Aaron auf dem Arm. Er hatte drei abgeknickte Nelken in der kleinen Faust.

„Oh Babs – es tut mir Leid!" Kyla eilte zu ihr und nahm ihr den Jungen ab.

„Das ist schon okay. Er hat nur für zehn Dollar Nelken hingemetzelt, ganz zu schweigen von der Vase, in der er seinen Teddy stopfen wollte. Ihr müsst hier sehr beschäftigt gewesen sein.“ Ihr Blick glitt lachend hin und her zwischen Trevor und Kyla.

„Wir ... ähm ... Mr. Rule hat ein paar Orchideen bestellt.“

Babs begegnete ihrem Blick mit einem wissenden Lächeln, bevor sie wieder verschwand.

„Nun?“ Trevor sah sie fragend an. „Wie ist es mit Samstagabend?“

„Ich weiß nicht.“ Kyla kämpfte mit Aaron um die Nelken. Sie fürchtete, er könne sie in den Mund nehmen und wusste nicht, ob sie giftig waren oder nicht. Als er den Kampf schließlich verlor, griff er nach ihrem Ohrring.

Wie konnte sie den Kleinen abwehren und gleichzeitig eine solche Entscheidung fällen? Sie konnte Trevors Einladung kühl ablehnen, ganz gleich, wie charmant er sie vorgebracht hatte. Aber sie schuldete ihm tatsächlich einen Gefallen, und wenn ihm dieses Geschäftsessen so wichtig war ...

„Es wäre also wirklich kein privates Date?“ fragte sie zögernd.

„Bestimmt nicht.“

„Ich meine, ich möchte nicht, dass Sie falsche Erwartungen entwickeln.“

„Ich verstehe."

„Ich bin Witwe, und ich möchte keine Dates."

„Das haben Sie mir bereits gesagt."

Er hatte Recht. Wieso hackte sie also immer noch darauf herum? Wenn sie es zu sehr betonte, könnte er noch glauben, sie protestiere ein wenig zu viel. „Okay, ich komme mit."

„Prima. Ich hole Sie dann am Samstag gegen sieben ab. Und vergessen Sie die Blumen nicht."

„Soll ich sie wirklich bestellen?"

„Natürlich. Wiedersehen, Aaron." Er kraulte den Kleinen unter dem Kinn. „Bis Samstag, Kyla."

Sekunden nachdem er durch die Schwingtür verschwunden war, kam Babs herein. „Bis Samstag, Kyla! – habe ich recht gehört?"

„Ja, ich gehe mit ihm zu einem Geschäftsessen."

„Das ist ja wunderbar!" Babs klatschte vor Begeisterung in die Hände. „Was ziehst du an?"

„Gar nichts!" Als Babs ein entzücktes „Oh!" mit den Lippen formte, seufzte Kyla resigniert. „Ich meine, es spielt keine Rolle, was ich anziehe, weil es kein richtiges Date ist."

„Oh, natürlich."

„Nein, wirklich nicht. Es ist ein Geschäftsessen, und er bat mich, ihn zu begleiten, damit ich ihn mit den Leuten bekannt machen kann."

„Hmm."
„Wirklich!"
„Hmm."
„Es ist kein Date. Er hat es selbst gesagt!"

6. KAPITEL

Alles war wie bei einem Date.

Kyla konnte sich nicht erinnern, vor ihrem ersten Auto-Date, dem Abschlussball oder ihrer Hochzeit so aufgeregt gewesen zu sein. Aber sie wollte weder an ihre Hochzeit noch an Richard denken. Aber nicht an ihn zu denken bedeutete andererseits, dass dieses „Date" mit Trevor Rule eine Bedeutung hatte, die sie selbst energisch bestritt.

Sie war ausgesprochen unbeholfen, als sie ihr Make-up auflegte. Alles ging schief. Ein Lid musste sie dreimal machen. Aaron, der eine dritte Hand entwickelt zu haben schien, war überall. Ihre Eltern kamen immer wieder herein, wiesen sie auf die Zeit hin, auf die derzeitigen Wetterverhältnisse, stellten Fragen, boten Hilfe an und erwiesen sich gemeinhin als wahre Nervensägen. Glücklicherweise hatte Babs ein „ernstes Date", so dass Kyla wenigstens ihre guten Ratschläge erspart blieben.

Babs hatte darauf bestanden, dass Kyla sich für die Gelegenheit ein neues Kleid kaufte, obwohl Kyla immer wieder darauf hinwies, es sei keine „Gelegenheit". Schließlich hatte sie dann doch nachgegeben, und das führte zum nächsten Streitpunkt: darum, welches Kleid sie kaufen sollte. Babs war uneingeladen mitgekommen zum Einkaufen.

„Ich mag dieses gelbe Kleid“, hatte Kyla gesagt – und damit von Babs nur ein entsetztes Kopfschütteln geerntet.

„Würdest du lieber aussehen wie Mata Hari oder wie Little Mary Sunshine?“

„Ich würde gern wie ich aussehen.“

„Probier das Schwarze noch einmal an.“

„Es ist zu ... zu ...“

„Genau.“ Babs drückte ihr das Kleid ungeduldig in die Hand. „Es ist toll, und es passt zu dir. Stimmt’s?“ fragte sie die von dem Wortgefecht eingeschüchterte Verkäuferin, die sich diskret im Hintergrund hielt.

„Stimmt.“

Kyla verließ das Geschäft mit dem schwarzen Kleid und wusste instinktiv, dass sie einen Fehler machte. Das Gelbe hätte viel besser zu ihr gepasst. Das Schwarze war zu elegant. Trevor würde glauben ... Der Himmel mochte wissen, was er glauben würde.

Ihre Bedenken wurden noch verstärkt, als sie den Reißverschluss des Kleides hochzog und ihr Bild im Spiegel sah. Schwarz stand ihr, passte genau zu ihrem Teint, zu ihrem eleganten Make-up. Ihr Haar fiel weich auf die Schultern herab. Eine Seite hatte sie zurückgenommen und mit einem dekorativen Kamm über dem Ohr festgehalten. Um den Hals trug sie eine schlichte Perlenkette, und auch die Ohrclips waren mit je einer Perle verziert.

Als sie unten die Klingel gehen hörte, griff sie rasch nach den Orchideen und steckte sie sich an ihr Kleid. Dabei stach sie sich mit den Nadeln und war froh, dass Aaron, der im Moment alles nachmachte, nicht in der Nähe war, um ihr Schimpfen zu hören.

Die Blumen hatten erst am Nachmittag zu einem neuerlichen Streit mit Babs geführt. „Es ist halb fünf, und du hast die Orchideen noch nicht fertig gemacht, die Trevor bestellt hat."

„Das werde ich auch nicht", lautete Kylas Antwort.

„Was? Du spinnst wohl! Ich habe ihm schon eine Rechnung geschickt."

„Du hast was?"

„Er ist ein Kunde, Kyla. Er hat Orchideen bestellt, und ich habe ihm eine Rechnung dafür geschickt. Nun schulden wir ihm ein Orchideengesteck."

Kyla warf ihrer zufrieden lächelnden Freundin einen vernichtenden Blick zu und machte sich an die Arbeit.

„Das geht nicht", bemerkte Babs, die ihr dabei über die Schulter gesehen hatte. „Er hat zwei Blüten bestellt."

„Woher weißt du das?"

„Ich habe es zufällig gehört. Und er hat auch gesagt, du sollst an nichts sparen, also tu noch etwas von dem seidigen Zeug dahinter."

„Hast du die ganze Unterhaltung ‚zufällig' mitangehört?"

„Natürlich. Zumindest glaube ich es. Hat einer von euch etwas gesagt, dessen du dich schämen müsstest?“

„Natürlich nicht“, erklärte Kyla hitzig.

„Wieso regst du dich dann so auf?“

Als Kyla sich nun ein letztes Mal im Spiegel betrachtete, musste sie zugeben, dass alles sehr gut zusammenpasste: Das Kleid aus schwarzer Seide, die Perlen und dazu die Orchideen.

Wenn sie jetzt nur nicht so nervös wäre, könnte alles bestens sein. Sie verstand sich selbst nicht. Sie war verheiratet gewesen. Sie war Mutter. Und dennoch fühlte sie sich wie ein Teenager vor dem ersten Date.

„Das ist doch albern!“ Energisch nahm sie ihre kleine schwarze Handtasche auf und schaltete das Licht hinter sich aus.

Trevor stand in der Diele und hielt Aaron auf dem Arm. Er wiegte den Jungen auf und ab, während er sich mit Meg und Clif unterhielt. „... sollte in ungefähr zwei Wochen fertig sein.“ Er drehte sich herum, als er merkte, dass etwas auf der Treppe die Aufmerksamkeit der Powers auf sich gezogen hatte.

Schiere Willenskraft hielt Kyla davon ab, beim nächsten Schritt ins Stolpern zu geraten. Sie zwang sich, ruhig weiterzugehen. Leider konnte sie ihren Herzschlag nicht so unter Kontrolle halten.

„Hallo, Trevor.“

„Hi.“ Aaron zupfte an Trevors Bart herum, aber er schien es nicht zu bemerken. Sein Blick hing wie gebannt an Kyla. Ihr ging es umgekehrt ebenso. Er sah einfach umwerfend aus.

Er trug einen dunkelgrauen, fast schwarzen Anzug. Das weiße Hemd ließ sein Haar und den Teint noch dunkler erscheinen. Die korrekte silber-schwarz gestreifte Krawatte hätte an jedem anderen Mann langweilig gewirkt, nicht jedoch bei Trevor.

„Die Orchideen sind wunderbar.“

„Danke.“ Ein wenig verlegen berührte sie das Gesteck an ihrer Brust. Sie wusste nicht, was sie noch sagen sollte. Glücklicherweise kam Aaron ihr zu Hilfe. Er wählte diesen Augenblick, um sich unerwartet fallen zu lassen. Sie hatte kaum Zeit, die Hände zu heben, als er auch schon gegen sie prallte.

Trevor, der seinen entspannten Griff um das Kind sofort verstärkte, hatte ihn noch nicht losgelassen. So wurde sein rechter Arm eingefangen zwischen Aaron und Kylas Brüsten. Als sie den Jungen endlich richtig zu fassen hatte, zog Trevor seinen Arm fort. Es folgte ein Moment peinlicher Verlegenheit, den alle durch lautes Reden zu verdrängen versuchten.

„Gib mir den Jungen“, sagte Meg.

„Ihr beiden solltet losfahren, wenn ihr nicht zu spät kommen wollt.“ Das war Clif.

„Sind Sie bereit?“ Trevor sah sie fragend an.

„Ja. Ich glaube, ich habe alles. Gute Nacht, Aaron.“

„Wir bringen Aaron zu Bett, du brauchst also nicht extra früh nach Hause zu kommen“, bemerkte Meg.

„Fahrt vorsichtig. Ihr habt noch Zeit genug“, rief Clif ihnen nach, als sie zur Straße gingen.

Kyla knirschte mit den Zähnen. Ihre Eltern!

Als Trevor im Auto saß, sah er zu ihr herüber. „Ich weiß, dies ist kein Date, aber darf ich trotzdem sagen, dass Sie sehr hübsch aussehen?“

Sein Versuch, humorvoll zu sein, ließ sie ein wenig entspannen. „Ja. Und vielen Dank.“

Der Chandler Country Club war erst zwei Jahre alt. Der Golfplatz war noch nicht ganz fertig, aber das moderne Gebäude aus Naturstein wirkte sehr ansprechend. Trevor führte Kyla den Weg hinunter, der den Parkplatz mit dem Eingang verband.

Sie hatte sich schon fast – aber nur fast – daran gewöhnt, seine Hand an ihrem Ellbogen zu spüren. Sie war jedoch nicht darauf vorbereitet, dass er seine Schritte verlangsamte, sich zu ihr herabbeugte und sein Gesicht fast ihren Nacken berührte, bevor er sich wieder aufrichtete.

„Diesmal sind es nicht die Blumen, die so duften. Es ist Ihr Parfüm. Es ist wunderbar.“

„Danke.“ Die Worte kamen nur mit Mühe über die Lippen. Ihr Hals war plötzlich wie zugeschnürt. Der Mann überwältigte sie. Jedes Mal, wenn er sie anlächelte, so wie jetzt, musste sie an ihre Diskussionen mit Babs darüber denken, wie es sein würde, einen Mann mit Bart zu küssen.

Die Cocktailparty, die dem Essen vorausging, hatte bereits begonnen. Lautes Lachen und Stimmengewirr erfüllten den Raum.

„Möchten Sie etwas trinken?“ Trevor musste sich herabbeugen und seine Lippen fast an ihr Ohr legen, damit Kyla ihn verstehen konnte.

„Club Soda mit Zitrone, bitte.“

Er nickte und verschwand durch die Menge zur Bar. Nur der Duft seines Colognes blieb zurück. Kyla mochte den Duft sehr. Er war herbmännlich mit einem Hauch Zitrus.

Unwillkürlich registrierte sie, wie maßgeschneidert die Jacke auf seinen breiten Schultern saß und wie gut sie ihm stand.

„Kyla Stroud! Ich habe Herbie doch gleich gesagt, dass du das bist! Wie schön, dich hier zu sehen!“

„Hallo, Mrs. Baker, Mr. Baker.“

„Wie geht es deiner Familie?“

„Danke, gut.“

„Und dem Kleinen?“

„Aaron ist ein reines Energiebündel." Sie lachte. „Ich kann kaum mithalten mit ihm."

„Kyla, Ihr Drink." Sie nahm das Glas entgegen, das Trevor ihr gebracht hatte. Die überraschten Mienen der Barkers waren genau das, was sie erwartet – und befürchtet – hatte.

„Danke, Trevor. Darf ich Ihnen Mr. und Mrs. Herb Baker vorstellen. Mrs. Baker war in der siebten Klasse meine Englischlehrerin. Mr. Baker betreibt eine Versicherungsagentur. Trevor Rule", sagte sie und trat ein wenig beiseite, damit die drei sich begrüßen konnten.

„Rule, Rule", wiederholte Mr. Baker, während er Trevor die Hand schüttelte. „Richtig: Rule Enterprises! Ich habe doch überall Ihre Firmenschilder gesehen. Sie sind Bauunternehmer, nicht wahr?"

„Richtig, Sir. Ich habe vor kurzem hier in Chandler meine eigene Firma gegründet."

„Sie hätten sich keine bessere Stadt aussuchen können", meinte Baker. „Chandler war lange Zeit eine ziemlich verschlafene kleine Stadt. Aber allmählich ändert sich das. Sie sind in der letzten Woche Mitglied der Handelskammer geworden, nicht wahr?"

„Ja, das stimmt."

„Freut mich zu hören. Ich sitze im Aufnahmekomitee."

Während diese Unterhaltung lief, wanderte Mrs.

Bakers Blick neugierig zwischen Kyla und Trevor hin und her. „Kannten Sie beide sich schon vorher?" platzte sie schließlich heraus.

Was genau mit „vorher" gemeint war, sollte Kyla nie erfahren, denn Trevor kam ihr zu Hilfe. „Bitte entschuldigen Sie uns. Ich möchte Kyla noch mit jemandem bekannt machen ..." Trevor nickte den beiden höflich zu. Kyla lächelte vage und ließ sich von ihm fortziehen. „Ich wusste, dass es Ihnen unangenehm ist."

„Was?"

„Mit mir gesehen zu werden."

„Das ist es nicht. Das, was alle denken, stört mich."

„Und was glauben Sie, was sie denken?"

„Ach, Sie wissen schon. So etwas wie: ‚Wird auch Zeit, dass die kleine Witwe wieder unter die Leute kommt.' Oder: ‚Es ist zu früh für sie, wieder unter die Leute zu gehen.' Meine Eltern haben doch so getan, als müssten sie zuerst einmal die älteste Tochter loswerden, bevor sie endlich die anderen sechs unter die Haube bringen können."

Trevor lachte. „So schlimm war es ja nun auch nicht."

„Wirklich nicht?"

„Nein. Sie nehmen es wahrscheinlich ernster als ich."

„Ich hätte Ihnen keinen Vorwurf gemacht, wenn Sie auf der Stelle die Flucht ergriffen hätten."

„Aber das habe ich nicht. Ich bin immer noch hier."

Er sprach mit einer solchen Intensität, dass Kylas Unbehagen nur noch wuchs. Um ihn nicht ansehen zu müssen, ließ sie den Blick durch den Raum schweifen. „Jetzt habe ich das Gefühl, als hätten sich Menschen, die ich schon mein ganzes Leben lang kenne, in Spione und Klatschbasen verwandelt."

„Man kann viel Zeit und Energie darauf vergeuden, sich Gedanken darüber zu machen, was andere über einen denken oder sagen."

Sie seufzte. „Ich weiß. Aber die Situation kann doch für Sie auch nicht sonderlich angenehm sein. Haben Sie nicht das Gefühl, in einem Schaufenster zu sitzen und von allen angestarrt zu werden."

„Meinetwegen brauchen Sie sich keine Gedanken zu machen. Was die Leute denken, ist mir eigentlich ziemlich egal. Mir geht es nur darum, dass Sie sich nicht unbehaglich fühlen. Nur deswegen habe ich etwas dagegen."

„Wir wissen, dass dies kein richtiges Date ist. Ich wollte, die anderen wüssten es auch."

„Die einzige Möglichkeit, es publik zu machen, wäre wohl, ich mache eine Ansage über das Saalmikrofon ..."

Zuerst einmal hätte er seine Hand von ihrem Rücken nehmen können. Sie hatten die andere Seite des Raums erreicht, aber seine Hand lag immer noch auf ihrem Rücken.

Dann hätten sie andere Leute in ihre Unterhaltung mit

einbeziehen können. So wie sie da zu zweit allein vor dem Fenster standen, ernst ins Gespräch vertieft, mussten alle den Eindruck gewinnen, dass das, was sie sich zu sagen hatten, privat und sehr persönlich war. Und das war es ja eigentlich auch.

Kyla trat einen Schritt zurück, vorgeblich um etwas zu trinken, aber eigentlich nur, um etwas auf Distanz zu gehen. Trevor nippte an seinem eigenen Drink, einem hellen Whiskey.

„Würden Sie sich besser fühlen, wenn ich Ihnen sagte, dass Sie sensationell aussehen?“ fragte er.

Sie ließ die Fingerspitze über den Glasrand laufen. „Nein, ich glaube nicht.“

„Okay. Dann will ich auch gar nicht erwähnen, dass Ihr Kleid einfach wunderbar aussieht.“

Sie hob den Blick und fing ein Lächeln von ihm auf. Ihre Züge entspannten sich ein wenig. „Vielen Dank.“

„Vielleicht sollten wir uns ins Nebenzimmer bewegen“, schlug er vor. „Einige gehen schon hinüber, um ihren Platz zu suchen.“

Ihre Tischnachbarn waren ein junger Banker und seine Frau. Lynn und Ted Haskell waren neu in der Stadt und kannten Kyla und ihre Vergangenheit daher nicht. Trevor stellte sie einfach als eine „Bekannte“ vor. Bald war ein lebhaftes Gespräch zwischen ihnen im Gange.

Trevor war die Aufmerksamkeit selbst. Er sorgte

ständig dafür, dass sie Salz, Pfeffer, Butter, frisches Brot, Wasser oder Kaffee hatte. Sie genoss es, so verwöhnt zu werden. Mahlzeiten mit Aaron glichen immer eher einem Kampf. Manchmal, wenn sie fertig war, konnte sie sich nicht erinnern, etwas gegessen zu haben, weil sie ständig verschüttete Milch oder Aarons verkleckertes Essen aufwischen musste.

„Hat es Ihnen nicht geschmeckt?" fragte Trevor, als der Ober ihren schon peinlich leeren Teller forttrug.

Sie lachte verlegen über sein Necken. „Es war wunderbar – vor allem, weil ich in Ruhe essen konnte. Mit Aaron zu essen ist nicht ganz so entspannend. Ich musste mich zusammenreißen, um nicht aus lauter Gewohnheit das Fleisch für Sie klein zu schneiden. Falls ich anfangen sollte, Ihnen die Serviette auf dem Schoß zurechtzuzupfen, versuchen Sie es zu ignorieren."

Er sah sie einen Moment verblüfft an. Dann glitt ein breites Lächeln über seine Züge. „Kyla, falls Sie irgendetwas auf meinem Schoß aus welchem Grund auch immer zurechtzupfen sollten, dürfte es so gut wie unmöglich für mich sein, es zu ignorieren."

Kyla hätte sterben mögen. Was hätte sie dafür gegeben, wenn sie die Erde hätte bewegen können, sich unter ihr aufzutun und sie auf ewig zu verschlingen! Ihre Wangen brannten. So etwas Peinliches war ihr wirklich noch nie passiert!

„Ich ... ich meinte ..."

„Ich weiß, was Sie meinten." Trevor drückte ihr die Hand. „Noch Kaffee?"

Sie nickte nur und registrierte erleichtert, dass im Moment kein weiteres Gespräch nötig war, weil das offizielle Programm begann. Zuerst wurde das Video vorgeführt, in dem die Vorzüge von Chandler dargestellt wurden.

„Ist Ihnen langweilig?" flüsterte Trevor Kyla zu.

Sie hatte erfolglos versucht, ein Gähnen zu unterdrücken. „Nein, nein. Es ist alles sehr interessant."

„Sie lügen wirklich schlecht", knurrte er dicht an ihrem Ohr. Sie lachte leise. „Möchten Sie gehen?"

„Nein!" entfuhr es ihr. Sie wusste, wie wichtig ihm dieser Abend war. Er war hier, um zu sehen und gesehen zu werden.

„Wir könnten heimlich verschwinden."

„Nein, nicht nötig. Ich bin okay."

Langsam lehnte er sich zurück. Kyla schluckte. Verstohlen sah sie sich um, um festzustellen, ob irgendjemand sie beobachtet hatte. Und richtig: Mrs. Baker sah erwartungsvoll zu ihnen herüber. Hastig wandte Kyla sich ab.

Ihr Blick fiel auf den Banker und seine Frau. Lynns Hand lag auf Teds Schenkel. Er streichelte sie gedankenverloren. Es war eine rührende Geste ehelicher Intimität.

Eine unbewusste Geste, die so viel sagte und an die sich dennoch später niemand erinnerte.

Richard und sie hatten so etwas oft erlebt.

Kyla erschrak. Es war das erste Mal seit Stunden, dass sie an Richard dachte. Schuldgefühle befielen sie. Was war los mit ihr? Sie konzentrierte sich nun ganz auf ihn, auf sein Gesicht, sein Lächeln, sein Lachen, während vorn ein Redner nach dem anderen das Wort ergriff.

Trevor und Kyla waren unter den Ersten, die gingen. Sie schafften es gerade bis zum Wagen, als es anfing zu regnen.

„Möchten Sie noch irgendwohin fahren auf einen Nachtisch?“ Trevor sah sie fragend an.

„Erinnern Sie sich noch an den Kirsch-Käse-Kuchen?“

„Ach ja.“ Und nach einer kleine Pause. „Kaffee?“

„Ich glaube nicht.“

„Ein Drink?“

„Nein, danke, Trevor. Ich sollte jetzt nach Hause fahren.“

„Okay.“

Er klang enttäuscht. Aber das war sicher ein Irrtum. Er musste so froh sein wie sie, dass der Abend fast vorbei war.

Sie sprachen wenig, wodurch das Trommeln der Regentropfen auf dem Wagendach noch lauter wirkte.

Offensichtlich war Trevor es nicht gewohnt, mit beiden Händen am Steuer zu fahren. Während die Linke die Kontrolle über den Wagen hatte, war seine Rechte ständig in Bewegung. Er schaltete das Radio ein. Drehte es lauter. Drehte es wieder leiser. Löste den Knoten seiner Krawatte. Drehte das Radio wieder ein wenig lauter. Endlich ließ er die Hand liegen.

Auf dem Sitz.

Halb zwischen ihnen.

Aus den Augenwinkeln heraus beobachtete Kyla diese Hand, als stelle sie eine ernste Bedrohung dar.

Was, wenn er sie näher schob? Würde sie etwas sagen?

Was, wenn er sie packte? Würde sie schreien?

Was, wenn er nach ihrer Hand griff? Würde sie es ihm erlauben, sie zu halten?

Ihr Puls raste, und ihre Handflächen wurden feucht. Noch nie war das Haus, in dem sie mit ihren Eltern und Aaron lebte, ein so willkommener Anblick für sie gewesen.

Die Hand tat nichts weiter, als den Motor abzustellen, nachdem der Wagen zum Stehen gekommen war. „Bleiben Sie sitzen“, bat Trevor, als sie nach dem Türgriff tastete. „Ich habe einen Schirm.“

Sekunden später hielt er ihr die Wagentür auf und dabei den aufgespannten Schirm bereit. Wie es geschah, wusste sie später selbst nicht. Vielleicht drängten sie sich unter dem Schirm zusammen, um nicht nass zu werden. Auf jeden Fall war sie ihm plötzlich sehr, sehr nah. Instinktiv sah sie nach oben. Sein Gesicht war dicht an ihrem. Er hielt den Schirm mit der Linken. Seine Rechte legte sich leicht um ihre Schultern.

Zuerst spürte sie nur das Kitzeln seiner Barthaare, dann fühlte sie seine Lippen auf ihren. Warm und fest.

Es tat so unendlich gut!

Sie wich rasch ein wenig zurück und senkte den Kopf. Er nahm die Hand von ihrer Schulter. Der Eindruck seiner Berührung blieb, schien sich in ihre Haut eingebrannt zu haben.

Die Regentropfen schlugen auf den Schirm und rollten dann daran herunter. Unter dem kleinen Dach standen sie ganz still. Schwiegen.

„Es tut mir Leid", sagte Trevor schließlich. „Keine Küsse erlaubt beim ersten Date?"

„Dies ist kein Date."

„Ach, ja, richtig. Ich vergesse das immer wieder."

Langsam gingen sie Richtung Haustür. Es brannte kein Licht, das ihnen den Weg zur Veranda erleichtert hätte. Dort angekommen nahm Trevor den Schirm herunter und schüttelte ihn.

„Vielen Dank für den schönen Abend." Kyla schob sich zur Tür.

„Ich weiß, wir haben gesagt, dass es kein Date war."

Der Schirm fiel auf die Veranda, drehte sich einmal, bevor er liegen blieb.

„Ja, das haben wir gesagt."

„Richtig. Wir sind übereingekommen, dass es kein Date ist, aber …" Er trat einen Schritt auf sie zu. Und noch einen zweiten. „Es war doch eines." Zärtlich umfasste er ihr Gesicht mit beiden Händen. Ihre Lider senkten sich. Erneut drückte er seine Lippen auf ihre. Rieb sie leicht hin und her, bis ihre sich ihm öffneten. Seine Zunge drang in das warme Innere des Mundes vor. Zog sich wieder zurück.

„Gute Nacht, Kyla", flüsterte er.

„Gute Nacht."

7. KAPITEL

„Du bist ein Idiot!" Trevor nippte an seinem Drink. „Ein Idiot! Ein Feigling! Ein Lügner!"

Jedes Mal, wenn er Kyla sah, machte er ihr etwas vor – log sie an –, wenn er ihr nicht sagte, wer er eigentlich war. Er wusste, dass das, was er tat, falsch war, aber er brachte es nicht über sich, zu sagen: „Ich bin Smooch. Erinnerst du dich? Der Kerl, von dem dein Mann dir geschrieben hat. Einer von den Männern, die du verabscheust. Egoistisch. Hält sich für ein Geschenk Gottes an die Frauen. Smooch."

Trevor biss die Zähne zusammen und schloss die Augen. Er lehnte die Stirn gegen die Scheibe. Was er tat, grenzte an Betrug. Und es gab keine Entschuldigung dafür.

Eigentlich gab es sogar eine Entschuldigung, aber wer würde sie ihm glauben? Wer würde ihm glauben, dass er sich in eine Frau verliebt hatte, ohne sie je gesehen zu haben, nur weil er ihre Briefe gelesen hatte? Er konnte es ja selbst kaum glauben. Sie würde es ihm mit Sicherheit nicht abnehmen.

Früher oder später musste er ihr sagen, wer er war. Aber wann? Wie? Wie würde sie reagieren?

Ungeduldig wandte er sich vom Fenster ab und stellte

sein Glas mit Nachdruck auf den Tisch. Es gehörte zu der spärlich möblierten Wohnung, in der er, wie er hoffte, nur vorübergehend lebte.

Er wusste, wie sie reagieren würde, wenn er es ihr sagte: Mit Zorn, Verachtung und Hass. Das waren nicht die Gefühle, die er in ihren braunen Augen brennen sehen wollte, wenn sie ihn ansah.

Er begab sich ins Schlafzimmer und zog sich aus. Die dunkelroten Narben, die seine linke Seite bedeckten, waren nicht weniger, als er verdient hatte, fand er voller Selbstverachtung. Er hätte es verdient, gerädert zu werden dafür, dass er ihr nicht gleich gesagt hatte, wer er war.

Aber würde er es ihr bei ihrer nächsten Begegnung sagen? Wurde er den Mut dazu aufbringen?

Nein. Er wollte sich nichts vormachen. Er würde es ihr nicht sagen. Noch nicht. Nicht bevor ...

Als er so allein in seinem Bett lag, beobachtete er die Regentropfen, die gegen das Fenster schlugen. Er dachte an Kyla.

Du weißt, dass ich Regen immer geliebt habe. Heute regnet es. Es ist einer dieser endlosen Dauerregen, wenn man den Eindruck hat, die Sonne hätte uns ganz vergessen. Ich kann ihn nicht genießen. Ich bin deprimiert. Es sind keine schönen, blitzenden Tropfen, die tanzen, wenn sie auf die Pfützen treffen. Sie wirken bedrückt, wie Blei.

Mir ist klar geworden, worin der Unterschied liegt. Regen ist etwas, das man teilen muss. Es gibt nichts Schöneres, als Schutz vor dem Regen zu suchen mit jemandem, den man liebt. Und es gibt nichts Einsameres, als den Regen allein ertragen zu müssen.

Trevor stöhnte, als er sich an diesen besonderen Brief erinnerte. „Wenn du jetzt hier wärest bei mir, Kyla, dann würde ich den Regen mit dir teilen“, flüsterte er. „Ich würde alles mit dir teilen.“

„Aber das ist doch verrückt!“

„Ich möchte nicht mehr darüber reden, Babs!“

„Weil du weißt, dass du im Irrtum bist. Weil du weißt, dass du einfach nur halsstarrig bist.“

„Nicht halsstarrig – vernünftig.“

Sie spülten das Frühstücksgeschirr. Es war das erste Mal, dass Babs schon in aller Frühe zum Sonntagsfrühstück erschienen war, und über ihre Motive konnte es keine Zweifel geben. Kaum war sie da, begann sie auch schon, Kyla über ihren Abend mit Trevor auszufragen.

„Ich kann einfach nicht glauben, dass du nicht wieder mit ihm ausgehen willst.“

„Du darfst es aber glauben.“

„Aber warum denn nicht?“

„Das ist meine Sache.“

„Du bist meine beste Freundin, also geht es auch mich etwas an."

Kyla hängte das Handtuch auf und drehte sich zu Babs herum. „Hör auf damit, Babs. Hast du in deinem eigenen Leben nicht genug Drama? Musst du dich auch noch in mein Leben einmischen?" Sie verließ die Küche und eilte nach oben.

Babs blieb ihr auf den Fersen. „Mein Liebesleben benötigt keine Hilfe. Deins steckt in einer Krise."

„Wir reden nicht von ‚Liebesleben'", fuhr Kyla sie gereizt an. „Ich habe keines."

„Eben."

„Und" – Kyla betonte das Wort bedeutungsvoll – „ich will auch keines."

„Okay. Dann streich ‚Liebe' und setz stattdessen ‚Sex'. Lass uns über dein Sexleben sprechen."

Kyla ging weiter. „Das ist ja widerlich!"

Babs packte sie beim Arm, um sie zurückzuhalten. „Widerlich? Widerlich? Seit wann ist ein gesundes Sexleben widerlich? Du hast es doch selbst einmal gehabt."

„Das stimmt." Kyla entriss ihr ihren Arm. „Mit einem Mann, den ich geliebt habe. Mit meinem Ehemann, der mich geliebt und geachtet hat. Und so sollte es sein." Tränen brannten ihr in den Augen. Sie rannte die letzten Stufen nach oben, bevor Babs sie sehen konnte.

Die Powers waren bereits zur Sonntagsschule gegangen. Kyla sollte rechtzeitig zum Gottesdienst zu ihnen stoßen. Sie hatten Aaron mitgenommen.

Als Babs das Zimmer betrat, war Kyla gerade dabei, ihren Morgenmantel abzustreifen. Sie nahm sich ein Kleid aus dem Schrank und schlüpfte hinein.

Babs nahm auf der Bettkante Platz. „Im Idealfall sollte es so sein", räumte sie nach einer Weile ein. „Aber wir haben nicht alle immer so viel Glück, Ky. Wir nehmen, was sich bietet."

„Ich nicht. Was ich hatte, war perfekt. Ich will nichts anderes."

„Gütiger Himmel, sieh ihn doch an! Trevor Rule ist so perfekt, wie ein Mann nur sein kann."

Allein sein Name ließ Kylas Hände leicht zittern, als sie versuchte, einen Ohrring zu befestigen. Es gehörte heute nicht viel dazu, sie aus dem inneren Gleichgewicht zu bringen – nicht nach der tränenreichen Nacht, die sie hinter sich hatte. Noch wie benommen war sie hinauf in ihr Zimmer geeilt – und hatte als Erstes Richards Foto auf ihrem Nachttisch gesehen. Es hatte ihr deutlich gemacht, dass sie ihn betrogen hatte. Sie hatte geschworen, ihn in ihrem Herzen weiterleben zu lassen. Und so viel war inzwischen klar: Wenn sie mit Trevor Rule zusammen war, geriet dieser Schwur in ernste Gefahr.

Um Babs etwas entgegenzuhalten, sagte sie: „Woher

soll ich wissen, ob er so perfekt ist? Ich weiß doch überhaupt gar nichts von ihm. Ich habe ihn gerade erst vor einer Woche kennen gelernt."

„Du weißt, dass er gut aussieht. Du weißt, dass er rücksichtsvoll ist, dass er einen guten – wenn auch ziemlich langweiligen – Wagen fährt, dass er ehrgeizig ist, dass er nett ist zu älteren Mitbürgern und Kindern, dass er ..."

„Okay, okay, ich habe schon verstanden. Abgesehen von der Tatsache, dass er gut aussieht, könnte deine Beschreibung auch auf dreißig andere Männer passen. Und die will ich auch nicht heiraten."

„Wer hat denn etwas von heiraten gesagt?" entfuhr es Babs. „Ich rede von Spaß haben. Ausgehen. Vom Bett."

Der Kuss! Der Kuss! Zum Teufel mit diesem intimen, provozierenden Kuss! Wieso hatte sie ihn zugelassen? Wieso konnte sie ihn nicht vergessen? Wieso war er so gut gewesen?

„Sei nicht albern." Sie steckte ein paar Taschentücher ein. Wenn Aaron aus der Sonntagsschule kam, hatte er immer klebrige Hände. „Daran denke ich schon gar nicht mehr."

„Du lügst." Kyla fuhr herum und sah Babs empört an. „Du magst nicht bewusst daran denken, aber dennoch tust du es. Du kannst deine eigene Sexualität nicht abstreifen, nur weil jemand stirbt. Es ist ein Teil von dir, und du wirst dich damit befassen müssen."

„Das habe ich bereits."

„Das glaube ich nicht."

„Wieso?"

„Weil du zwei Ohrringe angesteckt hast, die nicht zusammenpassen."

Ungläubig starrte Kyla in den Spiegel. Babs hatte Recht. Hastig nahm sie sie wieder ab. „Das beweist überhaupt gar nichts."

Babs kam zu ihr. „Ich weiß, dass du Richard geliebt hast. Ich versuche ja nicht, dich dazu zu überreden, ihn zu vergessen."

„Das werde ich niemals!"

„Ich weiß", sagte Babs leise. „Aber er ist tot, Kyla. Und es ist keine Sünde weiterzuleben."

An der Haustür holte Babs sie ein. „Wirst du es nun tun oder nicht?"

„Was?"

„Noch einmal mit ihm ausgehen."

„Nein. Und damit ist das Thema beendet."

Babs musterte sie aus zusammengekniffenen Augen. „Du hast den Abend genossen", sagte sie vorwurfsvoll. „Verdammt, ich weiß es."

Im Stillen musste Kyla ihr Recht geben. Leider. Aber laut sagte sie: „Ich war ihm einen Gefallen schuldig und bin deswegen mitgegangen. Jetzt sind wir quitt." Schon auf der Veranda setzte sie noch hinzu: „Außerdem kannst du ganz beruhigt sein: Er würde mich wahrscheinlich sowieso nicht wieder einladen.“

Trevor lud sie ein. Am Donnerstag. Kyla hatte nichts von ihm gesehen oder gehört, bis das Telefon im Blumengeschäft klingelte. Da Babs mit einem Kunden beschäftigt war, nahm Kyla ab.

„Petal Pushers.“

„Kyla? Hi!“

„Hallo.“

„Hier ist Trevor.“

Als ob er sich noch vorstellen müsste! Sie hatte seine Stimme sofort erkannt. Ihr Puls ging gleich ein wenig schneller.

„Wie geht es ... Ihnen?“

„Sind wir immer noch per Sie? Ich dachte ...“

„Also gut“, sagte sie hastig, bevor er ausführlicher werden konnte. „Wie geht es dir?“

„Gut. Und dir?“

„Gut. Wir haben viel zu tun. Die Tage vergehen nur so wie im Flug.“ Er sollte nur ja nicht glauben, sie habe die Zeit am Telefon gesessen und auf seinen Anruf gewartet.

„Was macht Aaron?“

„Er ist quengelig. Ich glaube, er bekommt einen neuen Zahn.“

Er lachte. „Dann hat er ein Recht, quengelig zu sein.“

Kyla drehte die Telefonschnur nervös zwischen den Fingern.

„Den Grund, warum ich anrufe ...“

„Ja?“

„Es ist kurzfristig, ich weiß, aber die Haskells ... Du erinnerst dich an Ted und Lynn?“

„Natürlich.“

„Sie haben mich morgen Abend zum Essen eingeladen. Steaks vom Grill. Hättest du Lust mitzukommen?“

„Ich glaube, ich kann nicht.“

„Lynn hat es vorgeschlagen“, fuhr er rasch fort. „Ich meine, sie hat gefragt, ob ich jemanden mitbringen möchte, und als ich dich erwähnte, war sie sehr froh darüber. Sie scheint dich sehr zu mögen.“

„Ich sie auch, das musst du mir glauben. Aber Freitagabend ist ein Problem. Aaron ...“

„Er ist auch eingeladen. Lynn sagte, sie haben ein Planschbecken. Sie dachte, die Kinder – sie haben auch zwei – könnten im Wasser spielen.“ Er lachte wieder, und Kyla wurde bewusst, wie sehr sie dieses tiefe Lachen inzwischen liebte. „Wir wissen ja von unserer ersten Begegnung her, wie sehr Aaron Wasser mag.“

„Ich weiß nicht, Trevor ...“

„Bitte.“

Kyla nagte unschlüssig an ihrer Unterlippe. Sollte sie zusagen? Nein. Sie wollte ihm keinen falschen Eindruck geben. Andererseits: Wie konnte er den falschen Eindruck bekommen, wenn sie ihr Baby mitbrachte. Das klang nicht nach einem romantischen Abend. Und wäre es nicht unhöflich, die Einladung der Haskells auszuschlagen? Sie mochte die beiden wirklich gern. Außerdem: Eine Freundschaft mit einem Banker konnte nie schaden. Schon gar nicht für eine Geschäftsfrau. Babs und sie wollten vielleicht irgendwann einmal expandieren, und dann brauchten sie einen Kredit.

Gütiger Himmel, wem versuchte sie hier etwas vorzumachen?

Tatsache war, dass sie gehen wollte, und sei es nur, um zu beweisen, dass der letzte Samstagabend – und vor allem der Kuss – keinerlei Bedeutung gehabt hatte. Trevor war neu in der Stadt und kannte noch nicht viele Leute. Er wollte ihre Gesellschaft. Das war alles.

Warum also eine große Affäre daraus machen? Warum nicht einfach die Einladung annehmen und die Gastfreundschaft der Haskells genießen? „Das klingt nicht schlecht, Trevor. Vielen Dank für die Einladung. Wann soll es losgehen?“

Punkt sieben Uhr klingelte Trevor an der Tür. Kyla öffnete ihm. Es war jedes Mal wieder eine Überraschung für sie, wie groß er war. Oder wirkte er nur so, weil er so muskulös war? Unter den kurzen Ärmeln seines

Polohemdes zeichnete sich ein eindrucksvoller Bizeps ab. Die enge Hose hätte Babs sicher zu einem anzüglichen Kommentar verleitet, wäre sie hier gewesen.

„Ist deine Familie nicht da?"

„Nein. Ich soll von ihnen grüßen. Freitagabends treffen sie sich immer reihum mit Freunden zum Bingo."

„War das der Grund, wieso du gezögert hast, meine Einladung heute Abend anzunehmen?" Seine grünen Augen blitzten schelmisch.

Einer der Gründe, dachte Kyla bei sich. Einer der unwesentlichen Gründe. „Ja. Babysitter sind schwer zu finden. Wenn die Mädchen alt genug sind, dass man ihnen vertrauen kann, haben sie nichts anderes als Jungs im Sinn."

„Warst du auch so?"

„Natürlich." Sie lachte leise. „Mit einer Freundin wie Babs konnte es gar nicht anders sein. In den letzten Schuljahren waren wir förmlich verrückt nach Jungs."

„Ich sehe, ihr beiden habt wieder an eurem Teint gearbeitet."

Das weiße Sommerkleid brachte es zur Geltung. Kyla hatte gezögert, es anzuziehen, weil es ihre Schultern und einen großen Teil des Rückens freiließ, hatte dann der Versuchung aber nicht widerstehen können. Es war ein warmer Abend. Warum nicht?

„Hm, ja, nachmittags", bekannte sie ein wenig verlegen. „Es ist immer noch genug Sonne da, wenn ich aus dem Geschäft nach Hause komme."

„Sieht prima aus." Seine Stimme klang ein wenig rau – so wie kurz vor seinem Kuss.

Sie wich rasch beiseite. „Aaron ist noch oben."

„Ich werde dir helfen, ihn herunterzuholen."

„Danke, nicht nötig."

„Vier Hände sind besser als zwei." Er folgte ihr die Treppe hinauf. „Bei Aaron bin ich mir nicht einmal sicher, ob vier genug sind."

Als sie das Kinderzimmer betraten, stand Aaron schon am Gitter seines kleinen Bettchens. Er begann, aufgeregt auf und ab zu hüpfen, als er Trevor sah, und gab strahlend Gluckslaute von sich.

„Ich glaube, er erkennt mich." Trevor hob Aaron aus dem Bett. „Hallo, Aron! Bist du in dieser Woche wieder der Schrecken der Familie gewesen? Hast du noch ein paar Nelken geköpft?"

Während Trevor den Kleinen hochhielt, bemerkte Kyla die Narbe an seinem linken Arm. Sie begann am Handgelenk, ging um den Ellenbogen herum und verschwand dann unter dem Ärmel. Als Trevor sich lachend umwandte, um etwas zu ihr zu sagen, bemerkte er ihren Blick, der starr auf die Narbe gerichtet war.

Er wurde sofort ernst. „Ich habe dir gesagt, dass es hässlich ist."

Sie sah auf. „Du musst schrecklich gelitten haben."

Er zuckte die Schultern. „Es ging. Fertig?"

Er trug Aaron, während sie die Wickeltasche mit den Windeln nahm. Er hatte sie etwas zweifelnd angesehen, als sie sie über die Schulter geworfen hatte. „Ich weiß. Es sieht aus, als wollten wir umziehen", erklärte sie lachend, „aber ich habe gelernt, mich auf alle Eventualitäten einzustellen. Ich bin sicher, Lynn versteht das."

„Wir werden Aarons Sitz von deinem Wagen in meinen ummontieren müssen", bemerkte er, als sie das Haus abgeschlossen hatte.

„Wie weit ist es denn? Vielleicht kann ich ihn einfach auf den Schoß nehmen."

„Nein, nein, wir wollen es richtig machen."

„Wieso nehmen wir dann nicht meinen Wagen?"

„Ich fahre?"

Lächelnd ließ sie die Schlüssel in seine freie Hand fallen. „Was macht das Haus?" erkundigte sie sich, nachdem Aaron festgeschnallt war und sie losfuhren.

Trevor hatte zunächst einmal den Fahrersitz zurückgeschoben, um Platz zu machen für seine langen Beine. Wieder lag nur seine linke Hand auf dem Steuer. Den rechten Arm hatte er über die Rückenlehne von Kylas Sitz gelegt. Seine Finger lagen nahe an ihrer linken Schulter, ohne sie jedoch zu berühren.

„Es läuft prima. Deine Idee mit der Frühstücksecke

war super. Sogar der Architekt war begeistert und hat sich nur geärgert, weil es ihm nicht selbst eingefallen ist."

„Es ist ein so schönes Grundstück. Es wäre ein Jammer, diese Bäume nicht richtig zu genießen."

„Eben deswegen baue ich ja dort."

... dass ein Haus ohne Bäume nichts ist. Lieber würde ich in einem Baumhaus wohnen als in einem Palast, der nur von Beton umgeben ist.

Ted und Lynn Haskell waren beide sehr temperamentvolle Persönlichkeiten. Sie empfingen Kyla und Trevor mit offenen Armen. Bei ihnen herrschte das laute Chaos einer glücklichen Familie. Die älteste Tochter, ein bildhübsches Mädchen von sieben Jahren, nahm Aaron unter ihre Fittiche, während die Männer draußen grillten und Lynn Kyla auf ihren Wunsch hin durch das Haus führte und anschließend ihr Angebot annahm, ihr in der Küche zu helfen.

„Trevor hat uns erzählt, dass du Witwe bist." Unkompliziert wie Lynn war, hatte sie gleich für alle das du vorgeschlagen, und Kyla hatte gern zugestimmt.

Kyla war gerade dabei, den Salat zu machen. Lynns Bemerkung ließ sie erstarren. Hatte Trevor über sie gesprochen?

Offensichtlich spürte Lynn ihre innere Spannung. „Ich klatsche nicht, Kyla. Und für Trevor gilt dasselbe. Ich habe gefragt. Er hat es mir gesagt, hat aber nichts weiter erklärt. Falls es dir unangenehm ist, können wir über etwas anderes sprechen."

Trevor hatte nichts weitererzählen können, weil er die Details über Richards Tod nicht kannte. Eigentlich merkwürdig, dass er nie danach gefragt hatte. Sie sah zu Lynn hinüber. „Richard ist am Tag nach Aarons Geburt gestorben."

„Mein Gott!" Lynn setzte die Schüssel Kartoffelsalat ab, die sie gerade aus dem Kühlschrank genommen hatte. „Was ist passiert?"

Kyla erzählte kurz die Geschichte. „Das Ganze ist noch keine zwei Jahre her."

Lynns Blick fiel auf die Terrasse, wo die Männer ihr Bier tranken, während sie ein Auge auf die Steaks und die Kinder im Becken hielten. Gerade als sie hinübersah, bückte Aaron sich und steckte das Gesicht ins Wasser. Offensichtlich bekam er etwas mehr, als er erwartet hatte, denn er prustete und spuckte. Sofort war Trevor bei ihm, wischte ihm das Gesicht mit einem Handtuch ab und klopfte ihm den Rücken. „Trevor und Aaron scheinen ja sehr gut miteinander auszukommen. Seit wann kennst du ihn?"

„Gerade erst seit gut einer Woche. Wir sind nur

Freunde. Welches Dressing möchtest du für den Salat?“ Als Kyla sich umdrehte, fing sie einen amüsierten Blick von Lynn auf. „Was ist?“

Lynn lachte. „Falls all das, was Ted von Trevor erzählt, stimmt, solltest du besser vorsichtig sein.“

„Wieso? Was sagt Ted?“

„Dass Trevor ehrgeizig ist, dass er keine Angst kennt, dass er sehr risikofreudig ist im Geschäft und dass sich seine Projekte bisher alle ausgezahlt haben. Mit anderen Worten: Er bekommt für gewöhnlich, was er sich in den Kopf gesetzt hat.“ Sie lächelte viel sagend. „Falls die Aufmerksamkeit, mit der er dich neulich beim Essen umgeben hat, ein Anzeichen ist, dann würde ich sagen, der Mann hat es auf dich abgesehen.“ Sie nahm zwei Dosen Bier aus dem Kühlschrank und reichte eine Kyla. „Komm, ich glaube, die beiden könnten noch ein Bier vertragen.“

Trevor hatte Aaron aus dem Planschbecken gehoben und trocknete ihn mit einem Handtuch ab, so als wäre das etwas, was er jeden Tag tat. Kyla öffnete die Bierdose und reichte sie ihm.

„Ich trockne Aaron zu Ende ab, wenn du möchtest.“

Das Lächeln, mit dem er zu ihr aufsah, ließ ihren Puls schneller gehen. Er trank aus der Dose und leckte sich dann den Schaum vom Bart. „Wir kommen gut zurecht, aber vielen Dank für das Bier.“

„Keine Ursache.“ Verlegen wandte sie sich ab, um gerade noch zu sehen, wie Ted das frische Bier von seiner Frau entgegennahm. „Danke, Darling“, sagte er und gab ihr einen liebevollen Klaps auf den Po. Lynn beugte sich über ihn und hauchte ihm einen Kuss auf das schon schütter werdende Haar.

Kyla wusste nicht, wann sie sich je so einsam gefühlt hatte.

„Es ist alles dunkel im Haus“, bemerkte Trevor, als Kylas Wagen auf die Auffahrt fuhr.

„Ich nehme an, Mom und Dad sind noch nicht zurück.“ Es war merkwürdig, dass sie so lange ausblieben. Normalerweise gingen die Bingo-Abende nie länger als bis elf, und jetzt war es fast Mitternacht. Sie hatte den starken Verdacht, dass die beiden absichtlich so spät kamen.

Trevor half Kyla, mit dem schlafenden Aaron auf dem Arm auszusteigen. Er schloss die Haustür auf.

„Vielen Dank, Trevor. Es war ...“

„Ich bringe dich noch hinein. Ich würde euch nicht zu dieser Zeit allein ein dunkles Haus betreten lassen.“

Es schien keinen Sinn zu haben, zu protestieren, aber sie fühlte sich doch sehr unbehaglich, als er ihr voraus die Treppe hinaufging. Aaron hatte bereits bei Lynn auf dem Sofa geschlafen. Sie hatte ihn dort fertig gemacht für die

Nacht, so dass sie ihn jetzt einfach in sein Bett legen und zudecken konnte. Glücklicherweise wachte er nicht auf.

„Alles okay?" Trevor sah sie fragend an, als sie die Tür zu Aarons Zimmer hinter sich zuzog.

Sie nickte. „Er hat einen herrlichen Abend gehabt. Ich glaube, ich kaufe ihm auch ein solches Planschbecken."

Sie ging voran nach unten. In ihrem Inneren schien sich alles zusammengezogen zu haben. Sie verspürte das verrückte Bedürfnis, so laut wie möglich zu sprechen, um von der Stille des dunklen Hauses nicht erdrückt zu werden.

Eine Stufe knarrte laut, als Trevor darauftrat. Er lachte. „Das klingt ja fast wie in einem Spukschloss!"

„Das stimmt." Sie seufzte, als sie an ein Problem erinnert wurde, das sie schon seit langem bedrückte. „Es war der Traum meiner Eltern, dieses Haus zu verkaufen, als Dad in Rente ging. Sie wollten sich ein großes Wohnmobil kaufen und damit herumreisen."

„Und warum haben sie das nicht getan?"

„Richard starb." Trevor sagte nichts, aber sie spürte ein Zögern, bevor er den nächsten Schritt tat. „Seither falle ich ihnen wieder zur Last."

„Ich bin sicher, sie sehen es nicht so."

„Aber ich."

„Wieso verkaufen sie nicht jetzt?"

„Sie wollen nicht, dass Aaron und ich allein leben.

Außerdem ist der Marktwert der Häuser hier ziemlich gesunken. Falls nicht ein Wunder geschieht und das Bauamt die Zone ändert, würden sie bei einem Verkauf nicht viel bekommen."

„Es macht dir Sorgen, nicht wahr? Du möchtest nicht, dass sie sich für dich verantwortlich fühlen."

Sie lächelte bedrückt. „Es tut mir einfach Leid, dass sie sich meinetwegen ihren alten Traum nicht erfüllen können."

Sie sahen einander an. Es wurde ganz still. Das Licht in der Diele brannte, aber der Rest des Hauses lag im Dunkeln.

Kyla spürte Trevors innere Anspannung, obwohl er sie nicht berührte. „Ich lasse dich hinaus", sagte sie rasch und wandte sich ab.

Trevor war schneller. Ehe sie es sich versah, hatte er sie an sich gezogen und drückte seine Lippen auf ihre. Sie versuchte, ihn von sich zu schieben, war aber machtlos.

„Nein, Trevor, nicht!" stöhnte sie.

„Küss mich."

„Ich kann nicht."

„Doch, du kannst."

„Nein, bitte!"

„Wovor hast du Angst?"

„Ich habe keine Angst."

„Dann küss mich. Du weißt, dass du es möchtest."

Erneut fanden seine Lippen ihre. Rieben sich sinnlich an ihnen, bis sie sich ihm öffneten. Dann war seine Zunge da, suchte und fand ihre wie schon einmal zuvor ...

Sie waren völlig außer Atem, als sie sich endlich voneinander lösten. Trevor drückte seine heißen Lippen auf ihren Hals.

„Nein, nein!" Sie erkannte die keuchende Stimme kaum als ihre eigene.

„Ich kann es gar nicht glauben, dass ich dich küsse."

„Bitte nicht!"

„Und dass du mich zurückküsst."

„Nein, das tue ich nicht!"

„Oh doch, das tust du, Darling."

Er übersäte ihren Hals mit einer Spur zarter Küsse. „Du hast eine so wunderbare Haut!" Seine Hände glitten zärtlich über ihren bloßen Rücken.

Sie spürte seine Erregung und klammerte sich dennoch an ihn. In diesem Moment gab es nur ihn für sie. Ihre Finger vergruben sich in seinem dunklen Haar. Erneut öffneten sich ihre Lippen dem sinnlichen Spiel ihrer Zungen.

„Könnte es sein, dass du mich auch willst?"

„Trevor ..."

„Ich will dich."

Verschreckt löste sie sich von seinen heißen Küssen. „Nein, du darfst nicht glauben ..."

Er umfasste ihr Gesicht mit beiden Händen. „Nicht nur Sex, Kyla. Ich will mehr als Sex. Ich weiß, es kommt plötzlich, aber ich habe mich in dich verliebt."

Huntsville, Alabama.

Sie hatten das Haus zu ihrem fünften Hochzeitstag gekauft, und es war Umzugstag. Das Haus war ein Chaos. Überall Kartons und Kisten.

„Wie können wir so viel Zeug angesammelt haben? Bist du fertig mit dem Dachboden?"

Als die Frau des Buchhalters auf keine ihrer Fragen eine Antwort erhielt, drehte sie sich um, um zu sehen, was ihren Mann so beschäftigte. Er betrachtete nachdenklich ein paar Fotos. „Was ist das, Darling?"

„Hmm? Oh, ein paar Bilder, die ich in Kairo gemacht habe."

Ihr schauderte. Sie trat zu ihm und legte den Arm von hinten um ihn, während sie die Fotos über seine Schulter hinweg betrachtete. „Jedes Mal, wenn ich daran denke, dass ich dich fast verloren hätte, schauderte es mich. Wie viele Tage waren es noch zwischen deinem Urlaubsantritt und dem Anschlag?"

„Drei."

„Wer ist denn das da neben dir?" fragte sie leise mit einem Blick auf das Foto, das er soeben in die Hand genommen hatte. Sie wusste, dass er oft an die Männer dachte, die dort gemeinsam mit ihm Dienst getan hatten, vor allem an die, die bei dem Anschlag umgekommen waren.

„Der links war Richard Stroud."

„War?"

„Er hat es nicht geschafft."

„Und der andere?"

Ihr Mann lächelte. „Der sexy Teufel ist Trevor Rule. Ein Harvard-Mann. Gute Familie aus Philadelphia. Ein richtiger Schürzenjäger. Wir nannten ihn Smooch."

Sie lachte. „Smooch? Weil er so viel geküsst hat? Das kann ich mir denken!"

„Er hatte einen Harem, um den ihn jeder Sultan beneidet hätte."

„Hat er überlebt?"

„Er wurde gerettet, war aber schwer verletzt. Ich weiß nicht, ob er es überstanden hat oder nicht?"

„Willst du das Foto aufheben?"

„Was meinst du – sollte ich es?"

„War Stroud verheiratet?"

„Ja. Wieso?"

„Wenn dir das Foto nicht so wichtig ist, warum schickst du es dann nicht seiner Witwe? Sie hätte es wahrscheinlich gern. Ihr seht alle drei so glücklich aus, so als würdet ihr euch gut amüsieren."

„Smooch hatte gerade einen seiner berühmten

zweideutigen Witze erzählt.“ Er lehnte sich zurück und küsste sie. „Eine gute Idee. Ich werde es Strouds Witwe schicken, wenn ich ihre Adresse finden kann.“

Er warf das Foto in den Karton mit den Andenken, die mit in das neue Haus gehen sollten.

8. KAPITEL

Plötzlich?

Plötzlich? Hatte er das gesagt? „Ich weiß, es kommt plötzlich, aber ich habe mich in dich verliebt." Das Wort „plötzlich" konnte das Sensationelle dieser Aussage ja wohl kaum erfassen. Als Kyla am nächsten Morgen an diese Szene zurückdachte, konnte sie immer noch nicht glauben, dass er das wirklich gesagt haben sollte.

Sie war dem Himmel dankbar, dass ihre Eltern nur Sekunden später nach Hause gekommen waren. Trevors Worte hatten ihr fast die Sprache verschlagen. Sie bemühte sich vergebens, so etwas wie Konversation zu machen – erklärte, sie seien auch soeben erst nach Hause gekommen und hätten Aaron zu Bett gebracht. Nein, ihre Eltern hätten nichts unterbrochen.

Trevor war wie stets höflich zu Meg und Clif, aber immer wieder fing Kyla einen durchdringenden Blick von ihm auf.

Hastig geleitete sie ihn zur Tür und wünschte ihm rasch eine Gute Nacht, bevor ihre Eltern sich entschuldigen und sie wieder mit ihm allein lassen konnten. Sie schwor sich, ihn nie wiederzusehen.

Jetzt, bei Licht des Tages besehen, aber mit der Erinnerung seines Kusses noch auf den Lippen, wiederholte sie ihren Schwur. „Ich kann ... ich werde ihn nicht wiedersehen."

Aber es sollte nicht so einfach sein. Er rief an, während sie beim Frühstück saßen.

„Kyla", sagte er, sobald er sich gemeldet hatte, „es tut mir Leid, dass ich schon so früh anrufe, aber ich muss mit dir reden. Gestern Abend ..."

„Ich kann jetzt nicht, Trevor. Ich bin gerade dabei, Aaron zu füttern."

„Darf ich euch zum Essen einladen? Dich und Aaron?"

„Vielen Dank, aber es geht nicht. Dad und ich wollen heute meine alte Schaukel streichen."

„Wann? Ich komme vorbei und helfe."

„Nein, nein, bitte nicht", sagte sie rasch. „Ich weiß nicht genau, wann wir damit anfangen, und ich möchte nicht, dass es deinen ganzen Tag durcheinander bringt."

„Das ist mir einerlei. Ich möchte ..."

„Ich muss jetzt Schluss machen, Trevor. Auf Wiedersehen."

Er kam am späten Nachmittag vorbei. Kyla schob Kopfschmerzen vor und kam nicht einmal herunter, um Hallo zu sagen. Ihre Eltern warfen ihr vorwurfsvolle Blicke zu, nachdem Trevor gegangen war, sagten aber nichts.

Babs hatte keine solchen Hemmungen, ihre Meinung

zu sagen. Kyla ignorierte ihre missbilligende Miene. Gegen Ende der Woche blieb es nicht dabei, und Babs wurde deutlicher. Während einer Flaute im Geschäft kam es zum Krach.

„Der Mann hat während der letzten Tage mehrmals täglich hier angerufen."

„Das ist sein Problem." Kyla stemmte die Hände in die Hüften und kniff die Augen zusammen.

„Meins auch. Ich weiß nicht mehr, was ich sagen soll – warum du nicht an den Apparat kommen kannst."

„Bei deiner Fantasie fällt dir sicher noch etwas ein, falls er überhaupt noch einmal anrufen sollte."

„Das wird er. Er ist nicht so feige wie du."

„Ich bin nicht feige!"

„Nein? Wieso gibst du dir dann so viel Mühe, ihm aus dem Weg zu gehen? Was hat er getan? Etwas so Widerwärtiges wie deine Hand halten?"

„Du kannst dir deinen Sarkasmus sparen."

„Willst du wissen, was ich glaube?"

„Nein."

„Ich glaube, es war mehr als Händchenhalten."

Kyla wandte sich ab, damit Babs nicht sehen konnte, wie ihr die Röte in die Wangen stieg. „Wie schon gesagt: Du hast eine lebhafte Fantasie."

„Sonst wärest du doch nicht so in Panik. Wenn Trevor Rule dir nicht in irgendeiner Weise zu nahe getreten wäre, würdest du seine Versuche, dich zu sehen, doch mit einem Lächeln abtun."

„Es ist nicht witzig."

„Eben. Die Situation ist verdammt ernst."

„Das ist sie nicht!"

In diese ohnehin schon explosive Situation platzte der Gegenstand ihres Streits hinein. Die Türglocke läutete musikalisch. Trevor trat ein. Die beiden Frauen drehten sich gleichzeitig zu ihm herum. Er sah nur eine von ihnen – die, die plötzlich bleich wurde und sich nervös mit der Zungenspitze über die Lippen fuhr.

„Entschuldigt mich." Babs verschwand durch die Schwingtür ins Büro und murmelte dabei etwas von dem Propheten und dem Berg vor sich hin.

Kyla starrte zu Boden. Vielleicht war er gekommen, um Blumen zu bestellen. Vielleicht wollte er über das Wetter reden. Vielleicht war er aus irgendeinem anderen Grund hier, aber nicht aus dem, den sie am meisten fürchtete.

Sein erster Satz machte alle Hoffnungen mit einem Schlag zunichte.

„Warum gehst du mir aus dem Weg?"

Okay, wenn er es so wollte, sollte er es so haben. Unverblümt. „Was glaubst du wohl?"

„Wegen dem, was ich am Freitag gesagt habe?"

„Gut geraten."

„Hat es dich beleidigt?“

„So mit dem Wort ‚Liebe‘ herumzuwerfen, ist in der Tat beleidigend.“

„Ich habe nicht damit herumgeworfen. Es war mir Ernst.“

„Es fällt mir schwer, das zu glauben.“

„Warum?“

Sie sah ihn entsetzt an. „Warum? Weil wir uns genau viermal gesehen haben, bevor du mir gesagt hast, dass du mich liebst.“

„Hast du gezählt?“ Seine weißen Zähne blitzten, als er lachte.

„Nur weil das, was du gesagt hast, so verrückt war.“ Zum Teufel mit seinem Lächeln. Zum Teufel mit seinem Bart. Zum Teufel mit ihrem Puls, der bei seinem Anblick zu rasen begonnen hatte.

„So etwas kommt gelegentlich vor.“

„Nicht bei mir.“

„Aber bei mir. Ich liebe dich, Kyla.“

Sie kehrte ihm den Rücken zu und stützte sich mit den Armen auf den Tresen. „Hör auf, das zu sagen. Bitte!“

Er trat hinter sie. Sie spürte es, noch ehe er die Hände auf ihre Schultern legte. „Wovor hast du Angst, Kyla?“

„Vor nichts.“

„Vor mir.“

„Nein.“

„Vor deinen Gefühlen?“

„Ich habe keine.“

„Das stimmt nicht.“ Er schob ihr Haar beiseite und hauchte ihr einen Kuss auf den Nacken. „Du hat mich zurückgeküsst.“

„Das hatte nichts zu bedeuten.“

„Wirklich nicht?“

„Nur, dass ich lange nicht geküsst worden bin.“

„Und es tat gut?“

„Ja ... Nein ... Bitte. Ich kann nicht mir dir darüber sprechen.“

„Es fühlte sich so gut an, Kyla. So verdammt gut. Und richtig.“

Sie drehte sich zu ihm herum. „Aber es war nicht richtig, Trevor“, sagte sie mit Nachdruck.

„Und warum nicht?“

„Weil ich meinen Mann liebe.“

„Aber er ist tot!“

„In meinem Herzen nicht!“ schrie sie ihn an. „Dort lebt er. Und so soll es bleiben!“

„Das ist doch verrückt! Und unnatürlich.“

„Das geht dich nichts an!“

Sie schob ihn beiseite und brachte etwas Distanz zwischen sie. Als sie ihn wieder ansah, atmete sie schwer. Ihre Brust hob und senkte sich erregt. „Ich habe dich nicht provoziert. Ich bin fair gewesen. Ich habe dir gleich bei unserer zweiten Begegnung gesagt, dass ich nicht an einer Romanze interessiert bin. Ich habe eine gehabt. Eine wunderbare Liebesbeziehung, die mir für den Rest meines Lebens reichen wird. Nichts könnte sie übertreffen, und ich würde mich nie mit weniger zufrieden geben.“

Ungeduldig wischte sie mit dem Handrücken ein paar Tränen fort, die ihr in die Augen getreten waren. „Obwohl ich dir das alles klar gemacht habe, bist du weiter gekommen. Es tut mir Leid, wenn du glaubst, du hättest dich in mich verliebt. Du wirst dich damit abfinden müssen. Ich möchte dich nicht wiedersehen, Trevor. Und nun lass mich bitte allein.“

Seine Züge hatten sich verhärtet. In ihm arbeitete es sichtlich. Er hatte die Lippen fest aufeinander gepresst und die Hände zu Fäusten geballt. Kyla wusste nicht, ob er sie schlagen oder küssen wollte – und sie wusste nicht, was sie mehr fürchten sollte.

Schließlich tat er nichts dergleichen: Er machte auf dem Absatz kehrt und verließ das Geschäft. Krachend fiel die Tür hinter ihm ins Schloss. Die Glocke läutete Sturm.

Kyla sank gegen den Tresen. Erst jetzt wurde ihr bewusst, wie diese Begegnung an ihren Kräften gezehrt hatte. Jede Faser ihres Körpers fühlte sich an, als wäre sie ausgewrungen worden wie ein nasses Handtuch. Ihre Augen brannten.

Als sie sich halbwegs wieder gefasst hatte, löste sie sich

vom Tresen – und sah sich Babs gegenüber, die die Arme vor der Brust verschränkt hatte und sehr grimmig dreinsah.

„Sag kein Wort!“ warnte Kyla sie.

„Wieso sollte ich auch? Du hast ja alles gesagt, laut und deutlich. Jeder andere Mann würde jetzt wahrscheinlich einen weiten Bogen um dich schlagen. Aber nicht unser Mr. Rule. Der nicht!“

„Verdammt!“

Trevor bremste so scharf, dass die Kieselsteine unter den Rädern des Pickups in alle Richtungen stoben. Eine Staubwolke hüllte den Wagen ein, bevor er endgültig zum Stehen kam. Trevor verschränkte die Arme über dem Steuer und legte die Stirn darauf.

Was hatte er auch erwartet? Hatte er wirklich gedacht, er könnte einfach so in ihr Leben einfallen und sie so ohne weiteres dazu bringen, in seine Arme zu sinken? Und dann in sein Bett?

Ja, er musste es zugeben. Genau das hatte er unbewusst erwartet. Denn ihm war bisher immer alles so zugefallen. Im Sport. Im Studium. Bei den Frauen. Für ihn war das Leben ein Fest gewesen, auf dem man ihm alles auf dem Silbertablett reichte. Er hatte sogar erfolgreich die Pläne seines Vaters für seine Zukunft durchkreuzt. Er tat, was er immer hatte tun wollen. Abgesehen von der Katastrophe in Kairo hatte er ein Leben ohne alle Probleme geführt. Und sogar in dem einen Fall hatte sein Glück ihn nicht verlassen. Der Anschlag hatte ihn verletzt, aber er hatte überlebt.

Trevor hob den Kopf und starrte durch die verstaubte Windschutzscheibe nach draußen. So weit das Auge reichte, sah er nur Ebene. Ein Stacheldrahtzaun schien sich endlos hinzuziehen. War das die Richtung, die sein Leben genommen hatte? Ins Nichts?

Kylas Abweisung war bitter. War der Schmerz darüber nur die Reaktion eines vom Leben verwöhnten Mannes, der bisher alles erhalten hatte, was er wollte? Musste er dafür auf das Einzige verzichten, was wirklich wichtig war? Machten sich die Götter lustig über ihn, weil er in seinem Leben eine einzige ehrenhafte Geste gemacht hatte und verweigerten sie ihm nun das Privileg, sie auch bis zu Ende durchzuführen?

Aber es war mehr als das. Ehre und Pflicht hatte wenig oder gar nichts zu tun mit seinem Verhalten gegenüber Kyla.

Er liebte die Frau.

Sie war nicht mehr länger nur Worte auf Bögen von Briefpapier. Worte, die einsame Stunden gefüllt und Schmerz gelindert hatten. Worte, die ihm ein Anker gewesen waren, an den er sich hatte klammern können, als er ganz unten war.

Sie war eine Persönlichkeit. Eine Stimme. Ein Duft. Ein Lächeln.

Und sie liebte immer noch ihren Ehemann.

Richard Stroud war ein beeindruckender Mensch gewesen. Nun war er ein ebenso beeindruckender Geist. Und Geister hatten eine Art, noch beeindruckender zu werden als die Menschen, die sie gewesen waren. Man vergaß die Fehler der Toten und erinnerte sich nur an ihre guten Seiten.

Aber Richard Stroud war nicht sein Feind. Er durfte nicht so von ihm denken. Vielleicht sollte er diese ganze verrückte Idee aufgeben. Kyla liebte die Erinnerungen an ihren Mann. Sie hatte ihre Gefühle laut und deutlich klar gemacht.

Er sollte Schluss machen, solange es noch ging. Sie wollte ihn nicht.

Dann fiel ihm wieder die Leidenschaft ihres Kusses ein, das Gefühl ihrer Lippen an seinen, der Duft ihres Haars, ihre Haut unter seinen Händen – und er wusste: Er konnte nicht aufgeben.

Noch nicht.

Er legte einen Gang ein und brachte den Wagen zurück auf die Landstraße.

Er würde ihr Zeit lassen. Darauf hatte sie ein Anrecht.

Und in der Zwischenzeit wollte er arbeiten. Es gab viel zu tun. Und in den Nächten, im Bett, wenn sein Körper sich nach ihrem sehnte, wollte er sich damit begnügen, ihre Briefe zu lesen. Sie waren jetzt wie ihre Stimme, die ihm im Dunkeln ihre innersten Geheimnisse anvertraute.

„Was ist denn all das, Dad?“ fragte Kyla neugierig, als sie die Küche betrat.

„Ach, nichts weiter.“ Clif Powers begann rasch, die Papiere einzusammeln, die über dem Tisch verstreut lagen.

„Das kann ja wohl nicht sein.“ Ihr war die Hast ihres Vaters ebenso aufgefallen wie die verstohlenen Blicke, die ihre Eltern getauscht hatten. Ihre Mienen waren so schuldbewusst wie die von Aaron, als sie ihn dabei erwischt hatte, wie er ihren Lieblingsefeu aus dem Topf gerissen hatte.

Sie stützte die Arme in die Seiten. „Okay, ihr zwei – gesteht! Was ist los?“

„Setz dich doch und trink etwas Kühles, Liebling“, bat Meg.

„Ich möchte nichts trinken. Ich möchte wissen, was ihr beiden versucht, mir zu verheimlichen.“

Clif seufzte. „Es ist wohl am besten, wir sagen es ihr, Meg.“

Kyla setzte sich und sah ihren Vater aufmerksam an. „Ich höre.“

„Im Stadtrat ist ein Antrag eingebracht worden, unsere

Straße in den kommerziellen Bebauungsplan aufzunehmen. Wir, deine Mutter und ich, sind dagegen angegangen, aber keiner der anderen Besitzer. Gestern Abend hat der Stadtrat den Antrag angenommen."

„Wieso seid ihr dagegen? Steigert das nicht den Wert eures Grundstücks?"

„Ja, das schon, aber wir möchten dieses Haus nicht verlassen", meinte Meg. „Nicht, dass sie uns drängen. Uns bleibt noch eine Weile, aber ..."

„Ihr wollt nicht gehen wegen Aaron und mir", sagte Kyla leise. Sie begriff jetzt, warum die beiden es hatten geheim halten wollen. „Wir werden schon klarkommen. Das habe ich euch schon immer gesagt."

„Das wissen wir ja, aber wir wollten dir nicht das Dach über dem Kopf verkaufen."

„Es sieht ganz so aus, als hätte der Stadtrat euch diese Entscheidung nun abgenommen. Ich bin froh darüber. Das ist es doch, was ihr wolltet – das Haus verkaufen, stattdessen ein Wohnmobil kaufen und reisen."

„Aber du und Aaron ..."

„Ich bin eine erwachsene Frau, Mutter. Aaron ist ein gut entwickeltes Kind. Wir werden uns eine eigene Wohnung mieten. Es wird uns beiden gut tun."

„Aber als Richard starb, haben wir dir versprochen, dich nie allein zu lassen", warf Clif ein.

Kyla legte ihre Hand auf seine. „Ich weiß deine Sorge

zu schätzen, Dad. Ihr seid beide wunderbar gewesen. Aber ihr müsst auch an euer eigenes Leben denken. Ihr habt euch diese Jahre zusammen verdient. Ihr solltet diese Zeit nicht an mich gekettet verbringen." Sie warf einen Blick auf die zusammengefalteten Dokumente. „Ihr habt schon ein Angebot für das Haus bekommen, nicht wahr?"

„Hm, ja", bekannte Clif. „Aber uns bleiben achtzehn Monate bis zur Räumung. Wir müssen nicht gleich das erste Angebot annehmen."

„Wer weiß, was in achtzehn Monaten passiert?" gab Kyla zu bedenken. „Gelegenheiten wie diese bieten sich nicht jeden Tag. Wenn es ein faires Angebot ist, nehmt es an."

„Nein." Meg schüttelte energisch den Kopf. „Wir haben dir versprochen, dich nicht im Stich zu lassen."

„Aber, Mom ..."

„Wir werden das Haus nicht eher verkaufen, bis ihr beiden etwas Festes für euch gefunden habt. Und dabei bleibt es." Meg stand auf. Die Diskussion war beendet. „Möchtest du jetzt etwas Kühles oder nicht?"

Einige Stunden später lag Kyla im Bett und starrte an die Decke. Sie machte sich Sorgen wegen der Entscheidung ihrer Eltern. Der Verkauf würde ihnen finanzielle Sicherheit für den Rest ihres Lebens garantieren. Sie wollte nicht, dass sie ihre Träume aufschoben, bis sie zu alt oder zu schwach waren, um sie zu verwirklichen.

Nur ihretwegen zögerten sie, diese Chance zu nutzen. War ihnen denn nicht klar, was für Schuldgefühle sie damit in ihr weckten? Wegen Richards Tod hatten sie die Verwirklichung ihres Traums schon um fast zwei Jahre hinausgeschoben. Natürlich würde sie sie vermissen. Es würde sie traurig stimmen, zu erleben, wie das alte Haus abgerissen wurde, um neuen Bürogebäuden und Ähnlichem zu weichen. Abschiednehmen tat immer weh.

Aber ganz gleich, ob ihre Eltern das Haus verkauften oder nicht – wurde es nicht ohnehin Zeit für sie, für Aaron und sich ein eigenes Zuhause zu schaffen? Wie sollte sie Clif und Meg davon überzeugen, dass das das eigentliche Problem war?

Mit einem müden Seufzer schloss sie die Augen.

Und es geschah wieder.

Trevor Rule erschien vor ihrem inneren Auge. So war es jede Nacht. Stundenlang, bis sie endlich in einen erschöpften Schlaf fiel. Es war, als nehme er Verbindung mit ihr auf einer Ebene auf, die sie nicht verstand. Ihre Besessenheit von diesem Mann war irritierend.

Ein Monat war vergangen seit ihrer Szene im Blumenladen. Sie wünschte, sie könnte vergessen, wie zornig er ausgesehen hatte. Und noch mehr wünschte sie sich, vergessen zu können, wie er sie in der letzten Woche angesehen hatte, als sie ihm zufällig in der Stadt begegnet war.

Es war gegen Mittag gewesen. Sie und Babs hatten eine Lieferung ins Zentrum gebracht. Es war eine so große Bestellung gewesen, dass sie beide fahren mussten. Clif hatte sich erboten, sich während ihrer Abwesenheit um den Laden zu kümmern.

„Nun sieh dir das an!"

„Was?"

Kyla sah Babs fragend an.

„Auf der anderen Straßenseite! Was für eine Augenweide!"

Kyla folgte Babs' Blick. Trevor ging gerade zu seinem Pickup hinüber. Er trug einen Sack Betonmischung auf der Schulter. Sie beobachteten, wie er ihn mit Schwung in den Wagen beförderte. Aus der Entfernung hätte man nicht glauben können, dass er einen schweren Unfall hinter sich hatte und viele Narben, die es bewiesen. Er bewegte sich mit der Kraft und Eleganz eines olympischen Diskuswerfers.

Babs fuhr sich mit der Zungenspitze über die Lippen. „Möge der Himmel mich mit Blindheit schlagen, wenn der Mann nicht wunderbar ist!"

„Bitte ..."

„Hallo, Trevor!" rief Babs auch schon.

Wütend und gleichzeitig entsetzt kehrte Kyla ihr den Rücken zu und setzte sich in den Wagen. Sie ließ die Tür mit einem lauten Knall hinter sich zuschlagen. „Ich könnte dich umbringen!“ zischte sie Babs durch das offene Fenster zu.

Trevor hatte sie sofort entdeckt und winkte. Während er einen Wagen vorbeiließ, nahm er den alten Strohhut vom Kopf und wischte sich mit dem aufgerollten Hemdsärmel den Schweiß von der Stirn. Dann kam er fast im Laufschritt zu ihnen herüber.

„Hi.“

Der Himmel war wirklich grausam. Kein Mann sollte so viel Sex-Appeal haben und frei herumlaufen dürfen!

Er fuhr sich mit den Fingern durch das dichte schwarze Haar und schob sich ein paar Strähnen aus der Stirn, bevor er den Hut wieder aufsetzte. Das Hemd war nicht zugeknöpft und gewährte einen Blick auf eine muskulöse, gebräunte, mit dunklem Haar bedeckte Brust. Die Narbe an der linken Seite erhöhte den Eindruck des Männlichen nur noch. Männlich. Sinnlich. Sexy. Der Traum einer jeden Frau.

„Was bringt euch in die Stadt? Es ist ja bullenheiß!“

Babs lachte. „Sie fangen schon an, ganz wie ein Texaner zu klingen. Nicht wahr, Kyla?“

Kyla saß regungslos und hölzern wie eine Puppe im stickigen Wagen. „Ja, das stimmt.“

Er beugte sich zu ihr herein. „Wie geht es dir?“

„Gut. Und dir?“

„Gut. Aaron?“

„Ihm geht es auch gut."

„Gut."

„Sie scheinen hart zu arbeiten, Trevor", bemerkte Babs, der diese inhaltsreiche Unterhaltung auf die Nerven zu gehen schien.

Kyla konnte kein Mitgefühl für sie aufbringen. Sie hatte ja selbst Schuld. Hatte sie Trevor nicht herübergelockt wie ein Straßenmädchen? Sollte sie sich doch mit ihm unterhalten!

Sie hatte gedacht, sie werde erleichtert sein, als er sich aufrichtete, um mit Babs zu reden. Aber so erhielt sie nun einen ungehinderten Blick auf seinen Oberkörper. Er faszinierte sie.

Sie beobachtete, wie sich an seiner rechten Brust eine Schweißperle bildete. Langsam wurde sie immer größer. Begann nach unten zu rollen. Sie hätte sich in dem weichen Haar verlieren können, das seine Brust bedeckte, aber sie hatte nun schon zu viel Schwung entwickelt und rollte weiter, um schließlich im Nabel zu verschwinden.

„Nicht wahr, Kyla?"

Kyla erschrak. „Was?"

„Ich habe Trevor versprochen, dass wir uns sein Haus ansehen werden, sobald es fertig ist."

„Oh ja, gern", sagte Kyla vage. Sie durfte ihn nicht mehr ansehen! Sie musste den Blick auf den Horizont richten, auf die Parkuhr oder sonst etwas, nur nicht auf ihn!

Ihr ganzer Körper war schweißüberströmt, und das lag sicher nur zum Teil an der Mitsommerhitze. Sie wünschte sehnlichst, Babs möge endlich einsteigen und losfahren.

Aber es war Trevor, der sich als Erster verabschiedete. „Ich muss los. Der Betonmischer wartet auf mich. Hat mich gefreut, euch zu sehen."

„Bye-bye, Trevor", trällerte Babs.

„Goodbye, Babs. Kyla."

„Bye", sagte sie leise.

Erst als sie wusste, dass er ihr den Rücken zugekehrt hatte und fast bei seinem Wagen war, hob sie den Blick. Gleich darauf wünschte sie, sie hätte es nicht getan. Das Hemd klebte ihm an der Haut und betonte die Breite seiner Schultern. Und die Jeans saßen hinten so eng – und schmeichelnd – wie vorn.

Als sie jetzt, mehr als eine Woche später, verzweifelt versuchte, Schlaf zu finden, sah sie ihn wieder so vor sich. Mit einem resignierten Seufzer drehte sie sich auf die Seite und gab der Versuchung nach: Im Geiste folgte sie dem salzigen Schweißtropfen seine Brust hinunter. Diesmal folgte die Zunge ihm direkt bis in den Nabel ...

Kyla erwachte gereizt.

Ihre Stimmung wurde nicht besser, als sie beim Frühstück vom Telefon gestört wurde.

„Hi, hier ist Trevor."

Sie warf einen raschen Blick auf ihre Eltern. Das eine Mal, als sie gewagt hatten zu fragen, warum denn Trevor nicht mehr käme, hatte sie sie knapp beschieden: „Ich habe euch doch gesagt, wir sind nur Freunde. Wahrscheinlich hat er inzwischen eine Frau gefunden." Um nicht preiszugeben, wer der Anrufer war, sagte sie nur: „Hallo!"

„Es ist fertig."

„Was?"

„Das Haus."

„Oh! Herzlichen Glückwunsch!"

„Danke. Kommst du vorbei und siehst es dir an?"

Ihre Eltern sahen neugierig herüber. Meg formte mit den Lippen: „Wer?" Kyla tat so, als verstünde sie ihre Pantomime nicht.

„Ich weiß nicht, ob ich kann ..."

„Du hast gesagt, du würdest kommen", erinnerte er sie.

„Ich weiß, aber ich habe sehr viel zu tun."

„Bevor ich es zum Verkauf anbiete, hätte ich gern deinen Rat für die Tapeten."

„Dafür bin ich nicht qualifiziert."

„Du bist eine Frau, oder?"

Ja, das war sie wohl. Sonst würde ihr Herz nicht so klopfen, als habe es vor, ihr aus der Brust zu springen.

Sonst wären ihre Knie nicht weich und ihre Handflächen nicht feucht. Sonst würde sie nicht an seine Lippen denken. An seine Lippen und ihre Brüste.

„Ich kenne mich mit solchen Häusern nicht aus."

Sie sah, wie Meg zu Clif hinübersah, sah, wie Clifs Brauen in die Höhe schossen.

„Kommst du dennoch?"

„Wann?"

„Heute Nachmittag."

„Heute ist mein Samstag im Laden." Babs und sie wechselten sich samstags ab.

„Gut, dann nach der Arbeit. Ich hole dich mit dem Wagen ab, wenn das Geschäft schließt."

Kyla drehte die Telefonschnur zwischen den Fingern. Sollte sie Aaron vorschieben? Aber das war wenig aussichtsreich: Trevor würde sie nur bitten, den Jungen mitzubringen. Und ihre Eltern verschlangen jedes ihrer Worte zusammen mit ihren Cornflakes – sie konnte sie also auch nicht in irgendeiner Weise als Grund vorschützen, nicht zu gehen.

Andererseits: Wieso brauchte sie überhaupt eine Ausrede? Hatte sie ihm nicht klipp und klar gesagt, dass sie ihn nicht wiedersehen wollte? An sich war es unverschämt, dass er sie noch einmal anrief.

Aber wäre es nicht unhöflich, diese Einladung auszuschlagen? Sie hatte das Haus im Bau gesehen. Es war offensichtlich sehr wichtig für Trevor, alles richtig zu machen. Seine Karriere konnte vom Erfolg dieses Hauses abhängen. Vielleicht wollte er tatsächlich nur ihren Rat für eine passende Tapete, und das war alles. Er brauchte jemanden, mit dem er sich beraten konnte. Jemanden, dessen Geschmack er vertraute. „Okay. Dann also bis sechs."

Pünktlich auf die Minute betrat Trevor das Geschäft. Er wirkte atemberaubend in seinem Sporthemd und der hellen Hose. Er duftete, als hätte er gerade erst geduscht und sich rasiert. Sein Haar war noch feucht. Es wellte sich um die Ohren und eine Strähne fiel bis auf die Augenklappe herab.

„Noch Blumen zu verkaufen?"

Sie lachte, erleichtert darüber, dass er dieses Date mit der Leichtigkeit anging, die angemessen war. „Ein paar."

„Fertig?"

„Ich muss nur noch meine Tasche holen und hinten das Licht ausschalten."

In weniger als einer Minute war sie zurück. Er wartete, während sie die Ladentür abschloss, und begleitete sie dann zum Wagen. Seine Hand lag an ihrem Ellenbogen, aber die Berührung blieb unpersönlich. So weit, so gut.

Sie sprachen über Belanglosigkeiten, ihre Eltern, den

Jungen – aber nicht über ihren Streit von vor einem Monat.

„Oh Himmel!“ entfuhr es ihr, als sie vor dem Haus hielten. „Das ist ja unglaublich!“

„Gefällt es dir?“

„Wie könnte es das nicht?“ Ohne darauf zu warten, dass er ihr die Tür aufhielt, stieg sie aus und betrachtete das Haus voller Bewunderung. „Du hast mir nicht gesagt, dass es zu beiden Seiten der Eingangstür bleiverglaste Fenster haben würde.“

„Du hast nicht gefragt“, neckte er sie. „Komm mit hinein.“

Es war, als beträte sie die Seiten eines der Glamour-Journale der Architektur. Das Haus schien trotz seiner großen Räume behaglich und bequem. Es war an nichts gespart worden. Kyla stieß einen kleinen Ausruf der Begeisterung aus, als sie die Küche betrat und sah, wie gut sich ihre Idee mit der Frühstücksecke machte.

„Es ist perfekt. Absolut perfekt!“ erklärte sie lächelnd.

„Gefällt es dir wirklich?“

„Es ist wunderbar.“

„Komm mit nach draußen. Ich möchte dir den Garten zeigen.“

Alles war bereits angelegt: eine weite Rasenfläche, Azaleenbüsche um den Bäumen. Auf der breiten Veranda standen Kübel mit blühenden Blumen. In einem von

Farnen umstandenen kleinen Pavillon plätscherte ein Whirlpool. Der Bach schimmerte wie ein silbernes Band durch die Bäume.

„Ich kann es nicht glauben, Trevor", sagte Kyla beeindruckt. „Du hast Wunder gewirkt. Es ist alles herrlich geworden. Du wirst keinerlei Probleme haben, das Haus zu verkaufen."

Unerwartet nahm er ihre Hände in seine und drehte sie zu sich herum. Kyla war überrascht. Bis zu diesem Moment hatte er sie kaum berührt. Er hatte ihr das Haus mit der Begeisterung gezeigt, die ein Zehnjähriger für ein neues Fahrrad haben mochte. Nun sah er sie mit einer Intensität an, die ihren Puls schneller gehen ließ.

„Ich habe dich in Ruhe gelassen, wie du es verlangt hast."

„Es war am besten so."

Er schüttelte den Kopf. „Ich bin fortgeblieben, aber das heißt nicht, dass es mir gefallen hat oder dass ich nicht an dich gedacht hätte." Kyla schluckte. „Ganz im Gegenteil. Ich denke die ganze Zeit an dich."

„Trevor, bitte – lass uns nicht wieder streiten."

„Das ist nicht meine Absicht."

„Dann sag nichts mehr."

„Lass mich aussprechen." Als er sah, dass sie ihm das gewähren würde, fuhr er fort: „Du weißt, was ich für dich empfinde, nicht wahr?"

„Du … Du hast gesagt …“

„Dass ich dich liebe. Es war mein Ernst, Kyla.“

„Bitte, bedräng mich nicht. Ich kann nicht …“

„Was kannst du nicht?“

„Ich kann mich auf keine Affäre einlassen.“

„Ich weiß. Und deswegen bitte ich dich, meine Frau zu werden.“

9. KAPITEL

„Ich muss mich setzen …“ Kyla versteifte sich und wurde bleich.

Trevor lachte leise. „Ist es ein solcher Schock?“ Er führte sie zu einer altmodischen Schaukel, ähnlich der, wie die Powers sie auf der Veranda hatten.

Kyla war zu verwirrt von seinem Antrag, um etwas über die Schaukel zu sagen, was sie sicher zu jedem anderen Zeitpunkt getan hätte, denn sie hatte seit jeher eine Schwäche für eine Schaukel auf der Veranda. Im Moment jedoch hatte sie Mühe genug, ihre Glieder zu bewegen.

Trevor setzte sich neben sie, berührte sie aber nicht. Nur das leise Knarren der Kette war zu hören, als die Schaukel sich langsam hin und her bewegte. Irgendwo zirpten Grillen.

„Ich weiß nicht, was ich sagen soll“, stöhnte Kyla schließlich.

„Sag Ja.“

Sie sah ihn an. „Trevor, wie kommst du auf die Idee, ich könnte dich heiraten wollen? Oder irgendeinen anderen Mann?“

„Nichts. Du hast mehrmals klar gemacht, dass du nicht an einem neuen Ehemann interessiert bist.“

„Und wieso hast du mich dann gebeten, dich zu heiraten?“

„Weil ich dich liebe und dein Mann sein möchte. Ich möchte für dich und Aaron sorgen, möchte ihm ein Vater sein.“

„Aber das ist doch verrückt!“

„Warum?“

„Du weißt, dass ich dich nicht liebe.“

Er starrte auf seine Hände, drehte sie um und betrachtete die Innenflächen, so als sehe er sie zum ersten Mal. „Ja, ich weiß“, sagte er schließlich. „Du liebst immer noch Richard.“

Unwillkürlich legte sie eine Hand auf sein Knie. „Hoffst du, dass ich mich ändern werde? Dass die Liebe sich mit der Zeit entwickelt?“

„Könnte es nicht so sein?“

Sie zog die Hand zurück. „Ich werde nie einen anderen so lieben wie Richard.“

„Ich will dich dennoch.“

„Wie kannst du überhaupt in Betracht ziehen, dein Leben so zu vergeuden? Wieso willst du eine Frau heiraten, von der du weißt, dass sie dich nicht liebt und dich nie lieben wird?“

„Das lass nur meine Sorge sein. Wirst du meine Frau werden?“

„Du bist ein sehr attraktiver Mann, Trevor.“

Er lächelte breit. „Danke."

Sie seufzte gereizt. „Was ich meine, ist, in sechs Monaten oder in einer Woche oder morgen könntest du eine andere Frau kennen lernen. Eine Frau, die dich liebt."

„Das interessiert mich nicht."

„Aber das sollte es."

„Hör mal", sagte er geduldig, „diese fiktive Frau könnte wer weiß was tun, und es würde mir einerlei sein. Ich habe die Frau gefunden, der ich meinen Namen geben möchte."

„Aber du kennst mich doch kaum."

Und wie er sie kannte! Er wusste, dass sie Schaukeln auf der Veranda mochte und Oberlichter und bleiverglaste Fenster und Häuser, die von Bäumen umgeben waren. Er wusste, dass sie in der zehnten Klasse einen Jungen namens David Taylor geliebt und dass der Kerl ihr das Herz gebrochen hatte. Er wusste, dass sie unter dem rechten Arm eine Reihe Sommersprossen hatte, die sie als ihr Geburtsmal betrachtete. Dass sie scheu war wegen ihrer Brüste, weil sie glaubte, sie seien zu klein. Aber er fand sie hübsch so und konnte es gar nicht erwarten, sie zu sehen, sie zu berühren und zu liebkosen.

Trevor räusperte sich. „Ich habe auch nicht an Liebe auf den ersten Blick geglaubt, bis ich dich an dem Tag im Einkaufszentrum gesehen habe. Ich dachte, du seist schön, aber es war mehr als eine schöne Frau, die mir ins

Auge gefallen war. Ich mochte, wie du mit Aaron sprachst. Ich mochte, wie du mit ihm umgingst." Er lächelte verlegen. „Wäre er nicht in den Brunnen gesprungen, hätte ich irgendeine andere Möglichkeit gesucht, mit dir ins Gespräch zu kommen." Er rückte näher. „Heirate mich, Kyla. Lebe mit mir in diesem Haus."

„In diesem Haus?" entfuhr es ihr. „Du hast dieses Haus gebaut, damit wir darin leben?"

„Was glaubst du, warum mir jedes Detail so wichtig war?"

Kyla schluckte. „Wir haben eine erstaunliche Ähnlichkeit im Geschmack, Trevor. Es ist ein wunderschönes Haus, aber das allein dürfte wohl keine ausreichende Grundlage sein für eine Ehe."

„Im Moment ist es nur ein Haus. Ich möchte, dass es ein Heim wird. Für Aaron. Für dich. Für uns."

Die Idee war plötzlich da. Ließ sich nicht mehr verdrängen. Er wollte eine Frau und ein Kind. Warum sollte ein Mann mit seinem Aussehen und seinem Charme, ein Mann, der jede Frau haben konnte, eine Witwe mit Kind heiraten wollen?

Natürlich! Trevors Verletzungen waren nicht alle sichtbar. War sie für ihn in erster Linie attraktiv, weil sie seine Liebe nicht erwiderte? Brauchte er eine Frau, die keine physischen Anforderungen an ihn stellte? Musste er, um ein Kind zu haben, eine Frau heiraten, die schon eines mit in die Ehe brachte?

„Trevor", sagte sie zögernd, „deine ... Ich meine, als du verletzt wurdest ..."

„Ja?"

„Hat ...?"

„Hat was?"

„Was ich meine ist ... Bist du ...?"

„Bin ich – was?"

Sie holte tief Luft. „Bist du physisch fähig zu lieben?" Sie hätte im Boden versinken mögen, aber die Frage war unumgänglich. Sie sah Trevor an.

„Du hast mich geküsst, oder?"

„Ja."

„Ich habe dich in meinen Armen gehalten."

„Ja."

„Eng."

„Ja."

Sie wandte den Blick ab. Als sie nichts sagte, hakte er nach: „Nun?"

Sie räusperte sich. „Ich dachte nur, weil ich eine Witwe mit Kind bin ... Ich meine, falls du ... wenn dir das passiert wäre, dann ..."

Er schob seine Hand unter ihr Kinn und zwang sie, ihn anzusehen. „Ich bin nicht nur fähig, dich zu lieben, sondern ich freue mich auch darauf." Er sah ihr tief in die Augen. „Und damit es keine Missverständnisse gibt, will ich dir gleich sagen, dass diese Ehe alles haben würde, was zu einer Ehe gehört. Ich möchte dein Mann sein in jeder Hinsicht des Wortes. Ich möchte dich in meinem Bett haben, Kyla. Ich möchte dich lieben. Oft. Verstehst du?“

Sie nickte wie benommen. Keiner von ihnen wusste, wie es kam, dass Trevors Hand plötzlich hinter ihrem Kopf lag, aber beide wurden sich dessen im selben Moment bewusst. Sie saßen sehr still. Sahen sich in die Augen. Rückten näher. Als sie seinen Mund an ihren Lippen spürte, senkten sie die Lider.

Was für eine Verschwendung! dachte Kyla flüchtig. Was für eine Schande, dass ein solcher Kuss an eine Frau vergeudet wurde, die ihn nicht liebte und nie lieben würde. Wie schade, dass diese Lippen, die gleichzeitig leidenschaftlich und zärtlich sein konnten, keine Frau küssten, die diese Leidenschaft erwiderte!

Trevor zog sie an seine Brust. Er stöhnte leise, als seine Zunge in das warme Innere ihres Mundes eindrang.

Kyla vergaß alles andere. Legte den Kopf zurück und drückte ihre Brüste an seinen Körper. Ihre Hände hatten sich in seinem Hemd verkrallt. Ihre Zunge lieferte sich mit seiner ein erotisches Duell.

Sie löste sich erst von ihm, als sie glaubte, keine Luft mehr zu bekommen. Rasch erhob sie sich – und fragte sich, was mit ihren Knien los sei. Sie zitterten so sehr, dass sie sie kaum trugen. „Ich muss jetzt gehen."

Auch Trevor atmete schwer. „Okay", stimmte er zu. Es dauerte eine Weile, bevor er aufstand. Ein rascher Blick über seinen Körper verwies ihre Überlegung von vorher ins Land der Märchen.

Fast im Laufschritt eilte sie durch das Haus und wartete vor dem Wagen auf ihn. Dankbar ließ sie sich auf den Sitz sinken, als er ihr die Tür aufhielt. Ihre Knie waren immer noch schwach.

Trevor machte keinen Versuch, eine Unterhaltung in Gang zu bringen, als er sie nach Hause fuhr. Kyla war erleichtert darüber. Vielleicht hatte er diesen Antrag nur als Scherz gemeint. Vielleicht hatte er es längst bedauert, sie gefragt zu haben.

Sie merkte, dass das nicht der Fall war, als er den Wagen vor dem Haus ihrer Eltern zum Stehen brachte und sich zu ihr herumdrehte. „Kyla?" Sein Ton sagte mehr als viele Worte.

Es schockierte sie, seinen Geschmack noch auf ihren Lippen zu spüren, als sie nervös die Zunge darüber gleiten ließ. „Ich glaube, jede weitere Diskussion darüber erübrigt sich. Das kann doch nicht dein Ernst sein."

„Kyla ..." Er wartete, bis sie ihn endlich ansah. „Es ist mein Ernst. Glaubst du, ich hätte dich so küssen können, wenn es anders wäre?"

„Ich weiß es nicht", erklärte sie mit einem Anflug von Verzweiflung.

Er lachte leise. „Ich habe schon viele Frauen geküsst, aber noch keiner einen Heiratsantrag gemacht. Du kannst sicher sein, dass es mein Ernst ist." Er nahm ihre Hand und hauchte einen Kuss auf die Innenfläche. „Ich weiß, ich habe dich überrascht. Ich habe heute keine Antwort erwartet. Aber versprich mir, dass du darüber nachdenken wirst. Denk daran, was unsere Ehe für dich und Aaron bedeuten könnte. Und für deine Eltern. Schlaf darüber."

Trevor Rule kämpfte mit unfairen Mitteln! Verdrossen warf Kyla einen Blick auf die Uhr auf ihrem Nachttisch. Er war schuld daran, dass sie nun schon seit Stunden keinen Schlaf fand.

Zum einen weigerte sich ihr Körper, zu entspannen. Er sehnte sich nach Zärtlichkeit. Nach der Zärtlichkeit eines Mannes. Nach Trevor. Zum anderen kreisten ihre Gedanken immer wieder um seine Argumente. Zum Teufel mit ihm! Er wusste, wo sie verwundbar war. Er hatte doch quasi gesagt, es sei egoistisch von ihr, ihn nicht zu heiraten. Und es ließ sich nicht von der Hand weisen: Für ihre Eltern wäre es in der Tat eine Erleichterung zu wissen, dass Aaron und sie unter Trevors Schutz standen. Sie wären endlich frei, ihre eigenen Pläne zu verwirklichen.

Und es wäre auch gut für Aaron. Ein Junge brauchte einen Vater. Clif Powers hatte diese Rolle bisher übernommen, aber wie lange konnte er noch Schritt halten mit seinem Enkel? Würde er in ein paar Jahren noch die Kraft haben, mit dem Jungen fischen zu gehen, zu zelten und all die Dinge mit ihm zu tun, die ein Vater mit seinem Sohn macht?

Aber hatte Aaron nicht einen Vater? Richard Stroud. Sie hatte geschworen, Richard für seinen Sohn lebendig zu erhalten, und sie war entschlossen, diesen Schwur zu halten. Es gehörte mehr dazu als Trevors Beredsamkeit, sie davon abzubringen.

Und davon einmal ganz abgesehen: eine Frau willigte nicht einfach ein, einen Mann zu heiraten, nur weil es für andere vorteilhaft war. Zugegeben: Trevor Rule war attraktiv und würde sicher einen guten Ehemann abgeben. Sie war sich sehr wohl bewusst, dass er in der Stadt zunehmend bekannter wurde. Oft wurde er im Wirtschaftsteil der Zeitung zitiert. Offensichtlich war er ein geachteter Mann, ehrlich in seinen Geschäften und respektiert für seine neuen Ideen. Physisch ...

Nein, es war besser, nicht an seine physischen Attribute zu denken. Ihre glorreiche Idee, er könne durch seinen Unfall in seiner Männlichkeit gelitten haben, war nur Momente später deutlich widerlegt worden. Daran wollte sie jetzt nicht denken. Es vernebelte ihr nur die

Gedanken und hinderte sie daran, sachlich über die Angelegenheit nachzudenken. Sie musste dieses Problem rein pragmatisch angehen.

Das war es, was sie bis zum Morgengrauen tat, als sie endlich eine Entscheidung fand. Sie würde für Aaron und sich eine Wohnung suchen. Sie würde aus diesem Haus ausziehen, so dass ihre Eltern es verkaufen und ihre Reisepläne verwirklichen konnten.

Um das zu erreichen, war eine Heirat mit Trevor nicht nötig. Finanziell kam sie zurecht. Wenn Aaron größer war, wollte sie dafür sorgen, dass er viel mit anderen Jungen und ihren Vätern zusammen war. Sie brauchte keinen Mann in ihrem Leben.

Sie sollte Trevor danken – einerseits für seinen Antrag, andererseits dafür, dass er sie endlich dazu gebracht hatte, eine Entscheidung zu fällen für ihre Zukunft und die ihrer Eltern. Je eher sie ihm dankte und gleichzeitig eine Absage erteilte, desto besser.

Während ihre Eltern sich am nächsten Morgen für die Kirche zurechtmachten, wählte Kyla Trevors Nummer. Er nahm noch während des ersten Klingelns ab. „Hallo, Trevor! Ich hoffe, ich habe dich nicht geweckt."

„Kaum."

„Ich bin zu einer Entscheidung gekommen. Ich ..."

„Ich bin sofort bei dir."

Ehe sie noch etwas sagen konnte, hatte er schon aufgelegt. Verdrossen legte sie den Hörer auf. Es wäre einfacher gewesen, ihm die Absage über das Telefon zu erteilen und ihnen beiden die Peinlichkeit eines persönlichen Gesprächs zu ersparen.

Da Aaron und sie bereits fertig angezogen waren, trug sie den Jungen und seinen Strandball nach draußen. Wenn sie Treyor vor dem Haus abfing, konnte alles vorbei sein, ehe ihre Eltern ihn überhaupt bemerkt hatten.

Trevor musste wohl schon mit den Wagenschlüsseln in der Hand neben dem Telefon gestanden haben, denn er war bereits wenige Minuten später da. Überrascht sah Kyla, dass er dem Wagen in einem dunklen Anzug entstieg. Scin Haar glänzte in der Sonne. Er gab dem großen Ball einen Stoß mit dem Fuß, und Aaron lief so schnell ihn seine kleinen Beine trugen hinterher.

„Guten Morgen."

„Guten Morgen."

Sie war nervös. Das wurde doch schwieriger als erwartet. Während sie versuchte, sich darauf zu konzentrieren, wie absurd die Idee war, ihn zu heiraten, musste sie gleichzeitig denken, wie gut er doch aussah. Sie erinnerte sich daran, wie sich seine Lippen auf ihren angefühlt hatten ...

„Trevor ..." Sie räusperte sich und rang nervös die Hände. „Ich ..."

Der Hund schien aus heiterem Himmel aufzutauchen. Plötzlich war er da, tanzte um Aaron herum und kläffte laut. Die Bewegungen des weißen Pudels waren heftig und schnell – und für einen Fünfzehnmonatigen völlig beängstigend. Was für den Pudel nur Spiel war, musste dem Kind wie ein wütender Angriff erscheinen.

Aaron schrie. Sein Schreien schien den Hund noch weiter zu erregen. Er kläffte noch schriller. Aaron machte ein paar stolpernde Schritte vorwärts, um zu fliehen. Der Hund stellte sich auf die Hinterbeine. Aaron plumpste erschreckt rückwärts. Er rappelte sich so schnell es ging auf und rannte blindlings davon, um sich in Sicherheit zu bringen.

Oder vielleicht doch nicht blindlings. Er hatte ganz eindeutig ein Ziel. Und es war nicht seine Mutter. Aaron rannte auf den großen starken Mann zu, der sich bückte und ihn auffing, gerade bevor der kräftige kleine Körper gegen seine Schienbeine prallte.

Er schlang seine Arme um Trevors Nacken und vergrub das tränenüberströmte Gesicht an seiner Schulter. Trevor strich ihm tröstend über den Rücken. „Ist ja gut, Kleiner. Ist ja gut. Du bist okay. Ich halte dich ganz fest, und niemand kann dir etwas tun. Der Hund wollte doch nur mit dir spielen. Ist ja alles gut."

Die Besitzerin des Hundes, eine dicke Frau um die fünfzig, kam den Gehsteig heraufgekeucht. Sie packte den

Pudel und versetzte ihm einen leichten Klaps. „Du ungezogenes Ding, du. Warum hast du den kleinen Jungen so erschreckt?“ Sie klemmte sich den Hund unter den Arm und kam zu ihnen herüber. „Ist Ihr Sohn okay?“ fragte sie Trevor.

„Ja, alles in Ordnung. Er hat sich nur erschreckt.“ Trevor fuhr fort, Aaron über den Rücken zu streichen. Der Junge hatte sich nicht bewegt. Er hatte das Gesicht immer noch an Trevors Schulter gedrückt, aber sein Tränenstrom war versiegt.

„Es tut mir Leid. Ich habe seine Leine losgelassen, und er ist losgesaust wie eine Rakete. Er beißt nicht. Er wollte nur spielen.“

„Ich glaube, Aaron hat sich einfach nur sehr erschreckt.“ Trevors große Hand lag an Aarons Hinterkopf und drückte ihn tröstend an sich.

„Es tut mir wirklich Leid.“ Die Frau ging weiter und schimpfte immer noch mit ihrem Hund.

Trevor strich Aaron über den Rücken. Er gab ihm einen Kuss auf die Schläfe. „Ich glaube, er ist nur ...“

Er verstummte, als er Kylas Gesicht sah. Sie stand dicht bei ihm und sah ihn mit einem Ausdruck an, der ihm die Sprache verschlug. Sie hatte Tränen in den Augen. Ihre Lippen bebten. Es war, als sehe sie ihn zum ersten Mal.

Eine Ewigkeit schien zu vergehen. Sie sahen sich in die Augen und bemerkten gar nicht, dass die Powers aus dem

Haus stürzten, um zu sehen, was los war. Meg wollte schon die Stufen hinuntereilen, aber Clif packte sie in letzter Sekunde am Arm und hielt sie zurück.

Trevor, der Aaron immer noch auf dem Arm hielt, streckte eine Hand nach Kyla aus. „Du wurdest unterbrochen. Was wolltest du mir sagen?"

In diesem Moment wusste sie, wie ihre Antwort lauten würde. Aaron brauchte einen Vater. Einen lebenden Vater. Richards Erinnerung würde lebendig bleiben, aber er war nicht da als Beschützer, wenn es um die Schrecken des Alltags ging, wie zum Beispiel um laut kläffende Pudel.

Trevor mochte ihren Sohn offenbar sehr. Aaron hatte instinktiv bei ihm Schutz gesucht. Er war zärtlich, liebevoll und großzügig. Wo sonst würde sie einen Mann finden, der bereit war, die Verantwortung für das Kind eines anderen zu übernehmen? Einen Mann, der bereit war, sie zu heiraten, obwohl er wusste, dass sie ihn nicht liebte.

„Ich wollte dir sagen, dass ich gern deine Frau würde, falls ... falls du mich noch willst."

„Falls ich dich noch will?" wiederholte er ungläubig. „Himmel! Natürlich will ich dich noch!"

Er trat auf sie zu und legte seinen freien Arm um sie. Sie wusste nicht, was sie erwartet hatte. Ein Händeschütteln, um die Vereinbarung zu besiegeln? Einen Vorehevertrag zum Unterschreiben? Sicher nicht den Kuss, den sie erhielt. Es war ein Sonntagmorgen. Sie standen im hellen Tageslicht, für jedermann sichtbar, der gerade vorbeikam.

Aber Trevor übte keine Zurückhaltung. Er neigte seinen Kopf leicht zur Seite und drückte seine Lippen auf ihre, leidenschaftlich und mit unverkennbarem Verlangen.

Kyla hatte das Gefühl, als habe sie einen Stoß bekommen. Er ließ Schauer des Verlangens durch ihren Körper laufen. Sie verspürte vage Enttäuschung darüber, dass er Aaron noch hielt und sie daher nicht mit beiden Armen an sich ziehen konnte. Sie sehnte sich danach, ihn ganz an sich zu spüren.

Als er endlich den Kopf hob, drehte sich alles um sie. Er schien es zu spüren, denn er stützte sie mit seinem Arm. Langsam drehte er sie herum und führte sie zum Haus, wo ihre Eltern auf der Veranda standen und zu ihnen herübersahen. Aaron griff mit voller Faust in Trevors Haar und zog daran. Trevor schien es gar nicht zu merken. Er strahlte über das ganze Gesicht.

„Mrs. Power, Mr. Powers – Kyla hat gerade Ja gesagt zu meinem Heiratsantrag."

Meg brach sofort in Freudentränen aus. Clif eilte die Stufen hinunter, um Trevor die Hand zu schütteln. „Das ist ja wunderbar. Wir sind sehr glücklich. Wir ... Ja, wir sind sehr glücklich. Wann?" fragte er seine Tochter.

„Wann?“ wollte auch Trevor wissen.

„Ich ... ich weiß nicht.“ Nun, da ihre Entscheidung gefallen war, hatte sie das Gefühl, von einer Woge hinweggeschwemmt zu werden. „Ich habe noch keine Zeit gehabt, darüber nachzudenken.“

„Wie wäre es mit dem folgenden Samstag?“ schlug Trevor vor. „Ich dachte, ich begleite euch heute zur Kirche. Wir könnten nach dem Gottesdienst mit dem Pfarrer sprechen.“

„Ich finde das eine sehr schöne Idee“, sagte Meg begeistert. „Wir feiern natürlich hier im Haus.“

„Ja, warum warten?“ fand auch Clif.

Ja, warum? Kyla wusste selbst nicht, wieso sie in Panik geriet. Ihr wurde plötzlich die Tragweite ihrer Entscheidung bewusst. Es war kein Traum. Sie stand im Begriff, Mrs. Trevor Rule zu werden. Was würden die anderen denken?

Babs ließ keinen Zweifel an ihrer Reaktion auf die Neuigkeit. Wie immer kam sie am Sonntag zum Essen. Trevor öffnete, als sie klingelte. Clif holte gerade das selbst gemachte Eis aus der Kühltruhe, das es auf Megs Wunsch zur Feier des Tages zum Nachtisch geben sollte. Kyla fütterte Aaron, damit er vor dem Essen der Erwachsenen schlafen gelegt werden konnte. Meg machte die Bohnen fertig. Trevor war der Einzige, der öffnen konnte.

Babs starrte ihn verblüfft an, als er ihr die Tür aufhielt. „Kommen Sie herein. Die anderen sind alle in der Küche."

Kyla hatte Babs nicht gesagt, dass sie Trevor sehen würde. Babs hatte ihn nicht mehr gesehen seit jenem Nachmittag in der Stadt vor einer Woche, als Kyla sich so unmöglich benommen hatte. Nun trug er statt der sexy Jeans eine blauweiße Schürze. Er hatte darauf bestanden, Meg zu helfen, das Essen vorzubereiten.

Babs folgte ihm in die Küche. Kaum sah sie Kyla, wollte sie wissen: „Was geht hier vor?"

Kyla sah von einem zum anderen, aber niemand schien bereit, Babs zu antworten. Es blieb ihr selbst überlassen, dic Bombe platzen zu lassen: „Trevor und ich werden heiraten."

Babs sah Trevor groß an. Er lächelte amüsiert. „Überrascht?"

„Ihr werdet heiraten!" entfuhr es ihr entgeistert. Als er nickte, umfasste sie sein Gesicht mit beiden Händen und gab ihm einen herzhaften Kuss mitten auf den Mund. „Da du meine beste Freundin heiratest, habe ich, glaube ich, ein Recht dazu."

Lachend legte Trevor seine Arme um sie und küsste sie ebenso herzhaft zurück. „Das glaube ich auch."

Alle lachten, auch Aaron, der zwar nicht begriff, worum es ging, der sich aber von der allgemeinen Fröhlichkeit anstecken ließ. Er klopfte mit dem Löffel auf sein Tablett.

Das Mittagessen an diesem Tag war eine fröhliche Angelegenheit. Witze wurden gemacht über die Hochzeit und die Ehe im Allgemeinen. Kyla konnte sich gar nicht vorstellen, dass sie selbst in weniger als einer Woche wieder Braut sein sollte. Und noch weniger konnte sie sich an die liebevolle Art gewöhnen, mit der Trevor sie behandelte.

Er saß dicht bei ihr und nutzte zahllose Gelegenheiten, sie zu berühren. Sein Arm lag oft auf ihren Schultern. Zärtlichkeiten schienen seine Fingern so natürlich zu sein wie Küsse seinen Lippen.

Kyla begann bald, diese Zeichen der Zuneigung zu genießen. Gleichzeitig entwickelte sie Schuldgefühle. Was sie anbetraf, so handelte es sich doch nur um eine Zweckehe. Oder? Am Abend schien sich die Neuigkeit in der ganzen Stadt herumgesprochen zu haben. „Mrs. Baker hat sich erboten, deinen Polterabend auszurichten."

Entsetzt sah Kyla von ihrer Arbeit auf. Sie war gerade dabei, Sandwiches für die Männer zu machen, die draußen auf der Veranda saßen. „Oh nein, Mom! Ich will das alles nicht. Bitte danke allen, die anrufen, aber schlage alle Angebote dieser Art aus."

„Aber Kyla! Es freuen sich doch alle für dich!"

Sie schüttelte energisch den Kopf. „Ich will keine

Partys. Nichts. Bitte. Ich habe all das einmal gehabt, und es war schön. Diese ... diese Ehe ist anders."

Meg war sichtlich enttäuscht. „Wie du willst, Darling."

Ihre Eltern, die voller romantischer Ideen waren, würden nie den wahren Grund verstehen, warum sie Trevor heiratete. Sie war sich nicht einmal sicher, ob Trevor ihre Motive verstand.

Sie begleitete ihn hinaus, nachdem er sich von ihren Eltern verabschiedet hatte. Sobald sie auf der Veranda waren und die Haustür hinter sich geschlossen hatten, zog er sie in den Schatten und küsste sie.

Es war ein langsamer, erregender Kuss. „Himmel, ich weiß nicht, wie ich es bis Samstagabend aushalten soll", stöhnte Trevor, als er schließlich wieder den Kopf hob. „Weißt du, wie sehr ich mich danach sehne, dich zu liebkosen? Aber ich kann dich jetzt nicht berühren. Wenn ich es tue, werde ich mich nicht mehr zurückhalten können, bis ich deinen ganzen Körper mit Küssen übersäe."

Hätte er seine Umarmung in diesem Moment verstärkt, sie hätte es zugelassen. Er tat es nicht. „Gute Nacht, Darling."

Er verschwand in der Dunkelheit. Noch lange nachdem die Rücklichter seines Wagens entschwunden waren, stand Kyla auf der Veranda und dachte an die bevorstehende Hochzeit. Und die dazugehörige Hochzeitsnacht. Sie versuchte, sich einzureden, dass die Schauer, die sie bei diesem Gedanken überliefen, Schauer des Unbehagens waren.

Irgendwie fiel es ihr schwer, das zu glauben ...

Die allgemeine Stimmung war in der folgenden Woche sehr überschwänglich. Kyla erlebte ihre Eltern so lebhaft wie seit Richards Tod nicht mehr. Es war deutlich, dass sie Trevor über alle Maßen schätzten und darauf vertrauten, dass er ihre Tochter und ihren Enkel glücklich machen würde. Auch Babs war in ihrer Begeisterung nicht aufzuhalten. Sie schleppte Kyla wieder einmal zum Einkaufen.

„Aber ich brauche so etwas nicht!“ protestierte Kyla, als Babs ihr eine Reihe sexy Negligés präsentierte.

„Jede Braut braucht so etwas. Wenn auch nicht lange ...“ Sie lächelte anzüglich.

Die Anspielung steigerte Kylas Unbehagen noch. „Ich habe viele Nachthemden“, erklärte sie ablehnend.

„Die habe ich gesehen. Unmöglich! Zumindest für die Flitterwochen.“

„Wir machen keine Flitterwochen. Zumindest nicht sofort. Wir ziehen gleich in Trevors Haus.“

„In ‚euer‘ Haus“, verbesserte Babs sie. „Und du weißt, wie ich das mit den Flitterwochen gemeint habe. Dafür muss man nicht unbedingt die Stadt verlassen. Nicht einmal das Schlafzimmer." Sie lachte. „Welches soll es nun sein – das pfirsichfarbene oder das blaue?"

„Es ist einerlei." Kyla ließ sich trotzig auf die Couch im Ankleidezimmer der Boutique fallen. „Du bist diejenige, die findet, dass ich ein Negligé brauche. Also kannst du es auch aussuchen."

„Gütiger Himmel!" fuhr Babs sie gereizt an. „Was ist eigentlich los mit dir?"

Babs hätte es nicht geglaubt. Kyla hatte nicht die Absicht, es ihr zu erzählen. Wenn man verrückt war, posaunte man es nicht in die Welt hinaus. „Nichts."

„Du bist wirklich in mieser Laune. Ich wüsste kein besseres Mittel, deine Stimmung zu heben als ein paar Tage im Bett mit Trevor Rule."

Sie wandte sich an die Verkäuferin und verpasste daher Kylas Reaktion. Kyla hätte sich ja gern von der allgemeinen Aufregung anstecken lassen, aber sie durfte es nicht. Sich auf die Hochzeit zu freuen wäre unloyal gegenüber Richard gewesen. Seit Tagen hatte niemand mehr von ihm gesprochen. Es war, als hätten alle außer ihr ihn vergessen.

Sie klammerte sich heftiger denn je an seine Erinnerung, aber sie schien ihr mehr und mehr zu entgleiten. Am stärksten fiel es ihr auf, wenn sie mit Trevor zusammen war, der die Rolle des Bräutigams mit Hingabe spielte. Jeden Abend fuhren sie in die Stadt, um noch Dinge für den Haushalt zu kaufen. Manchmal fühlte sie sich dabei wie das Aschenputtel, dem jeder Wunsch erfüllt wird. Trevor scheute keine Kosten. Während die Einrichtung des Hauses allmählich Form annahm, hatte sie gelegentlich das Bedürfnis, sich zu kneifen, um sich zu vergewissern, dass das alles kein bizarrer Traum war.

So fühlte sie sich auch an dem Abend, als er sie in das Schlafzimmer führte, um ihr das Endergebnis ihrer gemeinsamen Bemühungen zu zeigen. „Sie haben heute die Sessel und das Bett gebracht." Er schaltete das Licht an. „Ich finde, es passt alles sehr gut zusammen."

Der Raum war wunderschön – wie einem Traum entsprungen. Langsam ließ Kyla den Blick darüber gleiten. Schließlich kehrte er zu dem Mann an ihrer Seite zurück. Trevor sah sie durchdringend an.

„Was ist?" flüsterte sie.

„Lass uns das Bett ausprobieren."

Ihr Herz machte einen kleinen Satz. Er griff nach ihr, und Sekunden später fand sie sich auf dem Bett wieder. Trevor beugte sich über sie. Sein Blick ließ sie nicht los, während er begann, die Knöpfe ihrer Bluse zu öffnen. Zuerst einen. Dann den zweiten. Den dritten.

Kyla rührte sich nicht. Nicht einmal, als er seine Hand unter den Stoff ihrer Bluse schob. Ihr Atem ging schneller. Unwillkürlich schloss sie die Augen.

Er schob seine Finger unter den Träger ihres BHs und schob ihn über ihre Schulter nach unten. Immer tiefer, bis ihre Brust sich aus der Spitzenschale löste.

„Du bist so schön!" Er legte die Hand auf ihre Brust und ließ sie zärtlich darüber gleiten, bevor er sich herabbeugte und sie küsste. Nicht leidenschaftlich, sondern zärtlich und liebevoll. So liebevoll wie die Hand, die ihre Brust liebkoste.

Er drückte seine Lippen an ihr Ohr. „Ich möchte in dir sein, Kyla. Ich möchte spüren, wie du kommst ..."

Er erstickte ihre Reaktion in einem neuerlichen Kuss. Seine Fingerspitzen berührten ihre Brüste, die sich bei seinen Worten jäh verhärtet hatten.

„Bitte, Darling, mach nicht diese sexy Laute. Bitte, fühl dich nicht so gut an!" stöhnte er. „Sonst kann ich mich nicht mehr zurückhalten. Und ich möchte doch dein Ehemann sein, bevor ich dich das erste Mal nehme."

Unter Aufbietung aller Selbstbeherrschung hielt er sich von weiteren Zärtlichkeiten zurück. Er brachte ihre Kleidung wieder in Ordnung und zog sie mit sich auf die Beine. Sie sank gegen ihn.

Zärtlich zog er sie an sich. „Ich werde dich glücklich machen, Kyla", flüsterte er. „Ich schwöre es."

Sie vergrub das Gesicht an seiner Schulter, getrieben jedoch nicht von Leidenschaft, sondern von Verzweiflung. Er weckte ihr Verlangen, aber sie konnte sein Versprechen von Glück und Liebe nicht erwidern. Dieser Schwur hätte einen anderen gefährdet – einen Schwur, den sie geleistet hatte, lange bevor sie Trevor Rule kennen gelernt hatte.

10. KAPITEL

Babs füllte das Haus mit Blumen. Meg bereitete ein großes Büffet vor. Der Konditor brachte eine mehrstöckige Hochzeitstorte. Kyla hatte gehofft, es werde nur eine kleine Familienfeier zusammen mit dem Pfarrer werden, aber nun fing es doch an, sehr nach einer richtigen Hochzeit auszusehen.

Sie haderte mit ihrem Schicksal, während sie mit Babs oben in ihrem Schlafzimmer war. „Alle machen zu viel Wirbel um diese Angelegenheit.“ Sie begann, die hinteren Knöpfe ihres Kleides zu schließen.

„So sollte es auch sein. Schließlich ist es eine Hochzeit.“ Babs drehte sie um, um ihr bei den Knöpfen, die sie nicht erreichen konnte, zu helfen.

„Eine zweite Hochzeit.“

„Sei froh – einige von uns bringen es nicht einmal bis zur ersten!“

Kyla sah Babs überrascht an. „Ich hätte nicht gedacht, dass du je heiraten möchtest.“

Babs tat es sichtlich Leid, so viel gesagt zu haben. „Keinen von den Männern, die ich bisher kennen gelernt habe, das stimmt. Aber wenn ein Richard Stroud oder Trevor Rule in mein Leben käme, würde ich garantiert versuchen, ihn zum Altar zu schleppen.“

Leicht beschämt zog Kyla den Rock über. „Es tut mir

Leid, Babs. Ich weiß, was für ein Glück ich gehabt habe."

„Ach, ich hätte das nicht sagen sollen. Es ist ja wirklich kein Glück, wenn einem der Mann durch einen Bombenanschlag genommen wird. Ich bin einfach nur eifersüchtig, weil mich noch kein einziger so wunderbarer Mann geliebt hat, und du hast gleich zwei, die vor dir im Staub liegen."

Kyla musste unwillkürlich lachen über das Bild. „Ich bezweifle, das Trevor das je tun würde."

Nun musste auch Babs lachen. „Du hast Recht." Sie seufzte. „Himmel, Kyla, er ist so sexy. Und dabei so nett. So etwas hat man selten zusammen."

Kyla mochte nicht an den Mann denken, der unten im Haus auf sie wartete. Jedes Mal, wenn sie an Trevor und die bevorstehende Nacht dachte, ging ihr Puls schneller.

„Bist du sicher, dass dieses Kleid okay ist?" fragte sie, um das Thema zu wechseln. „Sollte ich nicht lieber etwas Schlichteres tragen?"

„Es ist perfekt."

Das zweiteilige Kostüm aus gelber Seide war sehr feminin und elegant. Als einzigen Schmuck trug sie ein Paar Perlenohrringe dazu.

„Findest du nicht, du solltest den Ring ablegen?"

Betroffen betrachtete Kyla ihre linke Hand. „Mein Ehering." Sie hatte noch gar nicht an ihn gedacht, weil er so zu einem Teil ihrer selbst geworden war wie ihre Fingerabdrücke. Tränen traten ihr in die Augen. Sie hatte ihn nie abgenommen seit jenem Tag, als Richard ihn ihr angesteckt und ihr dabei feierlich Liebe bis in den Tod hinein gelobt hatte. Langsam zog sie ihn ab. Ihr blutete das Herz dabei. Stumm legte sie ihn in ihre Schmuckschatulle und schloss sie.

„Fertig?“ Babs sah sie fragend an.

„Ich glaube schon.“ Kylas Stimme zitterte leicht. Das Ablegen des Rings hatte sie sehr aufgewühlt. Die ganze Woche über hatte sie versucht, nicht an die Hochzeit zu denken. Aber nun ließ es sich nicht länger vermeiden. Sie stand im Begriff, einen anderen Mann zu heiraten. In wenigen Minuten würde er, Trevor Rule, und nicht mehr Richard, ihr Mann sein. „Hat Dad den Kleinen schon nach unten gebracht?“

„Du bist eine Braut! Hör auf, dir wegen Aaron Gedanken zu machen. Deine Eltern und ich kommen schon klar mit ihm.“ Babs griff in eine längliche Schachtel, die sie mit heraufgebracht hatte. „Trevor hat mich gebeten, dir das zu geben, bevor du nach unten kommst.“

Es war ein Strauß weißer Orchideen – Bow Beils, die sie so liebte – mit weißen Rosen und Farn. „Wie schön die sind!“ Kyla nahm den Strauß fast ehrfurchtsvoll entgegen. „Das müssen ja wenigstens ...“

„Es ist genau ein Dutzend Orchideen. Er hatte sehr

genaue Vorstellungen.“ Babs’ blaue Augen blitzten. „Ich sage dir, Kyla, der Mann ist ein Juwel! Wenn du diese Ehe vermasselst, werde ich nicht die geringsten Gewissensbisse haben, ihn dir wegzuschnappen!“

„Ich werde mein Bestes tun“, murmelte Kyla, als sie wie benommen zur Tür ging.

Babs ging ihr voraus ins Wohnzimmer. Kyla hörte, wie die gedämpfte Unterhaltung verstummte. Sie holte tief Luft. Alle sahen sie an, als sie eintrat.

Meg drückte ein feuchtes Spitzentaschentuch an ihre Wange, aber sie lächelte. Clif schluckte seine Rührung hinunter. Babs lächelte wie eine Waldnymphe. Die Haskells, Ted und Lynn, standen ungewöhnlich feierlich nebeneinander.

Schließlich sah Kyla Trevor an, der so unglaublich attraktiv wirkte, dass sie innerlich ganz schwach wurde. Er trug denselben dunkelgrauen Anzug wie damals zu dem Festessen. Diesmal trug er ein beiges Hemd dazu sowie eine Krawatte mit schwarzen Streifen. In der linken Brusttasche steckte ein elegantes Seidentuch.

Trevor trat auf sie zu, aber Aaron, der sich wie ein Blitz bewegen konnte, wenn es am wenigsten von ihm erwartet wurde, war noch vor ihm da. Meg und Babs schossen gleichzeitig vor, um zu verhindern, dass er Kylas Strümpfe zerriss oder ihren Rock zerknitterte.

Aber Trevor bückte sich und nahm den Jungen auf den Arm. „Deine Mama sieht wunderschön aus, nicht wahr, Scout?" sagte er rau, als er sich aufrichtete.

Aaron brabbelte etwas, das wie „Mama" klang. Dann streckte er die Arme nach Kyla aus und drückte ihr einen feuchten Kuss auf die Wange. Er schien zufrieden zu sein, auf Trevors Arm zu bleiben, was Kyla nur recht war, da sie nicht wusste, wie sie ihren Sohn und die Orchideen gleichzeitig halten sollte.

„Ich habe den Eindruck, mich laufend bei dir für die schönen Blumen zu bedanken."

„Gefallen Sie dir?"

„Sie sind wunderschön. Natürlich gefallen sie mir. Du warst zu extravagant."

Er schüttelte den Kopf. „Dies ist mein Hochzeitstag. Du bist meine Braut. Heute ist nichts zu gut für uns, Darling."

Sie sahen sich in die Augen, bis Aaron anfing zu zappeln. Trevor musste sich zwingen, die Trance abzuschütteln, in die Kylas Anblick ihn versetzt hatte. Er nahm ihren Arm. Zusammen gingen sie zu den anderen hinüber, die sich um den Pfarrer versammelt hatten.

„Kyla. Trevor – dies ist ein sehr glücklicher Tag", begann der Geistliche.

Obwohl es heller Nachmittag war und die Sonne schien, hatte Babs darauf bestanden, Kerzen anzuzünden.

Sie flackerten in allen Winkeln des Zimmers und erfüllten es mit einem leichten Vanilleduft. Jemand hatte eine Schallplatte mit romantischer Instrumentalmusik aufgelegt.

Die Trauung fiel notgedrungen informell aus. Während die Gelöbnisse ausgetauscht wurden, nieste Aaron herzhaft und besprühte Trevors Schultern. Automatisch griff Kyla nach dem Taschentuch ihrer Mutter und wischte die feuchten Spuren auf Trevors Anzug fort, bevor sie dem Kleinen die Nase putzte. Trevor sah lächelnd zu. Nachdem das Problem gelöst war, fuhr der Pfarrer fort. Als er um den Ring der Braut bat, nahm Trevor Aaron auf den anderen Arm und griff in seine rechte Jackentasche. Kyla starrte auf ihre Hand, als er ihr den Ring überschob.

Trevor bemerkte die weiße Haut unten an ihrem Finger. Er wusste sofort, was geschehen war, und sah auf. In Kylas Augen stand so etwas wie eine Entschuldigung. Ein Ausdruck, den sie nicht zu deuten vermochte, glitt über seine Züge und verschwand gleich wieder. Er schob ihr den Ring über den Finger und drückte ihr fest die Hand. Der Moment verflog, ohne dass außer ihnen jemand etwas davon bemerkt hätte.

Einige Minuten später erklärte der Pfarrer: „Sie dürfen die Braut nun küssen, Trevor."

Sie sahen sich an. Kyla senkte den Blick, hob ihn dann

langsam wieder. Er glitt langsam über sein glattes Kinn, seit er keinen Bart mehr trug, über die sinnlichen Lippen und über die perfekt geformte Nase. Sie schluckte, als sie seinen Blick auffing.

Trevor neigte den Kopf und senkte seine Lippen auf ihre. Sie waren feucht und warm, der Kuss zärtlich und doch besitzergreifend. Als er sich von ihr löste, sah er sie lächelnd an, bevor er Aaron einen Kuss auf die Wange gab.

„Ich liebe euch beide." Er sprach so leise, dass nur Kyla ihn verstehen konnte. Sie hätte weinen mögen.

Ehe die Rührung sie übermannte, drehten ihre Eltern sie herum und umarmten und beglückwünschten sie. Babs nutzte die Gelegenheit, Trevor noch einmal zu küssen. Ted und Lynn stimmten in die glückliche Szene mit ein.

Clif holte seine Kamera, um das Ereignis festzuhalten. Kyla lächelte, aber sie musste dabei an ein weißes Album oben in ihrem Schrank denken, das die Bilder einer anderen Hochzeit enthielt.

Als Kyla sich am Büffet bediente, kam Trevor zu ihr. „Falls der Ring dir nicht gefällt, werde ich dir einen anderen holen."

„Ich habe ihn nicht erwartet." Sie betrachtete den neuen Ring an ihrer Hand. „Aber er gefällt mir sehr." Das stimmte. Er war schlicht und elegant.

„Die Diamanten stammen vom Ehering meiner Mutter. Dad hat ihn mir in der letzten Woche geschickt. Die Fassung war altmodisch und sicher nicht so, dass sie dir gefallen hätte. Deswegen habe ich die Steine neu fassen lassen."

„Du hast die Diamanten deiner Mutter genommen und einen Ring für mich machen lassen?" Kyla war entsetzt.

„Sie hat mich vor ihrem Tode gebeten, ihren Ring meiner Frau zu geben."

„Aber Trevor, du hättest ihn aufbewahren sollen für ..." Sie unterbrach sich, als ihr bewusst wurde, was sie hatte sagen wollen: „für die Frau, die dich liebt."

„Für wen?" Er schob seine Hand unter ihr Kinn. „Du bist meine eine und einzige Frau, Kyla." Er hauchte ihr einen Kuss auf die Lippen, bevor er sie wieder losließ.

„Es tut mir Leid, dass ich keinen Ring für dich hatte." Sie konnte nicht zugeben, dass es ihr gar nicht in den Sinn gekommen war. Sie hatte überhaupt nicht an Ringe gedacht, bis Babs sie glücklicherweise Minuten vor der Zeremonie daran erinnert hatte, den alten abzunehmen. „Ich war mir nicht sicher, ob du einen möchtest. Viele Männer mögen das nicht."

„Ich habe darüber nachgedacht." Er schob sich eine Olive in den Mund und kaute so nachdenklich daran, als handle es sich um eine Entscheidung von enormer

Wichtigkeit. „Ich dachte, ich nehme lieber etwas anderes. Ungewöhnliches."

„Und was soll das sein?"

„Nun, vielleicht ein goldener Ring im Ohr."

Kyla vergaß für einen Moment, den Mund zu schließen. Dann begriff sie, dass er sie neckte, und lachte laut auf.

„Was ist?" Er spielte den Gekränkten. „Glaubst du nicht, dass ein Ring im Ohr gut zu meiner Augenklappe passen würde?"

„Doch, garantiert. Aber ich frage mich, was deine Bauarbeiter dazu sagen würden."

„Hmm, da hast du Recht. Vielleicht sollte ich es mir doch anders überlegen." Sie lachten zusammen.

„Das ist ein Anfang", bemerkte Trevor schließlich zufrieden.

„Wie meinst du das?"

„Es ist mir endlich gelungen, den angespannten Ausdruck von deinen Zügen zu vertreiben. Du hast richtig gelacht."

„Ich lache sehr viel."

„Nicht mir mir. Ich möchte dich oft lachen sehen." Er beugte sich herab und setzte flüsternd hinzu: „Nur dann nicht, wenn ich mich ausziehe."

Sie wurden augenblicklich ernst. „Ich verspreche, das nie zu tun." Sie war ihrem Vater zutiefst dankbar, dass er sie in diesem Moment unterbrach, um noch ein Foto zu machen. Anschließend aßen sie und tranken unzählige Gläser von Megs Punsch. Sie verabschiedeten sich von den Haskells mit dem Versprechen, bald zusammenzukommen.

Babs ging, weil sie ein Date hatte. „Der Ärmste", meinte sie, als Trevor und Kyla sie zur Tür begleiteten. „Er weiß nicht, was ihm heute Abend bevorsteht. Diese Hochzeit hat mich in eine sehr romantische Stimmung gebracht." Sie zwinkerte ihnen viel sagend zu und verschwand.

„Ich werde dir beim Aufräumen helfen, Mom."

„Nein, nein, nein." Meg schob Kyla aus der Küche. „Ihr beiden solltet euch jetzt auf den Weg machen."

„Aber Aarons Sachen sind noch nicht alle gepackt. Ich dachte, ich ziehe mich um und ..." Sie verstummte, als sie bemerkte, dass die anderen drei sie ansahen, als hätte sie den Verstand verloren. Nur Trevor schien leicht amüsiert. „Was ist los?"

„Deine Mutter und ich sind davon ausgegangen, dass du Aaron wenigstens heute Nacht hier lassen würdest", meinte Clif ein wenig verlegen.

Kyla öffnete den Mund, um etwas zu sagen, schloss ihn aber gleich wieder, ohne einen Laut hervorgebracht zu haben.

„Vielen Dank, Clif, Meg", sagte Trevor, um das unbehagliche Schweigen zu beenden. „Wir sind sehr dankbar für das Angebot. Falls Aaron euch keine Last ist, lassen wir ihn heute Nacht gern hier. Wenn wir ihn morgen abholen, kommen wir im Pickup. Kyla hat auch noch einige Sachen mitzunehmen, nicht wahr, Darling?"

„Ja." Sie musste sich räuspern, bevor sie etwas sagen konnte. „Ich packe morgen den Rest, so dass bis morgen Abend alles aus dem Weg ist."

Nachdem die Hochzeit mit Trevor beschlossene Sache war, hatten die Powers ihr Haus offiziell verkauft. Kyla wusste: Je eher sie ihre Sachen abtransportierte, desto eher konnte die Übergabe stattfinden.

Im Moment dachte sie jedoch nicht daran. Mit ihren Gedanken war sie bei der bevorstehenden Nacht und dabei, dass sie keinen Aaron hatte, der als Puffer zwischen ihr und ihrem Mann dienen konnte. Sie zog den Abschied so lange wie möglich in die Länge, ohne dass es zu offensichtlich wurde.

„Meg weiß eine Party zu geben", bemerkte Trevor, als sie endlich auf dem Weg zu ihrem neuen Heim waren.

„Sie war schon immer eine gute Gastgeberin."

„Ich mag dein Kleid."

„Danke."

„Ich mag das Geräusch, das es macht, wenn du dich bewegst."

„Ein Geräusch?"

„Es raschelt leise, so dass ich mich frage, was dein Körper darunter macht."

Sie wandte rasch den Blick aus dem Fenster. „Das wusste ich nicht."

„Ich finde es sehr sexy." Er nahm ihre Hand und legte sie auf seinen Schenkel. „Sexy und erregend."

Ihr Puls raste. Das Atmen fiel ihr schwer. Sie versuchte sich auf das Gefühl des Stoffs unter ihrer Hand zu konzentrieren, aber ihr Verstand schien entschlossen, bei seiner Erregung zu bleiben. Sie brauchte die Hand nur ein wenig höher zu schieben, um ihr Ausmaß zu spüren ...

Die Scheinwerfer fielen auf das Haus, als Trevor den Wagen zum Stehen brachte. „Brauchst du den Koffer heute Abend noch?" Er hatte ihr einen kleinen Koffer zum Wagen getragen.

„Ja, bitte. Da drin ist Make-up und ... und Verschiedenes."

„Ich verstehe." Sein Lächeln war nicht dazu angetan, das wilde Klopfen ihres Herzens zu beruhigen. „Und ohne dein Verschiedenes kannst du natürlich nicht sein, oder?"

Auf der Veranda stellte er den Koffer ab, schloss die Haustür auf und stieß sie weit auf. Ehe Kyla sich versah, hatte er sie hochgehoben und gegen seine Brust gedrückt. „Willkommen zu Hause, Kyla."

Er trug sie über die Schwelle. Dann senkte er den Kopf und küsste sie. Und küsste sie noch einmal. Und noch einmal. Bald war es schwer zu sagen, wo der eine Kuss aufhörte und der andere begann.

Kyla hätte den Kopf zur Seite drehen und die Küsse beenden können, aber ihr fehlte die nötige Willenskraft. Seine Lippen waren so unglaublich zärtlich und süß. Sie verspürte den unwiderstehlichen Drang, herauszufinden, wie beweglich seine Zunge sein konnte. Sie stieß immer wieder mit einer Leidenschaft in ihren Mund vor, die nur gezügelt war von Zärtlichkeit.

Er schob den Arm unter ihren Knien fort, hielt sie aber an sich gedrückt, als er sie auf die Beine stellte. Auch als sie schließlich vor ihm stand, ging der Kuss ungehindert weiter.

Da seine Arme jetzt frei waren, konnten seine Hände sie erkunden. Sie glitten ihren Rücken hinauf und hinunter. Drückten ihren Körper an seinen. Liebkosten ihre Brüste. Kyla stöhnte auf.

„Ich verliere fast den Verstand", flüsterte er an ihrem Haar. „Es war wirklich nicht meine Absicht, die Hochzeitsnacht hier in der Diele zu verbringen." Mit einem leisen Lachen löste er sich von ihr und sah sie an. „Zumindest nicht, ohne vorher die Haustür zu schließen."

Als er sich umdrehte, um das zu tun, wich Kyla zurück. „Hast du Hunger?“ fragte sie hoffnungsvoll. „Ich werde dir etwas machen.“

„Nach dem vielen Essen heute?“ Er sah sie fassungslos an. „Aber ich habe einen Champagner für uns kalt gestellt. Möchtest du dich zuerst umziehen?“

Zuerst. Zuerst. Das Wort enthielt so viel. Kyla wusste, was nach den vielen „zuersts“ kam.

„Champagner klingt nicht schlecht.“ Entdeckte er das Zittern ihrer Mundwinkel, als sie versuchte zu lächeln?

Auf dem Weg in die Küche streifte er die Jacke ab und löste den Knoten seiner Krawatte. Lässig ließ er beides auf einen Stuhl am Esstisch fallen, als er vorüberging. Dann öffnete er die oberen drei Knöpfe seines Hemdes und rollte die Ärmel bis zu den Ellenbogen hoch.

Er schien völlig entspannt. Kyla beneidete ihn darum. Sie hätte mit Freuden die neuen Schuhe abgestreift, die noch viel zu eng schienen, aber sie fühlte sich nicht einmal zu diesem Schritt wohl genug in ihrer neuen Umgebung.

„Ah, herrlich kühl.“ Als Trevor die Flasche aus dem großen Kühlschrank nahm, bemerkte Kyla, dass die Regale bereits mit Lebensmitteln gefüllt waren, einschließlich Aarons Leibgerichten. Vergaß der Mann denn überhaupt gar nichts? „Würdest du bitte die Gläser holen, Darling? Sie sind in dem Schrank dort drüben.“ Er deutete in die Ecke. „Ich habe alles eingeräumt, aber du kannst es gern umstellen, wenn es für dich unpraktisch ist.“

„Ich bin sicher, es ist alles okay", erklärte sie hölzern.

Sie fand die Sektgläser und brachte ihm zwei. Erschreckt fuhr sie zurück, als der Korken knallte. Lachend goss Trevor den perlenden Wein in die Gläser. Einiges davon ergoss sich über Kylas Hände. Sie musste nun auch lachen. Es prickelte auf ihrer Haut, als die winzigen Perlen eine nach der anderen platzten.

Kyla stellte die Gläser ab und war dabei, sich die Feuchtigkeit von den Händen zu schütteln, als Trevor eine Hand auffing und sie an seine Lippen führte. „Lass mich ..."

Sie beobachtete ihn. Wie benommen sah sie zu, wie er zuerst den einen Finger nahm und dann den nächsten in seinen Mund schob. Seine Zunge glitt zwischen die beiden Finger und nahm alle Spuren des übergeschäumten Champagners auf. Sie berührte den schönen Ring, den er ihr zuvor auf den Finger geschoben hatte.

Ein Gefühl prickelnder Erregung durchlief sie. Seine Zunge berührte nur ihre Finger, schien aber ihren ganzen Körper zu erreichen. Das sinnliche Spiel weckte Reaktionen, die sie längst vergessen geglaubt hatte.

Das Gefühl des Dahinschmelzens in ihrer Mitte. Das Ziehen in ihren Brüsten, das Verlangen in ihr weckte. Trevors Zunge dort zu spüren. Der schneller werdende Atem. Das Klopfen ihres Herzens.

Schließlich drehte er ihre Hand um und küsste die

Innenfläche. Er ließ seine Lippen darüber gleiten, bevor er sie freigab. Kyla musste dem Impuls widerstehen, die Hand sofort unter ihren Arm zu stecken, wie sie es machte, wenn sie sich gestochen oder verbrannt hatte. Oder wollte sie die Hand verstecken, weil sie sich der erotischen Reaktionen schämte, die sein sinnliches Spiel in ihr ausgelöst hatte?

„Hier ist dein Champagner." Trevor reichte ihr das Glas. „Auf uns!" Er stieß mit ihr an, und sie tranken beide einen Schluck. Er gab ihr einen zärtlichen Kuss. „Weißt du was?" fragte er leise.

„Was?" Was für ein Cologne mochte er benutzen? Es war ebenso erregend wie der Champagner.

„Du schmeckst besser als der Champagner." Seine Zunge fuhr über ihre Unterlippe. „Du schmeckst besser als sonst irgendetwas. Ich könnte direkt süchtig werden nach dir."

Er stellte ihre beiden Gläser zurück auf den Tisch, um Kyla dann erneut ganz fest an sich zu ziehen. Sie legte die Arme unwillkürlich um seinen Nacken. Während er sie küsste, rieb er seinen Körper mit sinnlichen Bewegungen an ihrem.

Sie stöhnte, als er eine Spur heißer Küsse ihren Hals hinunterzog. Sie ließ den Kopf nach hinten fallen, öffnete die Augen und starrte an die Decke. Warum tat der Himmel ihr das an? Warum wurde sie so versucht, sich hinzugeben. Die Ehe selbst war schon ein Betrug an Richard gewesen. Sie liebte diesen Mann nicht, und doch begehrte sie ihn. Es war falsch! Wie konnte sie dieser Flut sexueller Reize und Gefühle standhalten und ihnen nicht nachgeben?

„Möchtest du zuerst etwas Zeit für dich haben im Schlafzimmer, bevor ich zu dir komme?" fragte er rau.

Sie nickte stumm. Wie benommen ging sie zur anderen Seite des Hauses hinüber ins Schlafzimmer. Trevor war ihr gefolgt. Er stellte ihren Koffer neben der Tür ab. „Ich bin bald zurück", sagte er leise und schloss die Tür hinter sich.

Kyla trug den Koffer ins Bad und öffnete ihn. Wie im Trance begann sie, ihre Kosmetika auszupacken und auf den Frisiertisch zu stellen. Als sie dabei zufällig einen Blick in den Spiegel warf, erstarrte sie.

Ihre Augen! Was war mit ihren Augen geschehen? Sie leuchteten. Strahlten irgendwie – so wie sie seit jener Nacht nicht mehr gestrahlt hatten, als sie entdeckte, dass sie Richard Stroud liebte. Genau – so sah sie aus: wie eine Frau, die liebte. Der Gedanke ließ das Leuchten in ihren Augen verlöschen, und das so schnell, dass sie sich einreden konnte, es sei alles nur Einbildung gewesen. Ein Trick der Beleuchtung. Ein Produkt ihrer Fantasie.

Sie sollte Trevor Rule lieben? Unmöglich. Dazu kannte sie ihn noch gar nicht lange genug. Sie liebte Richard.

Nur ihn. Es gab in ihrem Herzen keinen Platz für einen anderen Mann.

Sogar wenn sie Trevor in dieser Nacht erlaubte, ihren Körper zu lieben, dann betrog sie Richard damit nicht. Es war schließlich nur ihr Körper. Das hatte nichts mit ihrer Persönlichkeit zu tun, mit dem Herzen und der Seele von Kyla Stroud.

Kyla Rule! verbesserte eine Stimme in ihrem Inneren sie.

Kyla Stroud! beharrte sie.

Sie würde mit Trevor schlafen, weil sie ein Abkommen mit ihm getroffen hatte, an das sie sich halten wollte. Schlafzimmerprivilegien gegen Vaterrolle für Aaron. Ihren Körper konnte sie ihm ruhig schenken, jedoch niemals ihr Herz. Ihr Herz und ihre Liebe hatte sie Richard versprochen. Daran sollte Trevor Rule nie etwas ändern.

Nachdem sie rasch geduscht hatte, schlüpfte sie in das Negligé, das Babs ihr verordnet hatte. Sie bürstete sich das Haar und tupfte dann eine Spur Parfüm hinter die Ohren und an ihren Hals. Im Schlafzimmer deckte sie das Bett auf und ließ nur eine Nachttischlampe brennen. Es klopfte leise. „Komm herein, Trevor!“

Als der warme Schein der Lampe auf ihn fiel, bedauerte Kyla, ihn nicht zu lieben. Die schwarze Pyjamahose hing ihm tief auf den Hüften. Die breite

Brust wurde von dunklem Haar bedeckt, das unter der Hose verschwand. Die Narbe unter der linken Brust faszinierte sie. Sie hätte sie gern berührt, den erlittenen Schmerz irgendwie gelindert. Seine Füße waren bloß. Auf dem linken Fuß waren Narben zu erkennen.

Langsam hob Kyla wieder den Blick. Er starrte sie an, die Lippen zu einem leichten Lächeln verzogen.

„Du bist schön, Kyla." Er näherte sich ihr bis auf Armeslänge.

Sie konnte nicht ahnen, wie anziehend sie in diesem Moment auf ihn wirkte. Dies war die Frau der Briefe, die Frau, die mit ihrem Herzen zu ihm gesprochen hatte, noch bevor er sie kennen gelernt hatte. Jetzt stand sie vor ihm, nackt abgesehen von etwas pfirsichfarbener Seide. Sein erotischster Traum war zum Greifen nahe. Ihr warmer Atem streifte das Haar auf seiner Brust.

Der warme Schein der Lampe ließ ihr Haar wie Kupfer glänzen. Sein Verlangen wuchs, als er den Blick über ihren Körper gleiten ließ. Sie hatte eine unglaublich schmale Taille, zumal für eine Frau, die bereits ein Kind geboren hatte. Und dann diese festen kleinen Brüste! Es hielt ihn nicht mehr. Er zog sie an sich. „Ich sehne mich so nach dir!" flüsterte er. „Es tut schon fast weh."

Kyla versuchte, innerlich distanziert zu bleiben. Aber es war schwierig, passiv zu sein, wenn die Hitze seines Körpers auf sie übersprang und wenn jede Berührung seiner Hände ihr eigenes Verlangen immer stärker werden ließ. Seine Leidenschaft ließ ihren Vorsatz, kühl zu bleiben, zunehmend mehr ins Wanken geraten.

Sie spürte das Haar seines Körpers durch den dünnen Stoff ihres Negligés hindurch. Spürte seine Erregung. Sie rang darum, ihre Gefühle zurückzuhalten. Aber während sie das tat, versteifte sie sich, wurde ihr Körper unbewusst so hart wie ihr Herz.

Plötzlich löste sich Trevor von ihr. Die Bewegung war so abrupt, dass sie erschreckt die Augen aufriss. Trevor packte sie bei den Armen und schob sie von sich. „Nein danke, Kyla."

Sie sah ihn verwirrt an. Er war wütend, daran gab es keinen Zweifel. Seine dunklen Brauen hatten sich zusammengezogen.

„Ich verstehe nicht", flüsterte sie.

„Dann will ich es dir erklären." Er hatte hörbar Mühe, die Stimme zu dämpfen. „Ich will kein Opferlamm unter mir, das meine Liebe über sich ergehen lässt."

Ihr rasch gesenkter Blick war so gut wie ein Eingeständnis. „Du bist mein Mann. Du kannst verlangen ..."

Er lachte auf. „Das ist doch absurd! ‚Verlangen' ist nicht mein Stil, Kyla. Ich habe nicht die Absicht, bei meiner Ehefrau Höhlenmenschtaktiken anzuwenden."

Er ließ sie so abrupt los, dass sie fast das Gleichgewicht verloren hätte. „Du kannst dich entspannen", erklärte er.

Es klang fast höhnisch. „Du bist sicher vor mir. Ich werde dir meine Lust nicht aufdrängen. Weder heute Nacht noch sonst."

Sie sah ihn entsetzt an.

„Es stimmt, Kyla", sagte er leise. „Ich liebe dich, doch das hängt nicht davon ab, ob du mit mir ins Bett gehst oder nicht. Aber ich warne dich!" Er zeigte mit dem Finger auf sie. „So wie ich dich liebe, wird es unmöglich für dich sein, meine Liebe nicht zu erwidern."

Abrupt zog er sie zurück in seine Arme und drückte sie so an sich, dass sie keinen Zweifel daran haben konnte, dass er sie nehmen könnte, wenn er wollte. Er zwang sie, ihn anzusehen.

„Das verspreche ich dir", sagte er mit sanftem Nachdruck. „Noch keiner hat dich so geliebt wie ich. Niemand. Ich werde mich so tief in dir vergraben, dass du das Gefühl haben wirst, es fehlt dir etwas, wenn ich nicht da bin." Er drückte seine heißen Lippen auf ihre Brust. „Wenn du die Geister der Vergangenheit, die dich noch quälen, vertrieben hast, komm zu mir und ich zeige dir, was ich meine."

Sekunden später fiel die Tür hinter ihm ins Schloss.

11. KAPITEL

„Guten Morgen!“

Es war nicht der Ton, den Kyla erwartet hatte und den sie, wie sie selbst fand, wohl auch verdient hätte. Wütend, gekränkt, gehässig, grausam – das hätte sie an diesem Morgen von Trevor erwartet, aber nicht Freundlichkeit und scheinbar gute Laune.

„Guten Morgen!“

Sie machte einen Bogen um den Tisch, an dem er die Zeitung las, und hielt direkt auf die Kaffeemaschine auf der Anrichte zu. Ein leerer Becher wartete bereits auf sie. Sie goss duftenden, frischen Kaffee hinein.

„Ich hoffe, ich habe ihn nicht zu stark gemacht für dich.“

Sie nippte am Becher. „Nein, er ist sehr gut so. Ich mag ihn stark.“

„Ich auch.“

Sie merkte erst, dass er hinter sie getreten war, als sie seinen Atem an ihrem Hals spürte. Rasch drehte sie sich herum. Er legte die Arme um sie und zog sie an sich, um ihr einen Kuss auf die Lippen zu drücken. Es war kein leidenschaftlicher Kuss, sondern ein Kuss voller Zärtlichkeit, was unter den Umständen noch aufrüttelnder war. „Wie war deine Nacht?“ erkundigte er sich fürsorglich.

Ihre Nacht war furchtbar gewesen. Nachdem Trevor die Schlafzimmertür mit einem vernehmlichen Knall hinter sich ins Schloss geworfen hatte, war Kyla auf dem breiten Bett zusammengebrochen und hatte stundenlang geweint. Sie sehnte sich nach einer vertrauten Umgebung, nach ihrem eigenen Schlafzimmer, nach Aaron und der tröstlichen Gegenwart ihrer Eltern. Sie sehnte sich danach, die Zeiger der Uhr zurückdrehen zu können. Sie sehnte sich nach Richard.

Und sie sehnte sich nach Trevor.

Kurz vor Morgengrauen war sie endlich eingeschlafen und war schließlich mit einem dumpfen Kopfschmerz und verquollenen Augen erwacht. Als sie das Schlafzimmer verließ, hatte sie nicht gewusst, was sie von ihrem Mann erwartet hatte. Einem Ehemann, dem sie die Hochzeitsnacht verweigert hatte, wenn nicht durch die Tat, so doch durch ihre Haltung. Eisiges Schweigen war wohl das wenigste, was ihr bevorstand.

Die Umarmung und der zärtliche Kuss kamen unter den Umständen überraschend. Desgleichen die kleinen Küsse, mit denen er ihr Haar bedeckte, und die sanfte Massage, die seine Hände ihrem Rücken verabreichten.

Kyla spürte, wie ihre innere Anspannung allmählich nachließ. Sie lehnte den Kopf an seine Brust und versuchte, alles zu vergessen.

„Kannst du kochen?“

„Was?“

„Ich habe gefragt, ob du kochen kannst.“

Sie hob den Kopf und trat einen Schritt zurück. „Natürlich kann ich kochen“, erklärte sie mit einer Spur Ungeduld.

Er lachte leise. „Wie wäre es dann mit einem Frühstück?“

„Was möchtest du denn gern?“

„Was kannst du?“

„Alles!“ prahlte sie und warf dabei kokett das rötlichblonde Haar zurück. „Ich werde dir beweisen, was für eine gute Köchin ich bin.“

Er verneigte sich tief und machte dabei eine weit ausladende Handbewegung. „Die Küche gehört Ihnen, Mylady. Ich kehre zu meiner Zeitung zurück, falls es recht ist.“

Wenige Minuten später begann ein herrlicher Duft die Küche zu erfüllen. Mit wenigen geschickten Bewegungen deckte Kyla den Tisch und servierte anschließend eine Platte, von der ein aromatischer Duft ausströmte. Nervös erwartete sie Trevors Reaktion.

„Eier Benedikt!“ Seine Augen leuchteten auf. Das Gericht war appetitlich angerichtet und mit frischen Orangenscheiben und Petersilie garniert.

„Magst du sie so?“

„Ich liebe sie geradezu so.“

Kyla hatte die Kaffeekanne geholt und schenkte ihm noch einmal nach. Als sie sie abstellte, erhob Trevor sich, um ihr den Stuhl zurechtzurücken. Sie sah überrascht zu ihm auf – und erntete dafür einen Kuss auf die Nasenspitze. „Vielen Dank für das Frühstück."

„Keine Ursache." Sie setzte sich. Ihre Hände zitterten leicht, als sie zuerst seinen Teller füllte und dann ihren eigenen.

„Herrlich!" erklärte er, nachdem er einen großen Bissen probiert hatte.

„Wo hast du so kochen gelernt?"

„Bei meiner Mutter. Und in einem Kochkurs, den ich zusammen mit Babs besucht habe. Sie war eine Katastrophe. Hat jedes Gericht ruiniert, aber letztlich hat es sich dann doch für sie gelohnt, weil sie sich den Koch geangelt hat."

Sie schwatzte belanglos daher, weil sie nervös war. Trevor merkte es, weil sie seinem Blick auswich und stattdessen einen Punkt direkt über seiner Schulter fixierte.

„Ich habe mich immer über meine alten Sportkameraden lustig gemacht, wenn sie geheiratet haben und an Gewicht zunahmen. Nun sehe ich, wie es dazu kommt." Er zwinkerte ihr zu.

„Warst du auch Sportler?"

„Ja, in der Schule."

„Was hast du gemacht?"

„Hmm." Er nippte an seinem Kaffee. „Langlauf. Basketball. Und Rudern."

„Rudern?"

„Ich glaube, das gibt es an Schulen hier in Texas nicht."

„Allerdings. Dabei hast du sicher deine Muskeln an Brust und Schenkel so entwickelt."

Er trug an diesem Morgen zu einem weißen T-Shirt eine abgeschnittene Jeans. Als Kyla den Blick senkte, bemerkte sie seine Narben. Es waren hässlich rote Linien, die sich tief in sein Fleisch eingegraben hatten. Sie liefen das ganze linke Bein hinunter.

Trevor ließ die Gabel sinken und beobachtete sie. Er stützte die Ellenbogen auf den Tisch, verschränkte die Hände vor dem Mund und wartete auf den Ausdruck des Ekels, der sich auf ihren Zügen zeigen würde. Er blieb aus. Stattdessen sah er in ihrem Blick, als sie ihn wieder hob, nur Mitgefühl.

„Ich habe dir gesagt, dass es nicht schön aussieht." Sein Ton verriet die innere Anspannung.

„Es ist nicht so schlimm, Trevor."

„Aber auch nicht sehr schön."

„Es muss sehr schmerzhaft gewesen sein."

„Das war es."

„Du hast mir nie erzählt, was passiert ist."

„Es ist nicht so wichtig." Sein Ton warnte sie, weiter nachzuhaken.

„Du hast einmal gesagt, es sei dir peinlich, Shorts anzuziehen. Das braucht dir nicht peinlich zu sein."

Er lächelte trocken. „Glaubst du nicht, dass alle Damen am Strand entsetzt die Augen verdecken und davonlaufen würden?"

„Garantiert nicht. Du bist viel zu attraktiv."

Er wurde augenblicklich ernst und beugte sich vor. „Glaubst du das wirklich?"

„Ja."

Sekunden wurden zu Ewigkeit, während ihre Blicke aneinander hingen. Kyla musste sich schließlich einen Ruck geben, um den Bann zu durchbrechen. Sie erhob sich hastig. „Wenn du fertig bist, räume ich jetzt ab."

Ehe sie sich versah, hatte Trevor sie an sich gezogen. Sie stand zwischen seinen Beinen, sein Gesicht war auf einer Höhe mit ihren Brüsten.

„Vielen Dank für das Frühstück", flüsterte Trevor.

„Es war das Wenigste, was ich machen konnte."

Ihr Blick fiel auf sein Haar. Es kostete sie einige Willenskraft, nicht die Hand darüber gleiten zu lassen. Sie wollte die Augen nicht schließen, als er seine Wange an ihre Brust rieb, aber sie erlag dem lustvollen Gefühl. Ein leises Stöhnen entrang sich ihr, als er begann, sie durch den Stoff ihres Morgenmantels zärtlich zu liebkosen.

„Das Frühstück war herrlich", flüsterte er. „Gibt es noch Nachtisch?" Er drückte sein Gesicht fester an ihre weichen Brüste, löste sich dann aber gleich wieder von ihr und sah zu ihr auf. „Hmm?“

Als er ihre Miene sah, lachte er leise und erhob sich. „Komm, wir ziehen uns jetzt an und holen unseren Sohn, ehe deine Eltern ihn hoffnungslos verwöhnen.“ Er warf einen Blick auf die Uhr. „Bis wir da sind, sollten sie aus der Kirche zurücksein. Ich würde gern alle zusammen zum Essen einladen. Das Sonntagsbuffet im Petroleum-Club ist ein Gedicht.“

„Wir sind keine Mitglieder“, brachte Kyla mit einiger Mühe hervor. Sie war immer noch wie benommen von den Gefühlen, die Trevors Mund an ihren Brüsten geweckt hatte.

„Ich bin Mitglied.“ Er zwickte ihr zärtlich in die Nase. „Ich räume die Küche auf, während du dich fertig machst. Ich möchte dich herumzeigen.“ Er küsste sie flüchtig und gab ihr einen leichten Klaps auf den Po.

Die Powers waren beeindruckt von der Zahl der Leute, die ihren neuen Schwiegersohn grüßten, als sie im exklusiven Petroleum-Club zu Mittag aßen. Sogar Aaron schien beeindruckt von seiner Umgebung. Sein Verhalten während des Essens war über jeden Tadel erhaben.

Später am Nachmittag packten sie Kylas restliche Sachen und brachten sie in das neue Haus.

„Er ist ja wirklich todmüde heute Abend“, bemerkte

Trevor, als Kyla Aaron am Abend zudeckte. Der Junge schlief schon fast. Seine Plüschtiere waren wie Wachen rund um das Kinderbett aufgereiht.

„Das ist wahrscheinlich nur gut so", meinte Kyla. „Die erste Nacht in einer neuen Umgebung könnte sonst leicht traumatisch sein."

„Glaubst du, das Zimmer wird ihm gefallen?"

Sie hörte die Sorge in Trevors Ton und sah auf. „Welchem kleinen Jungen würde das hier nicht gefallen?"

Ihr Blick glitt durch das Zimmer. Die berühmte „Kleine Lokomotive", die allen Kindern aus ihren Büchern bekannt war und die Aaron auch bald kennen lernen würde, war auf die Tapete gemalt. In der Ecke stand eine riesige, bis an den Rand gefüllte Spielzeugkiste – wiederum in Form der „Kleinen Lokomotive". Zwanzig Zentimeter unter der Decke war auf einem Stuckvorsprung eine Schiene verlegt worden, auf der auf Knopfdruck ein kleiner Güterzug um das Zimmer herumfuhr. Er stieß dabei kleine weiße Rauchwolken aus und hupte in regelmäßigen Abständen. Aaron hatte begeistert in die Hände geklatscht, als er es sah, und war nur frustriert darüber, dass er den Zug nicht anfassen konnte.

Kyla sah Trevor wieder an. „Was ich meinte ist, dass ein Kind manchmal aufgebracht ist, wenn es in einer ihm fremden Umgebung schlafen soll. Aber offensichtlich macht es Aaron nichts aus." Wie um ihre Worte zu bestätigen schlief der Kleine bereits tief und fest. Kyla verdeckte selbst ein Gähnen, als sie das Zimmer verließen.

„Du bist auch müde." Trevor legte seine Hände auf ihre Schultern. Schon nach kurzer Zeit hatten seine kräftigen Finger die Knoten aus ihren Schultermuskeln fortmassiert. Er beugte sich herab und legte seine Wange an ihre. „Möchtest du ein paar Minuten im Whirlpool entspannen?"

Es klang himmlisch! Sie konnte sich im Moment nichts Schöneres vorstellen, als in heißem, sprudelnden Wasser zu sitzen.

„Ich warte dort auf dich."

Sie konnte sich nichts Schöneres vorstellen – und gleichzeitig nichts Gefährlicheres, als eine solch sinnliche Erfahrung mit Trevor zu teilen.

Sie löste sich von ihm. „Ich glaube, ich gehe lieber gleich zu Bett. Dieses Wochenende war wirklich hektisch."

„Okay."

Sie spürte, dass er versuchte, seine Enttäuschung zu verbergen. Dieser Mann hatte sie geheiratet, obwohl er wusste, dass sie immer noch einen anderen liebte. War sie nicht sehr unfair zu ihm? „Es sei denn, dir liegt sehr viel daran ..."

Er schüttelte ungeduldig den Kopf. „Nein. Ich weiß, du bist müde. Gute Nacht."

Sein Kuss verriet all die Leidenschaft, die in ihm brodelte. Er weckte ein Verlangen in ihr, das sie fast um den Verstand brachte. Sie hätte schwören mögen, dass kleine Flammen der Lust ihren Körper umzüngelten, während er sie hielt.

Als er sie endlich losließ, hatte sie Mühe, sich auf den Beinen zu halten, sosehr hatte der Kuss sie bis in den kleinen Zeh erschüttert. „Gute Nacht!" sagte sie rau und verschwand mit unsicheren Schritten in Richtung Schlafzimmer.

Trevor saß allein auf der dunklen Veranda. Seine Stimmung hätte nicht schlechter sein können. Verdrossen schüttete er den Rest des Whiskeys, an dem er genippt hatte, fort. Er brauchte keinen Alkohol. Er brauchte Kyla. Nackt. In seinem Bett.

Er fluchte leise und drückte die Stirn gegen die dicke Kette, die die Schaukel hielt, bis es wehtat.

Würde sie ihn je lieben? Würde sie ihn je so begehren, wie er sie? Bisher hatte er alles erreicht, was er sich vorgenommen hatte. Sie und Aaron lebten unter seinem Dach, teilten sein Leben, genossen seinen Schutz.

Aber noch war sie nicht in seinem Bett. Würde sie seine Liebe je erwidern?

Möglich.

Aber niemals, wenn sie wüsste, wer er war.

Er hatte die gute Absicht gehabt, ihr noch vor der Hochzeit zu gestehen, dass er der legendäre Smooch war, aber dann hatte er es doch nicht über sich gebracht. Es war besser, sie zunächst einmal legal an sich zu binden, bevor er es ihr sagte.

Er wollte es ihr nach der Hochzeitsnacht sagen, wenn sie eine Nacht seiner Liebe erlebt hatte und sie nicht nur legal, sondern auch physisch verbunden waren. So viel also zu seinen guten Absichten!

Verdammt, es war nicht seine Schuld, dass sie keine Hochzeitsnacht gehabt hatten, oder?

Aber du hättest es ihr inzwischen sagen sollen! argumentierte sein Gewissen.

„Ja, ich weiß“, antwortete er sich selbst laut.

Aber wie? Wann? Wann konnte je der richtige Augenblick sein zu sagen: „Wir haben uns nicht zufällig kennen gelernt. Ich habe alles so arrangiert, weil ich wusste, bevor ich dich je gesehen hatte, dass ich dich heiraten und dir und deinem Sohn ein Heim bieten würde. Warum? Weil ich verantwortlich bin für den Tod deines Mannes, und ich hatte das Gefühl, es ihm und dir schuldig zu sein. Aber davon ganz abgesehen liebe ich dich auch.“

Er fluchte noch einmal und verließ die Schaukel.

Würde Kyla ihm glauben, dass er sie liebte, nachdem er ihr gesagt hatte, wer er war? Garantiert nicht. Er selbst würde es im umgekehrten Fall ja auch nicht tun.

Er lehnte sich gegen die Mauer des Hauses und starrte blind in die Dunkelheit. Was zum Teufel sollte er aus der Situation machen? Mit etwas Geduld würde er sie dazu bringen können, ihm sexuell nachzugeben. Er wusste, dass sie ihn begehrte – sie musste es sich selbst nur eingestehen. Aber eben das war der springende Punkt. Wenn – oder besser: falls – sie je zusammenkamen, musste die Initiative von ihr ausgehen. Er wollte sich später nicht vorwerfen lassen müssen, er habe sie auch in diesem Punkt überrumpelt.

Er musste es ihr sagen.

Aber zuerst musste er sie gewinnen.

„Tut mir Leid, dass ich zu spät komme." Völlig außer Atem kam Kyla durch die Hintertür ins Geschäft. Sie hatte einen Stoß Bestellformulare, Ordner und Kataloge auf dem Arm. Mit einiger Mühe gelang es ihr, ihn heil bis zum Schreibtisch zu bugsieren. Ihr Haar war vom Wind zerzaust. Aaron hatte ihre Bluse beschmiert.

„Was hat dich aufgehalten?" erkundigte sich Babs mit einem anzüglichen Lächeln.

Kyla tat, als bemerke sie es nicht. „Du kannst dir nicht vorstellen, was für ein Zirkus es war, uns drei fertig zu bekommen für den Tag!" Sie ließ sich auf den Schreibtischstuhl sinken und atmete einmal tief durch.

Babs lachte. „Honeymoonitis?"

„Was?" Kyla sah ihre Freundin verständnislos an, die sich mit erwartungsvoller Miene seitlich auf den Schreibtisch gesetzt hatte.

„Ich weiß, warum du heute Morgen zu spät gekommen bist. Ist er so gut wie er aussieht?"

Kyla tat so, als müsse sie die Papiere ordnen. „Wer?"

„Allgütiger – wer schon? Trevor natürlich!"

„Ach, Trevor." Kyla mied es, Babs anzusehen. „Gut worin?"

„Du willst nicht darüber sprechen, stimmt's?"

„Über mein Sexleben? Nein."

„Warum nicht?"

„Erstens geht es dich nichts an, und zweitens frage ich mich, wieso du es überhaupt wissen willst."

„Aber ich möchte es nun einmal." Babs' Augen blitzten.

„Haben wir heute irgendwelche Bestellungen?"

„Ist er der wilde, leidenschaftliche Typ?"

„Vielleicht sollten wir in dieser Woche das Schaufenster neu dekorieren."

„Oder eher der langsame, sinnliche?"

„Ich höre dir gar nicht zu!"

„Stöhnt er?"

„Ist die Post schon gekommen?"

„Spricht er dabei? Ich bin sicher, dass er das tut. Was sagt er?"

„Babs!“ fuhr Kyla ihre Freundin nun entnervt an. „Eine so alberne Unterhaltung haben wir seit der achten Klasse nicht mehr gehabt!“

„Damals hast du mir alles erzählt.“

„Ich bin erwachsen geworden.“

„Du hast mir sogar erzählt, wie Richards Küsse waren, als du ihn das erste Mal geküsst hast. Kannst du mir denn nicht wenigstens so viel sagen? Wie sind Trevors Küsse?“

„Unbeschreiblich!“ beschrieb Kyla sie knapp. „Können wir jetzt nun endlich das Thema wechseln?“

„Nur eins noch.“

Mit einem abgrundtiefen Seufzer verschränkte Kyla die Arme über der Brust und heuchelte Langeweile. „Was?“

„Wie ist er nackt? Atemberaubend?“

Kyla schluckte. Was würde Babs sagen, wenn sie erfuhr, dass sie es selbst nicht wusste? „Was glaubst du wohl?“

Daraus konnte Babs nun machen, was sie wollte.

12. KAPITEL

Kyla und Trevor lernten es, zusammen zu leben. Kyla stellte fest, dass ihr Mann mit sehr wenig Schlaf auskam. Er blieb gern lange auf und war dennoch schon frühmorgens bester Laune. Ihr fiel es schon so lange sie denken konnte schwer, aufzustehen, ganz einerlei, ob sie drei oder dreizehn Stunden geschlafen hatte. Trevor lernte schnell, morgens einen Bogen um sie zu machen, bis sie ihre erste Tasse Kaffee gehabt hatte.

Er neigte dazu, beim Ausziehen seine Sachen einfach so fallen und liegen zu lassen, die Zeitung um sich zu verstreuen und leere Gläser einfach stehen zu lassen. Aber gleichzeitig war er auch gern bereit, Kyla bei der Hausarbeit zu helfen, ohne dass sie ihn extra bitten musste.

In der ersten Woche ihrer Ehe war Kyla bemüht, Aaron so still wie möglich zu halten, wenn Trevor in der Nähe war. Schließlich war er es nicht gewohnt, ein lebhaftes kleines Kind um sich zu haben. Sie hatte Angst, der Junge könnte ihn stören.

Aber Trevor zeigte nie Spuren von Gereiztheit, nicht einmal wenn Aaron sich von seiner schlechtesten Seite zeigte. Er verbrachte viel Zeit mit ihm – spielte auf der Veranda mit ihm, während Kyla das Essen machte, las ihm vor und badete ihn, wenn sie alle Hände voll zu tun hatte. Er war in jeder Hinsicht ein mustergültiger Vater.

Und ein mustergültiger Ehemann. Er war rücksichtsvoll und geduldig. Jede Nacht ließ er sie allein im Schlafzimmer und verzog sich ins Gästezimmer. Das hielt ihn jedoch nicht davon ab, sie zu umarmen und zu küssen. Jeder musste denken, sie seien ein glücklich verheiratetes Paar. Oft legte er von hinten die Arme um sie und küsste ihren Nacken. Dabei machte er ihr Komplimente über ihr Haar oder ihren Teint oder ihre Figur. Er bat nie um Erlaubnis, sie zu küssen, sondern nahm sie als sein gutes Recht. Oft waren seine Gutenachtküsse so verführerisch, dass Kyla sich einen Narren schalt, wenn sie dann allein in ihrem breiten Bett lag.

Aber dann zog sie die Schublade ihres Nachttisches auf und holte Richards Foto heraus. Sie war Trevor gegenüber taktvoll genug, es nicht offen hinzustellen. Wenn sie dann das geliebte Gesicht betrachtete, schwor sie erneut, dass er in ihrem Herzen immer noch fortlebe und dass sie die Erinnerung an ihn nie dadurch hintergehen werde, sich in einen anderen zu verlieben. Er allein sollte immer ihr einziger Ehemann bleiben.

Aber ihr Körper ließ sich nicht so leicht überzeugen. Wenn sie allein in dem breiten Bett lag, war es nicht Richards Gesicht, das sie verfolgte, sondern Trevors. Sein Lächeln. Sein Haar. Sein Kuss.

Die Tage wurden zu Wochen, und ihre innere Anspannung nahm zu, bis eine Explosion schließlich unausweichlich wurde.

Es geschah nach einem besonders hektischen Tag im Geschäft. Zum Ärger mit einem Lieferanten kam Streit mit Babs. Trevor hatte sich erboten, Aaron aus der Kindertagesstätte abzuholen, in die sie ihn seit einigen Tagen brachten, aber das Einkaufen blieb ihr überlassen. Sie konnte nichts finden von dem, was sie suchte, weil alles umgeräumt war. Die Schlangen waren unglaublich lang, die Kassiererinnen aufreizend langsam.

Als Kyla endlich nach Hause kam, war sie physisch und psychisch am Ende. Um sich einen zweiten Gang zum Wagen zu ersparen, versuchte sie, alle drei großen Einkaufstüten auf einmal zu tragen. Mit einiger Mühe erreichte sie die Veranda und eilte zum Kücheneingang.

Der Anblick, der sich ihr hinter dem Haus bot, war nicht dazu angetan, ihre gesträubten Nackenhaare zu glätten. Trevor hatte es sich im Whirlpool bequem gemacht, eine Dose kühles Bier in Reichweite. Und Aaron ...

„Aaron!“ schrie Kyla auf. „Was zum Teufel soll das denn?“

„Das ist Puddingfarbe“, erklärte Trevor gut gelaunt. Er hatte noch nicht gemerkt, in welcher Stimmung sie war. „Die Kindergärtnerin sagte, es hat ihm viel Spaß gemacht, damit zu malen, deswegen wollte ich es auch zu Hause ausprobieren."

Ihr Sohn, der im Schatten der Veranda an dem kleinen Tisch saß, den Trevor extra für ihn gekauft hatte, war von Kopf bis Fuß mit einer dunklen Masse bekleckert, bei der es sich, wie Kyla zu ihrer Erleichterung erfuhr, um Schokoladenpudding handelte.

Glücklicherweise trug er nur seine Windel. Seine kleinen Händchen holten den Pudding aus einer Schale und klatschten ihn auf ein Stück Pergamentpapier, das Trevor ihm hingelegt hatte. Er schmierte darin herum und hob dann die Hand, um sich den Pudding von den Fingern zu lecken. Es war offensichtlich nicht das erste Mal, dass die Gelüste seines Magens stärker waren als die künstlerischen Ambitionen. Sein Gesicht war mit Pudding verschmiert. Er strahlte Kyla an und brabbelte etwas.

„Ich glaube, er hat ‚Vogel' gesagt", mutmaßte Trevor. „Zumindest habe ich ihm vorgeschlagen, einen Vogel zu malen."

„Er ist ja völlig verdreckt", sagte Kyla laut. Ihr Zorn wuchs mit jeder Sekunde. Sie wusste, dass es dumm war, sich wegen dieser Kleinigkeit so aufzuregen, aber sie konnte sich einfach nicht mehr beherrschen. Ihr stieg die Zornesröte ins Gesicht.

„Es lässt sich alles wieder abwaschen", versuchte Trevor sie zu besänftigen. „Die Kindergärtnerin sagte, es sei eine sehr kreative Beschäftigung für ihn."

„Sie muss ja den Schmutz nicht wegmachen!" entgegnete Kyla angriffslustig. „Und du auch nicht. Das bleibt doch wieder alles an mir hängen! Oder habt ihr das bei eurem intimen kleinen Plausch auch schon geklärt?"

Sie ging zur Glastür und versuchte, sie mit dem Fuß aufzuschieben. Die Tür rührte sich nicht. Da sie die Hände voller Tüten hatte, die zunehmend schwerer zu werden schienen, war sie hilflos.

„Ich unterbreche dein Schönheitsbad ja nur ungern, Trevor", bemerkte sie schließlich mit giftiger Süße, „aber ich finde, das Mindeste, was du tun könntest, wäre doch wohl, mir die Tür aufzumachen."

„Jederzeit, Kyla, aber ..."

„Ach, dann lass es doch sein!" explodierte sie. „Ich schaffe es auch allein!"

Nun war auch er mit seiner Geduld am Ende. Er schoss aus dem Pool hoch, wütend und ...

Nackt.

Kyla stand regungslos, als er mit langen Sätzen zu ihr herübereilte, dabei eine Wasserspur hinter sich herziehend, ihr die Tüten aus den Händen riss, sie mit einer Hand packte und mit der anderen die Tür aufstieß. Wütend stürmte er in die Küche und warf die Lebensmittel auf die Anrichte.

Dann drehte er sich zu ihr herum, eine Hand auf die Hüfte gestützt, das rechte Knie leicht gebeugt, in einer arroganten, kampfeslustigen Haltung. Sein Ausdruck war unmissverständlich: Du wolltest es ja so!

Wütend auf sich selbst, weil sie eine solche Szene gemacht hatte, und wütend auf ihn, weil er es zugelassen hatte, rannte Kyla ins Schlafzimmer. Krachend schlug die Tür hinter ihr ins Schloss.

„Bin ich immer noch in Ungnade?“

Es dämmerte. Kyla lag auf der Seite, die Knie bis an die Brust hochgezogen. Nach einem langen Weinkrampf hatte sie geduscht, ihr Nachthemd übergeworfen und sich aufs Bett gelegt, die Decke bis zur Taille hochgezogen. Nun hob sie leicht den Kopf. Trevor hatte den Kopf um die Türecke gesteckt, so als fürchte er, von fliegenden Gegenständen getroffen zu werden, falls er sich weiter vorwagte.

„Nein. Es tut mir Leid.“

Er kam herein. Er trug nur seine abgeschnittene Jeans. Kyla schloss die Augen, bevor sie den Kopf wieder auf das Kissen sinken ließ. Nur zu gut erinnerte sie sich daran, wie sein Körper ausgesehen hatte, als er aus dem Pool kam ...

Sie hatte heiße Tränen des Bedauerns vergossen – Bedauern, weil ihr noch einmal bewusst geworden war, einen wie atemberaubenden Körper er hatte. Bedauern, weil sie trotz aller Treueschwüre gegenüber Richard Verlangen nach Trevor hatte. Und nicht zuletzt Bedauern darüber, dass sie sich ihm so lange verweigert hatte.

Sie spürte, wie sich die Matratze herabsenkte, als er sich hinter sie legte und seinen Körper an ihren schmiegte. Seine Finger glitten durch ihr Haar und strichen ihr ein paar Strähnen aus dem Gesicht. Seine Gesten hatten etwas unendlich Tröstliches, Beruhigendes an sich.

„Hast du einen harten Tag gehabt?“ Sein warmer Atem streifte ihr Ohr.

„Grauenvoll.“

Er lachte leise. „Unter den Umständen warst du wohl nicht darauf vorbereitet, deinen Sohn wie in Schokoladenpudding getaucht zu sehen, was?“

Und nicht darauf, dich wie eine männliche Venus aus dem Pool steigen zu sehen! ergänzte sie stumm. „Es tut mir Leid, dass ich ein solches Theater gemacht habe. Es war einfach alles zu viel.“

Er stützte sich auf den rechten Ellenbogen und beugte sich über sie. Sein Zeigefinger glitt leicht über ihre Wange. „Jetzt verstehst du wohl, warum ich nicht gleich aus dem Wasser gesprungen bin, um dir zu helfen.“

„Allerdings.“

„Ich hatte dich nicht so früh erwartet, sonst wäre ich

schon angezogen gewesen und hätte Aaron gebadet gehabt und fertig für sein Abendessen."

„Es war nicht deine Schuld, Trevor. Es lag nur an mir." Sie seufzte. „Ich fühle mich nicht gut und ..."

„Was ist los?" Er war augenblicklich besorgt.

„Nichts weiter."

„Aber es muss doch etwas sein. Sag es mir!"

Sie drehte den Kopf und warf ihm einen viel sagenden Blick zu.

„Ach, das ..." Er hatte verstanden.

„Ja, das." Sie ließ den Kopf wieder herabsinken.

„Seit wann?"

„Ich habe es gemerkt, als ich nach Hause kam. Ich hätte es wissen sollen. Ich hatte schon den ganzen Tag so schreckliche Laune."

„Dir sei verziehen."

Zärtlich strich er ihr über den Körper. Die Decke rutschte ein wenig nach unten. Kyla protestierte jedoch zu seiner Verwunderung nicht. Er schob die Decke noch etwas weiter. Unter dem dünnen Nachthemd zeichnete sich ihr weißes Höschen ab. Sie wirkte so unschuldig, so verletzlich. Sein Verlangen nach ihr wuchs.

Er legte seine Hand auf ihre Taille. Gab ihr Zeit zu protestieren. Als nichts kam, schob er die Hand weiter. Begann, sie sanft zu massieren.

Kyla fasste nicht direkt den Entschluss, die Beine auszustrecken. Ihre Glieder schienen es von sich aus zu tun. Sie drehte sich auf den Rücken.

„Habt ihr beiden ohne mich gegessen?“

„Hmhm.“ Er fuhr fort, sie zärtlich zu berühren. „Nachdem ich Aaron zuerst einmal mit dem Gartenschlauch abgespritzt habe, um den Schokoladenpudding abzubekommen.“

Sie lachte. „Mir gefällt diese Idee mit den Puddingfarben eigentlich. Auf jeden Fall hatte er seinen Spaß damit. An jedem anderen Tag hätte ich mir wahrscheinlich den Badeanzug angezogen und mich zu ihm gesetzt.“

„Wie wir ja inzwischen beide wissen, hattest du ein Recht, gereizt zu sein.“

„Ich hätte dich nicht so anfahren sollen.“

„Mir gefiel die Bemerkung über Aarons Kindergärtnerin und mich – über unseren ‚intimen kleinen Plausch‘. So wie du es gesagt hast, klang es fast so, als seist du eifersüchtig.“ Seine Lippen nagten verspielt an ihrem Ohrläppchen. „Das ist alles so weich. Zum Hineinbeißen …“

„Erzähl weiter“, bat sie.

„Ich habe vergessen, wo ich war.“

„Du … du … hmm … Du hast ihn mit dem Schlauch abgespritzt.“

„Ach ja, richtig. Dann habe ich ihm sein Essen gemacht.“

„Was hat er gehabt?“

„Sein Leibgericht.“

„Hotdogs?“

„Hmm.“

„Ohne die Brötchen?“

„Natürlich.“ Er küsste ihren Hals. Sie stöhnte leise. „Morgen früh werden die Vögel in unserem Wald drei Hotdog-Brötchen zum Frühstück bekommen. Ich hoffe, sie mögen Senf.“

Sie musste unwillkürlich lachen – sie wusste nicht, ob über seine Bemerkung oder weil seine Lippen so kitzelten.

„Hast du ...“

„Ich weiß, was du sagen willst. Ja, ich habe darauf geachtet, dass Aaron jeden Bissen kaut und herunterschluckt.“

„Danke.“ Ihre Lippen suchten seine.

„Es war mir ein Vergnügen.“

Der Kuss war wie ein Funke am Ende zweier sehr kurzer Zündschnüre. Voller Verlangen rieb Trevor seine Lippen an ihren, bis sie sie öffnete und seine Zunge in die warme Höhle ihres Mundes einließ. Sie hatte sich inzwischen so weit herumgedreht, dass sie einander zugewandt lagen.

Ihre Arme lagen um seine Schulter. Ihre Brüste strebten gegen den dünnen Stoff ihres Nachthemdes, bis sie seinen Körper berührten. Er drückte sie zurück, bedeckte eine Seite ihres Körpers mit seinem.

„Kyla, du ..."

„Trevor, ich ..."

„Was?"

„Trevor?"

Vom Bett kamen Laute. Zufriedenes Stöhnen. Das Rascheln von Leinen. Schweres Atmen. Zusammenhangsloses Flüstern. Wimmern der Lust. Die Musik der Liebe.

Seine Hände bewegten sich mit unersättlichem Verlangen. Er berührte ihre Schenkel. Für den Bruchteil einer Sekunde füllte ihre Wade seine Hand. Er ließ die Finger über ihren Hals gleiten. Umfasste ihre Brüste.

„Ahh." Sie wölbte den Rücken, löste die Lippen von seinem Kuss.

„Was ist?"

„Es tut weh."

„Oh. Ich wollte nicht ... wirklich?"

„Ja."

„Es tut mir Leid."

„Nein, es ... eigentlich tat es gut."

„Wenn ich das tue?"

„Oh, ja", seufzte sie, als er sie erneut liebkoste.

„So?"

„Hmm."

„Und die Nippel?"

„Ja, ja."

„Sag mir, wenn ..."

Aber er kam nicht dazu, den Satz zu beenden, weil ihre Finger sich in seinem Haar vergruben und seinen Kopf herabzogen zu einem neuerlichen leidenschaftlichen Kuss.

Als er zu Ende war, beugte Trevor sich tiefer herab. Drückte heiße, feuchte Kusse auf ihre Brüste. Er drehte sie unter sich. Seine Knie schoben sich zwischen ihre. Das Nachthemd rutschte bis zur Taille hoch. Sie nahm seinen harten Schenkel hoch zwischen ihre. Rieb sich daran. Mit kreisenden Bewegungen. Schneller.

„Verdammt!"

Er lag auf ihr. Sein Atem dröhnte ihr in den Ohren. Sie spurte das schnelle Schlagen seines Herzens. Er hielt ihren Kopf fest zwischen seinen Händen, das Gesicht an ihr Haar geschmiegt.

„Beweg dich nicht, Darling."

„Was ist?"

„Bitte, beweg dich nicht", stöhnte er. „Nur eine Minute lang."

Sie kam seiner Bitte nach. Kurze Zeit später hob er langsam den Kopf und sah sie mit einem schiefen Lächeln an. „Ist das nicht typisch Schicksal? Da habe ich dich nach langem Warten da, wo ich dich haben möchte, und es ist die falsche Nacht."

Verlegen senkte sie den Blick. Er gab ihr einen Kuss auf die Wange und rollte sich vom Bett. Dann legte er eine Hand an ihre gerötete Wange. „Bist du okay?"

Der Schmerz, den sie im unteren Teil ihres Körpers empfand, hatte wohl nichts mit der Menstruation zu tun. Sie nickte stumm.

Trevor richtete sich auf und trat unbehaglich von einem Fuß auf den anderen. Er strich sich ein paar Strähnen aus der Stirn. „Du hast nichts zu Abend gegessen. Hast du Hunger?"

„Nein. Hast du gegessen?"

„Ein wenig." Sie sahen sich kurz an. Ihnen wurde im selben Moment bewusst, wie banal diese Unterhaltung war nach der Leidenschaft, die noch vor wenigen Minuten zwischen ihnen gebrodelt hatte. „Nun, ich lass dich dann allein. Gute Nacht."

Er ging zur Tür.

„Trevor?"

„Ja?"

„Du ..." Kyla räusperte sich. Sie schluckte ihren Stolz hinunter. Verdrängte die warnende Stimme in ihrem Innern. „Du brauchst nicht zu gehen."

Trevor sah seine Frau an. Sie hatte sich auf die Ellenbogen gestützt. Der Saum ihres Nachthemdes lag ziemlich weit oben auf den Schenkeln. Das zerzauste Haar fiel wie gesponnenes Gold über ihre Schultern herab. Ihre Lippen waren geschwollen von seinen Küssen. Der Stoff ihres Nachthemdes war feucht, wo sein Mund gewesen war. Er klebte an ihren sichtlich erregten Brüsten.

Trevor räusperte sich. „Doch, das muss sein. Wenn ich bleibe …“ Wenn er sie noch einmal berührte, würde ihn nichts mehr davon abhalten können, diese Ehe zu vollziehen und sein Verlangen zu stillen. Aber wenn sie sich das erste Mal liebten, dann sollte ihr nichts peinlich sein oder Unbehagen verursachen, aus welchem Grund auch immer. „Aber ich werde darauf zurückkommen“, setzte er rau hinzu, bevor er das Zimmer verließ.

Aaron saß bereits auf seinem Kinderstuhl, und Trevor brutzelte Schinken, als Kyla am nächsten Morgen in die Küche kam.

„Guten Morgen, Baby.“ Sie beugte sich herab, um Aaron einen Kuss zu geben. Er patschte ihr liebevoll ein Stück triefenden Schinken an die Nase. „Vielen Dank!“ Sie seufzte.

„Die Wahl war, ihn aus dem Bett zu holen, oder ihn dort so lange auf und ab hopsen zu lassen, bis die Federn brechen“, bemerkte Trevor, während er die Pfanne von der Platte nahm.

„Vielen Dank, dass du dich um ihn gekümmert hast.“

„Das mache ich doch gern.“

Er legte seine Arme um ihre Taille und zog sie an sich, um ihr einen von diesen Morgenküssen zu geben, die nach After Shave dufteten und nach unlängst geputzten Zähnen schmeckten. Kyla hätte nichts dagegen gehabt, wenn es länger gedauert hätte, aber nachdem er ihr noch einen Kuss aufgedrückt hatte, meinte er: „Setz dich. Du musst Hunger haben."

Sie warf besorgt einen Blick auf die Uhr. „Ich muss mich beeilen. Ich habe verschlafen."

„Lass dir Zeit. Ich habe Babs angerufen und ihr gesagt, dass sie dich noch nicht so bald zu erwarten braucht. Und die Kindertagesstätte erwartet Aaron nicht vor zehn."

Er stellte einen Teller mit Schinken und frischen Waffeln vor sie hin. Der Duft ließ ihr das Wasser im Mund zusammenlaufen. „Ich komme um vor Hunger."

„Geht es dir heute Morgen besser?"

„Ja, viel besser."

„Das ist gut." Er nahm ihr gegenüber Platz. Während sie mit ihrer Serviette herumfummelte und sich zu erinnern versuchte, wie man eine Gabel benutzte, bestrich Trevor eine Waffel für Aaron mit Butter. „Hier, Kleiner. Schlag zu!"

Sie lachten über die entsetzlichen Tischmanieren des Kleinen. „Wir müssen anfangen, etwas dagegen zu tun", bemerkte Kyla. Erst als die Worte heraus waren, wurde ihr bewusst, dass sie Trevor wie selbstverständlich mit einbezogen hatte. Sie sah ihn an. Sein Blick ließ ihr einen warmen Schauer über den Körper laufen.

„Wie hast du geschlafen?“ erkundigte er sich.

Sie bemerkte, dass seine Finger so lang und kräftig waren, dass sie kaum in den Henkel des Kaffeebechers passten. Und doch konnten sie so sanft sein, wenn sie ihren Körper berührten. Sie musste sich räuspern, bevor die Stimmbänder ihr gehorchten. „Danke, gut.“

Sie hatte von ihm geträumt und war in Schweiß gebadet aufgewacht – mit heftig klopfendem Herzen und fliegendem Atem. Zumindest hätte sie nun Babs’ Neugier befriedigen und ehrlich sagen können, dass Trevor nackt einfach atemberaubend war.

„Ich habe nicht sonderlich geschlafen“, bekannte er.

„Das tut mir Leid. Was war?“ Es hatte ihr wirklich den Atem verschlagen, als er da so aus dem Pool gekommen war. Seine Brust und die Schenkel und ...

„Es war zu hart.“

Kylas Gabel fiel klirrend auf den Teller. Als sie danach griff, stieß sie das Glas Orangensaft um.

Aaron deutete darauf. „Uh-oh! Uh-oh!“

Trevor schob den Stuhl zurück und schnappte sich ein Geschirrhandtuch, um den sich ausbreitenden Saftsee aufzuwischen. „Ich sprach vom Bett im Gästezimmer.“

„Was?“ Kyla sah ihn entgeistert an.

Er hatte sichtlich Mühe, ein Lachen zu unterdrücken.

„Das Bett war zu hart. Was sonst?“ setzte er scheinheilig hinzu.

Ihre Wangen waren rot angelaufen. Zum Glück blieb ihr weitere Pein erspart, weil in diesem Moment das Telefon klingelte. Trevor nahm ab.

„Dad!“

Kyla zog Aaron, der seine Waffel in Rekordzeit vertilgt hatte, auf ihren Schoß. Er grabschte nach den Resten auf ihrem Teller und zwischen ihren Küssen aß er auch das noch. Sie warf einen Blick zu Trevor hinüber. Er strahlte über das ganze Gesicht.

„Natürlich, gar kein Problem. Wann ... Für wie lange ... Länger nicht ... Na, besser als nichts ... Okay, wir werden da sein. Bis dann!“ Er legte auf.

„Dein Vater?“

„Ja. Er fliegt heute hierher und wird die Nacht bei uns verbringen. Das ist dir doch recht, oder?“

„Natürlich. Ich weiß doch, dass du enttäuscht warst, weil er nicht zur Hochzeit kommen konnte.“

„Ich möchte, dass er dich und Aaron kennen lernt. Er kann nur eine Nacht bleiben und muss morgen gleich weiter nach Los Angeles für irgendeinen Fall, an dem er arbeitet.“ Er schob sich ein Stück Schinken in den Mund. „Ich möchte mit ihm durch die Stadt fahren und ihm einige meiner Projekte zeigen. Du weißt, wir ... Oh, es tut mir Leid, ich wollte nicht so ausschweifen ...“

Sie freute sich über seine Begeisterung. „Sprich weiter!" drängte sie. „Was wolltest du sagen?"

„Wir hatten kein besonders gutes Verhältnis. Das hat sich erst nach meinem Unfall geändert. Während ich im Krankenhaus war, sind wir uns näher gekommen. Jetzt ist alles bestens zwischen uns."

Kyla lächelte ihn warm an. „Fährst du nach Dallas, um ihn abzuholen?"

„Ja, er hat mir seine Flugnummer gegeben. Ich dachte, wir könnten alle zusammen in der Stadt zu Mittag essen."

„Aron auch?" Kyla hatte ihre Bedenken.

„Natürlich auch Aaron. Er gehört doch zur Familie." Er nahm ihr den Kleinen vom Schoß und schwenkte ihn hoch durch die Luft. Aaron kreischte vor Freude. „Dad isst gern italienisch." Er nannte ein berühmtes Restaurant in Dallas. „Soll ich anrufen und einen Tisch reservieren lassen?"

Sie wollte ihm die Freude nicht nehmen, aber offenbar war ihm nicht klar, was für ein Risiko es war, mit einem fünfzehnmonatigen Kleinkind in ein Restaurant zu gehen. „Ich weiß nicht, ob das eine gute Idee ist, Trevor. Ich bin mir nicht sicher, ob Kinder in dieser Art von Restaurant gern gesehen sind."

„Wenn sie unser Kind nicht wollen, gehen wir eben woanders hin."

Vom Empfangschef bis hin zum letzten Tellerwäscher waren alle von den drei Rule-Männern – George, Trevor und Aaron – begeistert. Kylas Sorge war überflüssig gewesen, Trevor hatte mit dem Empfangschef persönlich gesprochen, als er seine Reservierung machte. Es war alles auf den Kleinen vorbereitet.

Kylas erste Begegnung mit Trevors Vater auf dem Flughafen verlief problemloser als sie erwartet hatte. Zuerst war Aaron scheu gegenüber dem großen, weißhaarigen Mann mit der lauten Stimme. Aber auch George wusste nicht so recht etwas mit dem Kleinen anzufangen.

Trevor brachte die beiden ganz bewusst zusammen auf dem Rücksitz unter, und als sie das Restaurant erreichten, waren die beiden bereits Freunde geworden. George trug Aaron hinein und präsentierte ihn stolz als seinen Enkelsohn.

„Trevor erwähnte, dass ich Ihre Eltern nicht kennen lernen werde", bemerkte George an Kyla gewandt, als sie nach Chandler fuhren.

„Wir haben gestern eine Karte von ihnen aus Yellowstone bekommen. Sie genießen ihre Reise sehr."

Sie erklärte George, dass Clif und Meg ihr Haus gleich wenige Tage nach der Hochzeit verkauft hatten. Trevor hatte Clif geholfen, ein Wohnmobil auszusuchen, das für ihre Bedürfnisse am besten geeignet war. Meg hatte es mit der Aufregung eines kleinen Mädchens eingerichtet, das sein erstes Puppenhaus bekommt. Zwei Wochen später waren sie abgefahren.

„Sie hat Heimweh nach ihnen“, meinte Trevor mit einem neckenden Blick auf Kyla. „Sie haben sie völlig verwöhnt.“

„Das tust du ja auch.“

Er fuhr herum. Sie war so überrascht wie er über ihre eigenen Worte, aber als sie so darüber nachdachte, stellte sie fest, dass es die Wahrheit war. Trevor warf kurz einen Blick nach vorn, um sicherzugehen, dass keine Gefahr drohte, bevor er sich wieder zu Kyla herumwandte.

„Es freut mich, dass du es so empfindest. Genau das war meine Absicht.“

Sie sahen sich in die Augen, bis George schließlich vernehmlich hüstelte. „Ich weiß nicht, wie es dir geht, Aaron, aber ich fange an, mich wie das fünfte Rad am Wagen zu fühlen.“

Es war noch hell genug für Trevor, um sie durch die Stadt zu fahren und seinem Vater einige seiner Baustellen zu zeigen. Kyla blieb im Wagen sitzen, während die Männer draußen herumgingen. Trevor hatte Aaron auf seine Schultern gesetzt.

Vater und Sohn! Der Gedanke drängte sich förmlich auf. Aber sollte nicht Richard an Trevors Stelle sein? Kyla kämpfte gegen die Tränen, die ihr plötzlich in die Augen getreten waren.

Sie weinte, weil sie sich nicht überzeugen konnte. Wenn Richard der Mann sein sollte, wieso wirkte es dann so natürlich, so richtig, dass ihr Sohn sich mit seinen kleinen Fäusten so vertrauensvoll an Trevors schwarzem Haar festhielt? Und wieso rührte es sie so, zu sehen, wie Trevor den Jungen behutsam auf den Boden setzte und ihn ganz ungeniert herzlich drückte? Wieso sehnte sie sich danach, diese starken Arme selbst um sich zu spüren?

George war verständlicherweise beeindruckt von dem Haus und machte kein Hehl daraus. Kyla wollte den Männern Gelegenheit zu einem ungestörten Vater-Sohn-Gespräch geben. Sie verabschiedete sich für die Nacht, nachdem sie Aaron zu Bett gebracht hatte.

„Ich habe einen riesigen blauen Fleck am Schienbein", sagte George vorwurfsvoll zu seinem Sohn. „Hatte es irgendeinen Grund, dass du mich unter dem Tisch so getreten hast, als ich deine Zeit bei den Marines erwähnte?"

Trevor hatte erleichtert registriert, dass Kyla die Bemerkung seines Vaters nicht gehört hatte, weil sie gerade damit beschäftigt gewesen war, Aarons Mund abzuwischen. „Es wäre mir lieber, Kyla wüsste nichts davon. Sie hat keine Ahnung, wo ich mir meine Verletzung zugezogen habe."

„Sie weiß gar nichts?"

„Nein."

„Hmm."

Trevor kannte seinen Vater gut genug, um zu wissen, dass sogar ein „Hmm" nie ohne Bedeutung war. „Es ist eigentlich sehr schnell gegangen – dass du dich verliebt hast und dann die Heirat, nicht wahr?"

„Ist das so merkwürdig?"

„Für dich schon." Als er einen scharfen Blick seines Sohnes auffing, musste George lächeln. „Dein Ruf bei den Frauen ist sogar bis an mein Ohr gedrungen, Trevor. Diese plötzliche Liebe auf Lebenszeit fällt doch ziemlich aus dem Rahmen."

Sie saßen auf der Veranda in bequemen Liegestühlen. George genoss eine Zigarre – etwas, was sein Arzt ihm strikt verboten hatte. Trevor war froh, dass die Dunkelheit sein Unbehagen verbarg. Es gefiel ihm nicht, welche Richtung die Unterhaltung genommen hatte. „Ich liebe Kyla, Dad."

„Das bezweifle ich nicht, nachdem ich dich mit ihr gesehen habe. Es ist nur merkwürdig, dass ausgerechnet du dich so schnell verliebt haben sollst."

„Ich liebe sie schon sehr lange", sagte Trevor leise.

George rollte die Zigarre zwischen den Fingern und betrachtete versonnen die glühende Spitze. „Sie hat nicht zufällig etwas mit den Briefen zu tun, die du im Krankenhaus immer gelesen und nie aus den Händen gegeben hast, oder?"

Trevor hätte es wissen sollen. Nichts, nicht einmal die geringste Kleinigkeit, entging einem so gewieften Anwalt wie George Rule. Er bemerkte alles. Trevor erhob sich und trat an den Rand der Veranda. Er lehnte seine Schulter gegen die Mauer und starrte in die Dunkelheit, wie er es vor Wochen getan hatte, als er überlegte, wie er Kyla sagen sollte, wer er war. „Dad, ich werde dir eine Geschichte erzählen, die fast unglaublich ist."

Als er Minuten später am Ende war, folgte ein langes Schweigen. „Ich habe versprochen, mich nie wieder in dein Leben einzumischen, Trevor", sagte George schließlich, „aber in diesem Fall möchte ich doch sagen: du spielst mit dem Feuer."

„Ich weiß." Trevor seufzte schwer.

„Was glaubst du, wie Kyla reagieren wird, wenn sie die Wahrheit erfährt?"

Trevor vergrub die Hände in den Hosentaschen. „Ich wage es mir nicht vorzustellen."

„Das solltest du aber", warnte sein Vater. „Denn eines Tages wird sie es herausfinden, das ist sicher." Er erhob sich und drückte die Zigarre aus. „Aber wer weiß." Er legte seinem Sohn eine Hand auf die Schulter. „Es könnte sich alles zum Guten wenden. Wenn du sie nur genug liebst."

„Das tue ich."

„Und sie? Liebt sie dich?"

Trevor zögerte. „Ich glaube, es könnte dazu kommen. Oder vielleicht gewöhnt sie sich auch nur daran, mich in der Nähe zu haben. Verdammt, ich weiß es nicht."

George lächelte. Sein Blick fiel auf die Augenklappe, und er musste daran denken, dass er seinen Sohn um ein Haar verloren hätte. Seine Augen wurden feucht. Er zog Trevor rau an sich. „Nach allem, was du durchgemacht hast, hast du es verdient, glücklich zu sein."

„Nein, Dad", widersprach Trevor leise. „Nach allem, was Kyla hinter sich hat, ist sie diejenige, die etwas Glück verdient hat."

Bald danach wünschten sie sich eine gute Nacht. George verschwand im Gästezimmer, wo Trevor seinen Koffer abgestellt hatte.

Trevor ging zögernd zum großen Schlafzimmer hinüber. In seinem Innern hatte sich alles verkrampft. Er kam sich vor wie ein Schuljunge, der zum Direktor geschickt worden ist.

Was zum Teufel war los mit ihm? War er erregt über den Gedanken, bei ihr zu schlafen? Oder hatte er Angst, zurückgewiesen zu werden?

Angst? Vor einer Frau, die gerade gut einhundert Pfund wog? Das war doch absurd.

War sie nicht seine Ehefrau? Und hatte er sie in den vergangenen Wochen nicht wirklich über alle Maßen verwöhnt? Er hatte sie doch förmlich mit Glace-Handschuhen angefasst und alles nur Erdenkliche getan, um ihr eine Freude zu machen. Es war wirklich an der Zeit, jetzt einmal zu zeigen, dass er der Herr im Haus war und dass er auch ein paar Rechte hatte!

Er riss die Tür auf und ließ sie mit einem vernehmlichen Krachen hinter sich ins Schloss fallen. Kyla schoss hoch. „Trevor? Was ist passiert? Was ist?"

„Nichts. Okay, ich will dir sagen, was passiert ist", knurrte er und trat ans Bett, bis an die Zähne gerüstet mit tief empfundener Empörung. „Mein Dad schläft, wie vorauszusehen war, im Gästezimmer. Heute Nacht werden wir dieses Bett teilen, Mrs. Rule."

13. KAPITEL

„Okay.“

Die leise Zustimmung entwaffnete Trevor. Sein Zorn fiel in sich zusammen wie ein missratenes Soufflé. Er rollte die Schultern, um sich wieder zu fangen.

„Also gut“, sagte er knapp, „es freut mich, dass du das so siehst.“ Aus irgendeinem Grund machte ihre Friedfertigkeit ihn nur noch wütender. Er brauchte diese Herablassung nicht. Er nicht!

Mit heftigen Bewegungen riss er sich die Sachen vom Leib. Alles blieb so liegen, wie es gerade fiel. Als er bis auf die Unterhose alles abgeworfen hatte, stieg er ins Bett. Er ließ seinen ganzen Zorn am Kissen aus, das brutal zurechtgeklopft wurde, bis er schließlich den Kopf darauf fallen ließ.

„Gute Nacht.“

„Gute Nacht, Trevor.“

Er kehrte ihr den Rücken zu. Das ganze Bett bebte, während er sich so lange hin und her warf, bis er eine bequeme Lage gefunden hatte.

So, nun hatte er es ihr aber gezeigt!

Falls es so war, warum war es dann sein Körper, der vor Lust brannte? Warum war es sein Herz, das schmerzte vor unterdrückter Leidenschaft?

Kyla erwachte. Trevor hatte sich auf die Seite gelegt und beobachtete sie. Er hatte den zerzausten dunklen Kopf auf einen Arm gelegt. Nur sein Auge bewegte sich. Sein Blick wanderte langsam über ihr Gesicht, so als wolle er sich jedes Detail ganz fest einprägen.

Ihr war nicht bewusst gewesen, dass sie ihre Hand gehoben hatte, bis sie in ihr Blickfeld kam. Sie berührte leicht die Augenklappe.

„Du nimmst sie nie ab."

„Ich will nicht, dass du es siehst."

„Warum?"

„Es ist so hässlich."

„Das würde mir nichts ausmachen."

„Neugierig?"

„Nein. Traurig. Ich habe gerade gedacht, wie schön dein Auge ist und wie schade es ist, dass du das andere verloren hast."

„Ich bin dankbar, dass mir dieses erhalten geblieben ist."

„Das versteht sich von selbst."

„Und sei es nur, um diesen Moment zu erleben. Für nichts in der Welt würde ich diesen Anblick eintauschen – wie du mich jetzt ansiehst!" Seine Stimme war rau von unterdrückten Emotionen.

Kylas Kehle war wie zugeschnürt. Sie hätte weinen mögen. Ihre Hand glitt von seiner Augenklappe hinunter zum Kinn. Ihre Finger fuhren leicht darüber. Berührten seine Oberlippe.

Trevor schluckte. Er spürte Hitze in sich aufsteigen. Verlangen.

Bisher hatte sie sein Gesicht noch nie berührt. Nun schien sie gar nicht genug bekommen zu können davon. Und immer wieder kehrten ihre Finger zu seinem Bart zurück, der sich als erstaunlich weich herausstellte. Mit dem Fingernagel zeichnete sie die Konturen seiner Unterlippe nach.

„Sei vorsichtig, Kyla."

Sie zog den Finger ein wenig zurück. „Warum?"

„Weil ich fast sieben Stunden hier so liege und mit meinem Verlangen kämpfe. Verstehst du?" Sie nickte. „Ich glaube, es ist nicht sehr klug von dir, wenn du mich jetzt berührst. Es sei denn ..."

Er ließ das Ende des Satzes offen, aber sie hatte ihn auch so verstanden.

Draußen fiel helles Sonnenlicht durch die belaubten Äste der Bäume und warf schwankende Schatten auf die geschlossenen Fensterläden. Vögel sangen, Eichhörnchen jagten einander durch die Bäume, Schmetterlinge flogen von Blume zu Blume, Rotkehlchen schossen hierhin und dorthin.

Die Aktivität im Schlafzimmer war weit weniger offensichtlich, aber nicht minder energiegeladen.

Emotionen wogten wie große Wellen. Das Verlangen war so stark, dass es schon fast greifbar war, Sehnsucht so intensiv, dass sie fühlbar in der Luft hing. Hätte sich die Aura eingefärbt, wäre das Bett von einem roten Schein steigender Leidenschaft umgeben gewesen.

Ihr Körper verriet sein Verlangen nicht ganz so offensichtlich wie seiner, aber sie litt nicht weniger. In diesem Moment konnte Kyla nur an eines denken: an die Befriedigung ihrer Lust.

Sie berührte seine Unterlippe noch einmal.

Es war ein Signal.

Mit einer raschen Bewegung rollte er sich auf sie und drückte seine Lippen auf ihre in einem heißen, leidenschaftlichen Kuss. „Himmel, wie ich mich nach dir sehne!" Mit zitternden Händen schob er den Saum ihres Nachthemdes nach oben. Ihre Hände zogen am Gummizug seiner Hose. Eine Hand schob sich hinein.

Trevors Lippen fanden eine Brust und umschlossen sie, während er die seidige Glätte ihres Höschens genoss und die Konturen, die sich darunter abzeichneten. Sie seufzte seinen Namen und hob die Knie an. Seine Finger schoben sich unter das Gummi ihres Höschens ...

In diesem Moment flog die Schlafzimmertür auf. Aaron schoss herein wie eine Miniaturausgabe eines Wirbelsturms.

Trevor stöhnte auf. Er drückte die Stirn gegen Kylas

und wünschte, er könne den Druck in seinem Körper ebenso leicht loswerden. Langsam stieg ein Lachen in ihm auf. „Erinnere mich nachher, dass ich George umbringe!"

Auch Kyla hatte Mühe, die aufgeputschte Leidenschaft wieder unter Kontrolle zu bekommen. Sie drückte ihr Gesicht an Trevors Hals. „Wenn ich ihn nicht zuerst zwischen die Finger bekomme!"

Trevor rollte sich von ihr, behielt sie aber in den Armen. Gemeinsam wandten sie die Aufmerksamkeit dem Kleinen zu.

„Er scheint seinen Großvater schon um den Finger wickeln zu können. Irgendwie scheint er ihn dazu gebracht zu haben, ihn aus dem Bett zu lassen", bemerkte Trevor.

Aaron genoss es, im Zentrum der Aufmerksamkeit zu stehen. Er führte einige seiner witzigsten Tricks vor. Ihr Lachen spornte ihn noch weiter an. Er begann, sich zu drehen. Zuerst langsam, dann immer schneller. Hörte nicht auf die Warnungen der Erwachsenen – und musste sich schließlich irgendwo festhalten, weil ihm schwindelte.

Er streckte die Händchen aus und erwischte den Griff der Nachttischschublade. Die Schwerkraft zog ihn weiter, und er konnte sich ihr nicht widersetzen. Er plumpste auf den Po. Die Schublade folgte und fiel auf seine Beinchen.

Er hatte sich nicht wehgetan, aber die beiden Erwachsenen waren instinktiv hochgefahren, als sie erkannten, was kommen musste. Aaron sah zuerst sie, dann die Schublade verblüfft an.

Die Lade enthielt nur das gerahmte Foto eines Marines in voller Ausgehuniform. Aaron patschte mit der Hand auf das Glas. „Da, Dadadadad." Er sah lächelnd zu seinen Zuschauern auf, sichtlich in Erwartung von Beifall für seine Vorstellung.

Die Arme, die Kyla immer noch gehalten hatten, wurden hart. Ließen sie los. Sie spürte, wie Trevor von ihr abrückte. Mit einer heftigen Bewegung verließ er das Bett. Streifte die Hose über. Eilte zur Tür.

„Trevor, bitte!"

Er fuhr herum – mit bloßem Oberkörper, barfuß und wütend. So wütend, wie sie noch keinen Mann gesehen hatte. „Für einen Ersatzmann bin ich mir nun doch zu schade!"

Er stürmte hinaus.

Die Woche nach George Rules Abflug war grauenvoll. Die Spannung zwischen Kyla und Trevor war unerträglich. Sie sprachen kaum miteinander. Trevor war mit Aaron liebevoll und geduldig wie immer, aber seine Frau rührte er kaum an, und wenn, dann nur, weil es sich nicht vermeiden ließ.

Unter den Umständen kam Lynn Haskells Einladung zu einem Picknick am Labour Day willkommen. Kyla hoffte inständig, dass ein Tag an der frischen Luft ihnen allen gut tun und etwas von der Spannung verfliegen lassen würde.

Der erste Montag im September war in Texas schon traditionsgemäß wolkenlos und drückend heiß. Dieser Labour Day war keine Ausnahme.

„Sie sind da, Kyla!“ rief Trevor von der vorderen Veranda, wohin er ihre Picknick-Sachen gebracht hatte und schon mit Aaron wartete. Die Haskells hatten vorgeschlagen, dass sie alle zusammen in ihrem Wohnwagen zum See fahren sollten, weil er Platz hatte für beide Familien und auch die Picknick-Ausrüstung.

„Ich komme!“ Sie ging noch einmal durchs Haus um sich zu vergewissern, dass alle Türen verschlossen waren und sie nicht Wichtiges vergessen hatte. Als sie die Veranda erreichte, waren Trevor und Ted dabei, alles zu verstauen. Lynn ließ Aaron auf ihren Knien „reiten“.

„Hi! Steig ein, solange noch Platz für dich da ist!“ rief sie gut gelaunt.

Während der Fahrt zog Ted Kyla auf: „Hätte ich gewusst, dass du euren halben Hausstand mitbringst, hätte ich einen LKW gemietet.“

Sie fragte sich im Stillen, ob es den anderen auffiel, dass sie mit ihnen scherzen und lachen konnte, dass Trevor und sie sich aber kaum etwas zu sagen hatten.

Am See packten sie alles aus. Als sie fertig waren,

feierte Trevor das Ereignis mit einer Dose Bier aus der Kühltasche. Er leerte sie in drei Zügen.

Er trank gleich noch eine Dose, um die Flammen des Verlangens zu ersticken, die aufkamen, als er zusah, wie Kyla sich bis auf den Bikini auszog. Lynn hatte vorgeschlagen, sie sollten sich ein wenig in die Sonne legen und etwas für ihre Bräune tun.

Sie gingen mit den Kindern zum Ufer. Aaron planschte fröhlich herum und war nicht eher zufrieden, bis er seine Mutter mit dem kühlen Wasser bespritzt hatte. Als ihre Brustspitzen sich unter der Kälte verhärteten, knurrte Trevor etwas vor sich hin und ging zurück zu ihrem Picknick-Platz, um noch ein Bier zu trinken.

Er brachte die Dose mit zum Wasser und bot auch Kyla einen Schluck an. Als sie den Kopf zum Trinken zurücklegte, ersehnte er sich nichts mehr, als ihren Hals mit seinen Lippen zu liebkosen.

Er und Ted blieben im flachen Wasser bei den Kindern, während Lynn und Kyla zum Anleger hinüberschwammen, der ins tiefere Wasser gebaut war. Trevor beobachtete jeden anmutigen Bogen, den ihre Arme durch das Wasser zogen. Er ließ den Blick nicht von ihr, als sie sich die Leiter hinaufzog. Sie winkte Aaron zu. Dabei zeichnete sich ihr schlanker Körper als Silhouette vor dem Sommerhimmel ab. Wasser lief ihr die Schenkel hinunter.

„Ich bin gleich zurück“, murmelte Trevor.

„Wohin willst du denn jetzt schon wieder?“ Ted sah ihn verblüfft an.

„Ich ... ich glaube, Aaron möchte einen Keks.“

Er nahm Aaron hoch, der völlig zufrieden nassen Sand auf sein Knie gehäuft hatte, und trug ihn zum Wagen. Aaron bekam einen Keks, und Trevor trank noch ein Bier.

Nach einem üppigen Mittagessen schliefen die Kinder eine Weile im Schatten. Anschließend gingen alle zusammen zum Baseballplatz. Traditionsgemäß fand dort an diesem Tag das Spiel „Shirts gegen Skins“ zwischen den jungen Geschäftsleuten statt. Jeder, der mitspielen wollte, brachte seine Ausrüstung selbst mit. Auf dem Platz wurden sie dann in Mannschaften eingeteilt.

Trevor hatte nur ein Auge und hinkte, aber monatelange Bewegungstherapie und tägliche Übungen, die er nie versäumte, hatten ihn in weit bessere Verfassung gebracht als die Büroleute, die meist auch noch etliche Pfund Übergewicht mit sich herumschleppten.

Kyla hielt es vor Spannung kaum aus, als die Reihe zu werfen an ihn kam. Die Skins, für die er und Ted spielten, lagen zurück. Alles hing nun von ihm ab. Und er schaffte es: Der Ball flog so weit, dass die Skins unter dem lautstarken Jubel ihrer Anhänger den Sieg davontrugen.

Trevor nahm die begeisterten Glückwünsche seiner Teamkollegen entgegen. Dann joggten er und Ted zu ihren Familien.

„Du warst prima!" begrüßte Lynn ihn.

„Und ich?" Ted heuchelte den Gekränkten.

„Du auch." Lynn schlang die Arme um seinen Nacken und gab ihm einen herzhaften Kuss.

„Ich habe es kaum ausgehalten vor Spannung!" Kyla lachte immer noch ganz aufgeregt. Ihre Augen leuchteten. Sie hatte die Hände gegen die Brüste gedrückt, so als müsse sie ihre Freude zurückhalten.

„Ich habe Glück gehabt", sagte Trevor bescheiden.

Sie taten zögernde Schritte aufeinander zu. Hielten ein. Dann hielt es Kyla nicht länger: Sie warf sich in seine Arme und gab ihm einen Kuss, der dem Helden des Tages angemessen war.

Trevor legte spontan die Arme um ihre Taille. Das Gefühl ihrer Lippen an seinen – zum ersten Mal seit einer Woche! – ließ ihn alles andere vergessen. Das Verlangen wurde übermächtig. Er drückte sie fest an sich, ließ sie seine Erregung spüren, ungeachtet dessen, dass heller Tag war und alle sie sehen konnten.

Irgendetwas – wahrscheinlich Ted, der ihn leicht mit dem Baseballhandschuh auf die Schulter schlug – brachte ihn dann wieder in die Wirklichkeit zurück. Er hob den Kopf. Kyla sah zu ihm auf. Ihre Augen waren verhangen, ihre Brüste hoben und senkten sich rasch. Ihre Lippen waren rot von seinem Kuss. Wie benommen ließ sie die Finger darüber gleiten.

„Wollen wir zurückgehen?“ Ted stand neben Lynn. Sie hatten die Arme leicht umeinander gelegt, und jeder hatte ein Kind bei der Hand. Aaron saß auf dem Boden und terrorisierte einen Käfer. „Wie wär's mit einem Bier, Trevor?“

„Ja ... natürlich, warum nicht?“

Er leerte die Dose in zwei langen Zügen, schwamm dann, um Staub und Schweiß vom Spiel loszuwerden, und gönnte sich gleich anschließend noch ein Bier.

Zu Abend aßen sie die Reste des Mittagessens, und allmählich machte sich eine angenehme Müdigkeit breit. Trevor half Ted, alles wieder zu verstauen, war dann aber froh, sich um nichts mehr kümmern zu müssen. Er lehnte sich schwer gegen Kyla und legte den Kopf an ihre Schulter. Seine Hand fand wie von selbst den Weg auf ihren Schenkel. Sein Daumen glitt leicht hin und her. Er stellte fest, dass es gut tat, auch den Arm ein wenig zu bewegen, so dass sein Haar sich an der glatten Haut rieb.

Als sie bei ihrem Haus eintrafen, bemühte er sich, vor den Haskells nicht beschwipst zu erscheinen – er hatte selbst den Verdacht, er könne es sein. Er dankte ihnen feierlich für den schönen Tag und wünschte ihnen eine gute Nacht.

Erst als er versuchte, die Picknick-Sachen zur Veranda zu bringen, wurde ihm bewusst, wie schwach seine Arme und Beine wirklich waren. Nachdem er ein paar stolpernde Schritte getan und den Picknick-Korb zweimal fallen gelassen hatte, murmelte er: „Ich glaube, ich bringe die Sachen morgen ins Haus." Damit ließ er auch schon alles zu Boden fallen.

„Das ist okay." Kyla hatte Mühe, ein Lachen zu unterdrücken. „Aber könntest du bitte die Haustür schließen?" Aaron, der auf ihren Armen schlief, wurde allmählich schwer.

„'türlich ..." Trevor blieb stehen und starrte sie einfach nur an.

„Du hast den Schlüssel, Trevor."

„Oh! Ja, natürlich." Mit fahrigen Bewegungen durchsuchte er alle Taschen, bis er den Schlüssel schließlich zutage förderte. Er hielt ihn Kyla direkt vor die Nasenspitze. „Da! Ich habe dir doch gesagt, dass ich ihn habe!"

Wieder kämpfte sie gegen ein Lachen an, aber er schien es nicht zu bemerken, weil er bereits mit dem Schloss rang.

„Jemand hat das Schloss ausgetauscht!" murmelte er vor sich hin mit einem Ausdruck grenzenlosen Staunens. „Der Schlüssel passt nicht!"

„Dreh ihn so, dass die Zähne nach unten zeigen."

Er tat es. Als das Schloss daraufhin problemlos aufsprang und die Tür sich öffnete, sah er Kyla voller Bewunderung an. „Du bist wunderbar. Wusstest du das? Einfach wunderbar."

Sie warf einen Blick zur Decke und schob sich energisch an ihm vorbei, um Aaron sofort ins Bett zu bringen. Minuten später, als sie ins Wohnzimmer kam, lag Trevor lang auf dem Sofa ausgestreckt. Er schlief tief und fest. Unwillkürlich strich sie eine Strähne zurück, die ihm in die Stirn gefallen war. Er erwachte.

„Kyla?"

„Hmm?"

„Du bist süß."

„Danke."

„Süß und schön."

„Ich weiß."

Er bemerkte ihre trockene Ironie nicht, ahnte nicht, dass sie ihm nur gut zuredete. Er wusste nur eines: dass das helle Mondlicht, das durch die Scheibe hereinfiel, sich auf dem Gesicht der Frau, die er liebte, auffallend hübsch ausmachte.

Spontan schlang er einen Arm um sie und zog ihren Kopf zu ihm hinab, um sie zu küssen. Kyla hatte diese plötzliche Bewegung nicht erwartet. Sie verlor das Gleichgewicht und fiel auf ihn. Trevor versuchte, ihr zu helfen. Es endete damit, dass sie beide zu Boden rollten.

Einen Moment lang begriff er nicht, dass das weiche Kissen, auf dem sein Kopf lag, Kylas Brüste waren. Es wurde ihm erst klar, als er den Kopf hob und auf sie herabsah. Spontan versuchte er mit den Lippen, die Bluse beiseite zu schieben, die sie sich für die Heimfahrt übergeworfen hatte.

„Du duftest nach Sonnenschein." Er schnupperte im Tal zwischen ihren Brüsten. „Ich liebe den Duft von Sonnenschein." Er rollte sich auf sie. „Wenn Sonnenschein einen Geschmack hätte, würde er so schmecken wie du." Seine Lippen glitten über ihre Brüste, öffneten sich und schlossen sich wieder. Er verlor sich in dem, was er tat, versuchte, ihre Bluse abzustreifen. Endlich gelang es ihm, den Knoten zu öffnen, mit dem Kyla sie einfach zusammengehalten hatte. Er schob den Stoff beiseite und machte sich nun mit derselben Hartnäckigkeit am vorderen Verschluss ihres Bikinis zu schaffen.

Schließlich lag Kyla nackt unter ihm. „Kyla, bist du schön!" flüsterte er rau. Seine Hände glitten fast ehrfurchtsvoll über ihre Haut. Er ließ sich Zeit. Entschuldigte sich nicht. War überzeugt, sie sei nur ein weiterer Traum. Einer seiner vielen Träume von Kyla. Aber dieser schien wirklich.

Er umfasste jede Brust mit einer Hand und massierte sie leicht, bevor er sich herabbeugte und mit den Lippen an ihren Brustspitzen zu saugen begann, die durch seine Küsse feucht glänzten, ließ seine Zungenspitze über sie hinfahren und spielte mit ihnen, bis sie hart und fest wurden.

Vage registrierte er, dass ihr Körper sich unter seinem

wand. Es war eine Sprache, die er instinktiv verstand, auch wenn er nicht mehr ganz klar denken konnte.

Er richtete sich auf und öffnete ihre Shorts. Zielsicher schob sich seine Hand unter die noch feuchte Bikinihose. Massierte. Liebkoste. Tastete sich zum Zentrum ihrer Weiblichkeit vor. Ein tiefes Stöhnen entrang sich ihm.

Sein Atem ging schneller. Oder war es Kylas? Er war sich nicht sicher. Er löste das Rätsel, indem er seine Lippen auf ihre drückte und sie küsste, bis keiner von ihnen mehr Luft bekam.

Ihre Shorts ließen sich leicht abstreifen. Mit der Bikini-Hose war es schon schwieriger, aber schließlich hatte er auch das geschafft und warf ungeduldig seine eigene Kleidung ab.

Ihre Haut war himmlisch kühl.

Und ihm war so verdammt heiß.

Ihr Körper nahm ihn auf. Feucht und seidig. Ein Schauer durchlief ihn. Es war das Beste, was er je erlebt hatte.

„Ich habe so lange darauf gewartet!“ stöhnte er. „Ich habe mich danach gesehnt ... aber es ist viel besser ... Du ... meine Liebe ... mein Leben ...“

Huntsville, Alabama.

„Das war wirklich mein letzter Umzug. Hier werden wir bis an unser seliges Ende bleiben.“

„Soll mir recht sein“, stimmte der Mann müde zu. „Was für eine Art, den Tag der Arbeit zu verbringen! Mit Arbeit!“

„Aber jetzt haben wir alles untergebracht. Endlich! Alles bis auf diese Kiste mit deinem Armee-Zeugs.“

„Für dich mag es ‚Zeugs' sein, aber einiges davon bedeutet mir sehr viel.“

Sie legte die Hand auf seine. „Ich weiß. Ich habe es nicht so gemeint. Da fällt mir ein: Hast du eigentlich der Witwe von diesem ... wie hieß er doch gleich? Ach ja – Stroud ... das Foto geschickt?“

„Nein, ich bin noch nicht dazu gekommen. Ich wusste nicht, wie ich an ihre Adresse kommen sollte. Vielleicht ist sie ja wieder verheiratet und trägt einen anderen Namen.“

„Wieso schickst du es nicht an die Marine-Verwaltung? Ich bin sicher, sie können es ihr zustellen.“

„Eine gute Idee.“ Er erhob sich und reichte ihr die Hand, um ihr auf die Beine zu helfen. „Lass uns ins Bett gehen. Ich bin erschöpft. Erinnere mich morgen daran, dass ich das Foto herausnehme und zur Post bringe.“

14. KAPITEL

Es dauerte einen Augenblick, bis Kyla begriff, wieso sie auf dem Fußboden erwachte. Ohne Kissen oder Decke hatte sie auf dem harten Grund zum ersten Mal seit Wochen traumlos geschlafen.

Ein Blick aus dem Fenster verriet, dass es noch sehr früh sein musste. Zögernd streckte sie ihre verkrampften Beine und versuchte, sich aufzusetzen, ohne Trevor dadurch aufzuwecken. Trevors Finger hatten sich in ihrem Haar vergraben.

Es gehörte einiges Ziehen dazu, aber schließlich war sie frei. Sie nahm ihre Shorts an sich und huschte auf Zehenspitzen hinaus. Auf dem Weg zu Aarons Zimmer schloss sie das Bikini-Oberteil wieder.

Aaron schlief noch tief und fest. Der Tag am See hatte den Kleinen sichtlich angestrengt. So schnell würde er nicht wach werden. Kyla war dankbar dafür. Im Moment wollte sie nur eines: Ruhe, um nachdenken zu können.

Sie zog die Shorts über und verließ das Haus durch die Hintertür. Bewaffnet mit einem der Handtücher, die sie in dem Schrank neben dem Whirlpool aufbewahrten, ging sie zum Bach.

Es war noch ganz still. Die Sonne hatte das dichte Laubdach noch nicht durchdrungen. Der Boden war kühl und feucht unter ihren Füßen.

Das Wasser plätscherte idyllisch dahin. Trevor hatte wirklich den idealen Platz gefunden für ihr Haus.

Trevor.

Sein Name verdrängte alles andere aus ihren Gedanken.

Mit einem tiefen Seufzer breitete sie das Handtuch am Ufer aus und setzte sich. Sie zog die Knie an und stützte das Kinn darauf.

Es war passiert.

Sie schloss die Augen, als allein die Erinnerungen Wogen der Lust durch ihren Körper sandten. Sie drückte die Stirn gegen die Knie und versuchte, nicht an sein zärtliches Liebesspiel zu denken, aber vergebens. Ihr Verstand sträubte sich vielleicht gegen die Erinnerung, aber ihr Körper hing ihr umso hingebungsvoller nach.

Wieso hatte sie sich nicht gewehrt? Sie hätte es tun können. Er hatte zu viel getrunken. Als er sich auf sie gerollt hatte, hätte sie ihn wahrscheinlich von sich stoßen können, ohne dass er es gemerkt hätte. Wieso hatte sie es nicht getan?

Weil sie sich danach gesehnt hatte, ihn zu lieben.

So. Nun hatte sie es sich endlich eingestanden.

Sie hob den Kopf und starrte auf das Wasser, so als erwarte sie, es könne ihr widersprechen. Es plätscherte ungerührt weiter.

Kyla hatte sich nach seiner Liebe gesehnt seit jenem

Kuss nach dem Baseball-Spiel. Dieser Kuss war ein Wendepunkt gewesen. Er ...

„Kyla?"

Sie erschrak. Trevor stand hinter ihr. Er trug nur seine abgeschnittenen Jeans, war unrasiert und sah ziemlich schuldbewusst aus.

„Bist du okay?"

Sie wandte den Blick wieder dem Wasser zu. Es fiel ihr schwer, Trevor in die Augen zu sehen nach der vergangenen Nacht. „Ja, ich bin okay." Es kostete sie einige Mühe, die Worte herauszubringen. „Ich bin früh aufgewacht, und der Morgen war so schön ... Ist Aaron schon wach?"

„Nicht, als ich gerade nach ihm gesehen habe. „Er ging in die Hocke und zupfte einen Grashalm ab. „Wann gehst du heute Morgen ins Geschäft?"

„Gar nicht. Babs und ich haben getauscht. Sie übernimmt heute für mich."

Er nickte kurz und richtete sich wieder auf. Er war unruhig. Sie mieden es beide, von dem zu sprechen, das ihnen am meisten auf der Seele brannte.

Schließlich räusperte er sich. „Ist es gestern Nacht wirklich passiert, Kyla?"

„Erinnerst du dich nicht mehr?"

„Ich erinnere mich. Aber ich weiß nicht mehr, ob es ein unglaublich erotischer Traum gewesen ist oder" – er atmete einmal tief durch – „oder das Beste, was mir je widerfahren ist.“ Sie sah ihn an. Er bemerkte die Tränen in ihren Augen. „Es tut mir so Leid“, stöhnte er.

„Es ist schon okay.“

„Nichts ist okay.“

„Doch, wirklich.“

„Ich war betrunken.“

„Du warst entspannt.“

„Habe ich dir wehgetan?“

„Nein.“

„Habe ich dich gezwungen?“

„Nein.“

„War ich ausfällig?“

„Nein.“

„Ich könnte es mir nie verzeihen, wenn ...“

„Trevor, ich habe es gewollt!“

Die hundert Entschuldigungen, die ihm auf der Seele lagen, erstarben ihm auf den Lippen. „Wirklich?“

„Ja.“ Sie sah zu Boden. „Ich habe soeben nachgedacht.“

„Worüber?“

„Dass du ... dass du vielleicht selbst Kinder haben möchtest. Außer Aaron, meine ich. Es wäre unfair gewesen von mir, dir ... dir das zu verweigern ...“

Sie verstummte, als ein langer, gebräunter Zeigefinger sich auf ihre Lippen legte. Nun konnte sie dem durchdringenden Blick des einen grünen Auges nicht mehr länger ausweichen. Er schien direkt bis in ihre Seele vorzudringen. „Ich würde in der Tat gern wenigstens ein eigenes Kind haben. Aber war das wirklich der Grund, warum du so hingebungsvoll auf meinen ungeschickten Versuch reagiert hast?“

„Nein“, flüsterte sie und schüttelte den Kopf.

„Warum hast du dich mir hingegeben, so betrunken und albern wie ich gewesen sein muss?“

Die zwei Tränen, die Kyla in den Augen gestanden hatten, rollten über seine Hand, die an ihrer Wange lag. Als sie die Augen öffnete, lächelte sie. „Du warst nicht betrunken und albern.“

„Hmm ...“

Zärtlich strich sie ihm über das Haar. „Du warst so, wie du gewesen bist, seit ich dich kennen gelernt habe.“

„Und? Wie war das?“

„Nett, rücksichtsvoll, witzig.“

„Bitte, nicht mehr. Ich möchte nicht vor Stolz platzen. Aber beschreibst du mich oder den Nikolaus?“ Er sah sie so bittend an wie ein kleiner Junge, der noch ein Stück Schokolade möchte. „Habe ich denn keinerlei Attribute mehr romantischer Natur?“

Kyla lachte auf. „Braucht dein Ego ein paar Streicheleinheiten?“

„Es könnte nicht schaden.“

„Okay. Was willst du hören? Dass du gut aussiehst? Dass meine beste Freundin dich für einen ‚Wahnsinnstypen' hält, aber einen netten – und das ist ihren Worten nach eine Rarität!"

„Deine beste Freundin? Was spielt sie hier für eine Rolle? Mich interessiert nur deine Meinung."

„Ich schließe mich Babs' Meinung an."

„Kommt da noch mehr?" Seine Lippen nagten verspielt an ihrem Ohrläppchen.

„Sollte ich so weit gehen zu sagen, dass allein dein Anblick meinen Puls schneller gehen lässt?"

„Klingt nicht schlecht."

Sie legte den Kopf in den Nacken, als er ihren Hals mit einer Spur zärtlicher Küsse überzog. „Du siehst unglaublich gut aus, bist sexy und ..."

„Und?" hakte er nach, als sie verstummte.

„Und ich bin sehr glücklich, dass ich mit dir verheiratet bin", setzte sie leise hinzu.

Er zog sie mit sich herab auf das Handtuch und bedeckte ihren Körper mit seinem. „Ich liebe dich, Kyla Rule", flüsterte er.

Sie legte die Arme um ihn. Ihre Lippen verschmolzen zu einem heißen Kuss.

„Lass uns Aaron in die Tagesstätte bringen, auch wenn du heute nicht ins Geschäft gehst", schlug Trevor vor.

„Warum?"

Ihr Ehemann bedachte sie mit einem breiten und sehr, sehr eindeutigen Lächeln, bevor er ihr ins Ohr raunte: „Ich möchte dich den ganzen Tag lang lieben."

„... Ja, ja..."

„Gefällt es dir?"

„Ja!"

„Ich habe Angst, ich könnte dir wehtun, wenn ich so tief presse."

„Nein ... Es ... ah... Trevor ... ja."

„Sweetheart ... Kyla ... Ich kann nicht ... Wie lange noch? ..."

„Noch nicht. Ich möchte, dass es ewig anhält."

„Ich auch, aber ..."

„Jetzt, jetzt, jetzt ..."

„Du bist so schön."

„Du gibst mir das Gefühl, schön zu sein. Und verrucht."

„Verrucht?"

„Bisher hat mich noch niemand vor den Spiegel gesetzt, um mich zu bewundern. Es ist dekadent, oder?"

„Absolut. Aber so kann ich dich von allen Seiten auf einmal sehen. Heb deine Arme."

„Wie? So?"

„Perfekt. Hast du Aaron gestillt?"

„Eine Zeit lang. Wieso?"

„Nur eine Frage. Deine Brüste sind so hübsch. Habe ich etwas Falsches gesagt?“

„Nein, es ist nur ...“

„Was?“

„Einiges von dem, was du sagst, macht mich ziemlich verlegen.“

„Das sollte es nicht. Ich liebe dich. Magst du es, wenn ich dich so berühre?“

„Oh ja. Ich ... ah ...“

„Oh Kyla, sieh dich nur an. Ich berühre dich kaum und ...“

„Du weißt genau, wie du mich berühren musst ... wie ...“

„Du schmeckst wie Milch.“

„Deine Lippen ...“

„Wie süße Milch.“

„Und deine Zunge ...“

„Du schmeckst wie Kyla.“

„Sag nicht, dass es hässlich ist.“

„Also gut: Jeder Mann sollte die eine Körperhälfte voller Narben haben.“

„Tun sie noch weh?“

„Nein.“

„Nie?“

„Nun ja, manchmal.“

„Warum führt diese von deiner Brust bis hin zum Rücken?"

„Im Moment bin ich froh, dass sie da ist"

„Froh?"

„Ja, weil sich deine Lippen so gut anfühlen auf meiner Brust."

„Ich würde sie auch ohne die Narbe küssen."

„Wirklich, Darling?"

„Ja. Ich habe mich schon lange danach gesehnt, deine Brust zu küssen."

„Das ist nicht mehr meine Brust – das ist mein Nabel."

„Nah genug dran."

„Von wegen nah genug ... hmm, Lieb..."

„Du hast mich vom Thema abgebracht. Wie bist du an diese Narbe gekommen?"

„Das erzähl' ich dir irgendwann später. Mach jetzt nur weiter, was du da tust, und ich werde gar nicht mehr an die Ursache meiner Narben denken."

„So?"

„Oh. Baby, das ist gut. Kyla ... Kyla ... Oh, Sweetheart, oh ... Das ist das erste Mal, dass du mich berührt hast."

„Als ich dich das erste Mal sah ..."

„Ja?"

„Als du aus dem Whirlpool kamst ..."

„Ja?"

„Du warst atemberaubend."

„Nein, dies ist atemberaubend ... So wie du mich jetzt berührst ... das ... das ist atemberaubend.“

„Nicht mehr, bitte! Ich kann nicht mehr. Mir tun schon die Seiten weh.“

„Nur einen noch. Der ist von einem Mann, der in eine Zoohandlung geht, um einen Papagei zu kaufen.“

„Es ist mein Ernst, Trevor! Bitte, keine doppeldeutigen Witze mehr!“

„Aber du lachst doch!“

„Das ist es ja gerade. Ich sollte es nicht tun. Ich bin eine Lady.“

„Wie kannst du behaupten, eine Lady zu sein, wenn du so auf meinem Schoß sitzt, und ich deine Brüste vernasche?“

„Trevor!“

„Au, Darling! Sitz still, oder du tust mir weh. Andererseits, mach nur weiter und beweg dich so. Deine Brüste sehen süß aus, wenn sie so auf und ab hüpfen.“

„Du bist unmöglich!“

„Warte nur, bis du den Witz hörst.“

„Kann dich denn nichts davon abhalten?“

„Nein. Und sei eine gute Ehefrau, hör zu. Der Mann geht also in die Zoohandlung und ... Kyla, ich dachte, ich hätte dir gesagt, du sollst stillsitzen. Der Mann geht in die Zoohandlung, und der Verkäufer sagt: ‚Ich habe hier einen wunderbaren Papagei.' ,Kann er sprechen?' fragt der Mann. Kyla, hör auf! ,Natürlich kann er sprechen', sagt der Verkäufer, ,aber es gibt da ein Problem.' Kyla, ich warne dich! ,Was für ein Problem?' fragte der Mann. ,Der Papagei kann sprechen, aber er hat keine Füße.' Kyla ... Darauf der Mann: ,Wie hält er sich denn auf der Stange?' Und der Verkäufer ... Ach, zum Teufel damit."

„Das ist der Witz?"

„Nein, mir ist gerade etwas Besseres eingefallen."

„Das war eigentlich das Schwerste. Die Marine konnte mir überhaupt nichts schicken. Nichts. Es war, als hätte Richard nie existiert. Das hat mir das Herz gebrochen. Es war nicht einmal genug von ihm übrig, um den Sarg zu füllen."

„Bitte, nicht, Sweetheart."

„Er hatte einen besseren Tod verdient. Und überhaupt war alles sehr frustrierend. Aus Sicherheitsgründen konnte oder wollte man mir nichts sagen, die Details waren so unbefriedigend."

„Was zum Beispiel?" Trevor legte seine Arme um sie und zog sie fest an sich.

„Richard war an dem Morgen nicht einmal in seinem eigenen Bett. Warum nicht? Wieso hat nichts von seinen Sachen die Explosion überstanden? Ich wollte etwas Greifbares, etwas von ihm, was ich in die Hand nehmen konnte. Einen Rasierapparat. Eine Armbanduhr. Irgendetwas."

„Pst. Sprich nicht weiter, wenn es dich so aufregt."

„Es ist nicht mehr so schmerzlich, wie es klingt. Es tut sogar gut, darüber zu reden. Und du bist ein Schatz, dass du mir zuhörst."

„Ich liebe dich, Kyla. Wir mussten über Richard sprechen. Ich wollte, dass jeder von uns frei wird, seinen Namen laut zu nennen."

„Ich habe ihn geliebt, Trevor."

„Ich weiß."

„Und weißt du auch, dass ich dich liebe? Ich hätte nicht geglaubt, dass ich einen Mann nach Richard lieben könnte, aber ich liebe dich. Das ist mir gerade klar geworden. Ich liebe dich! Trevor, weinst du?"

„Ich liebe dich so sehr, Kyla."

„Du wirst mich nie verlassen, nicht wahr?"

„Ausgeschlossen."

„Schwöre es!"

„Niemals."

Huntsville, Alabama.

Ein Brief wurde aufgegeben.

Zufrieden vor sich hinsummend warf Kyla einen Blick auf den Braten. Nicht einmal ihre Mutter hätte ihn besser machen können! Sie legte den Deckel wieder auf und stellte die Platte ab. Es würde sich warm halten, bis Trevor und Aaron zurückkamen. Trevor hatte etwas zu erledigen gehabt und den Kleinen mitgenommen, damit sie in Ruhe das Essen zubereiten konnte. Sie kochte neuerdings sehr gerne.

Überhaupt hatte sie in letzter Zeit an allem, was sie tat, ihre Freude. Während der letzten drei Wochen, seit Labour Day und der folgenden Nacht, lebte sie in einem Zustand vollkommenen Glücks. Sie liebte und wurde geliebt. Was konnte es Schöneres geben?

Mit wenigen Griffen sammelte sie im Wohnzimmer die Spielsachen ein, die Aaron auf dem Boden verstreut hatte. Auf dem Weg zurück in die Küche fiel ihr Blick auf die ungeöffnete Post auf dem kleinen Tisch im Korridor. Sie nahm sie mit und setzte sich damit an den Küchentisch, um hier auf ihre Männer zu warten.

Ein Umschlag stach ihr sofort ins Auge. Er war vom Marine Corps. Sie riss ihn auf und fand einen zweiten Umschlag darin mit der Aufschrift: Bitte nachsenden! Der Name in der linken oberen Ecke kam ihr irgendwie bekannt vor, aber sie konnte ihn erst unterbringen, als sie die Adresse las: Huntsville, Alabama. War nicht einer von Richards Freunden aus Huntsville gewesen? Neugierig öffnete sie auch den zweiten Umschlag und holte den Brief heraus. Ein Foto fiel auf den Tisch.

Der Brief war kurz. Der Absender stellte sich vor und drückte sein Beileid über Richards Tod aus. Er erklärte, er habe unlängst ein altes Foto wiedergefunden, das sie vielleicht gern hätte. Der Brief endete mit den besten Wünschen für ihre Zukunft.

Kyla legte den Brief beiseite und nahm das Foto auf. Es zeigte drei Marines. Der mittlere war Richard Stroud. Er sah genauso aus, wie sie ihn in Erinnerung hatte. Er hatte einen militärisch kurzen Haarschnitt und trug Ausgehuniform. Er lächelte breit, so als habe gerade jemand etwas Witziges erzählt.

Die drei Männer hatten freundschaftlich die Arme umeinander gelegt. Der Absender des Fotos hatte die Namen darunter geschrieben. Er selbst war der Mann rechts von Richard. Er hatte ein offenes, freundliches Gesicht, ein nettes Lächeln und abstehende Ohren. Einem Mann mit einem derart ehrlichen Gesicht würde man bedenkenlos vertrauen.

Kylas Blick glitt zur anderen Seite des Fotos. „Smooch“ stand unter dem Mann zu Richards Linken. Bei ihm würde man zweimal überlegen, bevor man ihm vertraute.

Konnte ein Mann, der derart gut aussah, vertrauenswürdig sein? Ein breites Lächeln teilte das gebräunte Gesicht. Der verschmitzte Blick der herrlichen grünen Augen weckte die Vermutung, dass er derjenige gewesen war, von dem die witzige Bemerkung stammte, über die die beiden Männer lachten. Smoochs Lächeln war selbstgefällig, arrogant und zweifellos eingebildet.

Und merkwürdig vertraut.

Es war das Lächeln ihres Mannes.

Es konnte keinen Zweifel geben. Sogar mit den kurz geschnittenen Haaren und ohne Augenklappe – das Lächeln war unverkennbar.

Kyla ließ das Foto fallen, als hätte sie sich daran die Finger verbrannt. Sie starrte es an, als es da vor ihr auf dem Tisch lag, konnte sich aber nicht dazu bringen, es noch einmal in die Hand zu nehmen.

Es musste eine logische Erklärung geben. Richard und Trevor Arm in Arm? Trevor ein Soldat? Wie konnte unter einem Foto von Trevor „Smooch" stehen – ein Spitzname, an den sie sich gut aus Richards Briefen aus Ägypten erinnerte.

Smooch war der Schürzenjäger. Der Playboy. Richards Freund, den sie nicht leiden konnte, ohne ihn je gesehen zu haben.

Ihr Mann.

Die Vorstellung war unerträglich. Kyla verbarg das Gesicht zwischen den Händen. Sie biss sich auf die Unterlippe, um das Schluchzen zurückzuhalten, das in ihr aufgestiegen war.

Es musste eine Erklärung geben. Natürlich gab es sie.

Trevor würde hereinkommen, das Foto sehen und etwas sagen wie: „Lieber Himmel, diese Ähnlichkeit ist ja unglaublich!“ oder: „Es soll ja jeder auf der Welt einen Doppelgänger haben. Ich nehme an, dieser Smooch ist meiner.“ Oder: „Es ist doch erstaunlich, was man heutzutage mit Trickaufnahmen alles machen kann!“

Es musste ein Irrtum sein.

Aber es war kein Irrtum, und sie wusste es.

Sie hörte den Wagen vor dem Haus halten. In ihr tobte ein Chaos der Gefühle, aber äußerlich bewahrte sie eine eisige Ruhe.

„Bevor du böse wirst“, begann Trevor, kaum dass die beiden in der Tür waren, „Aaron und ich haben abgestimmt und sind übereingekommen, dass es noch nicht zu kurz vor dem Essen war, um einen Keks zu essen. Deswegen haben wir die Packung schon aufgemacht. Aarons Hemd ... Was ist?“ Er hatte von Aaron zu ihr herübergesehen und bemerkte ihren vernichtenden Blick. Ein schokoladeverschmiertes Hemd konnte keine solche Reaktion hervorrufen. „Kyla?“

Er trat auf sie zu. Als er bei ihr war, sah er es.

Das Foto.

Trevor stieß einen Fluch aus, wandte sich abrupt ab und trat ans Fenster, die Hände in den Hosentaschen vergraben.

„Komm, Aaron." Kyla nahm ihren Sohn auf den Arm. Sie hätte schreien mögen, bis sie keine Luft mehr bekam, hätte mit dem Kopf gegen die Wand rennen mögen. Wie im Trance wusch sie dem Kleinen an der Spüle Gesicht und Hände und setzte ihn dann mit seinen Bauklötzen auf den Küchenfußboden. Dann kehrte sie zum Tisch zurück, nahm das Foto in die Hand, betrachtete es und bemerkte kühl: „Du bist sehr fotogen."

Trevor drehte sich langsam herum. „Jetzt weißt du es also."

„Jetzt weiß ich es!" fauchte sie. „Es ist etwas dran an der alten Redensart, nicht wahr? Die Ehefrau erfährt es immer als Letzte."

„Ich hätte es dir gesagt."

„Wann, Trevor? Wenn wir alt und grau sind? Wenn ich zu schwach gewesen wäre, dich mit jeder Faser meines Körpers zu hassen, so wie ich es jetzt tue?"

„Mich oder das, was ich getan habe?"

„Beides! Ich kann deinen Anblick nicht mehr ertragen, Smooch!"

Sie stieß den Namen hervor, als bezeichnete er das Ekelhafteste, was sie sich denken konnte.

Er zuckte zusammen. „Ich wusste, was du von Smooch hältst. Deswegen habe ich dir nie gesagt, wer ich bin."

Ihr Lachen verriet eine Spur Hysterie. „Smooch! Ich bin verheiratet mit Smooch, dem Schürzenjäger der Kompanie, Smooch, der alles nimmt, was einen Rock anhat, denn bei Nacht sind alle Katzen grau."

„Kyla ..."

„Hast du das nicht einmal zu Richard gesagt?"

„Ja, aber das war, bevor ..."

„Ich will es gar nicht hören!" schrie sie. „Ich will keine Erklärungen von dir außer einer: Warum hast du das getan? Wozu? Was hast du für ein krankes Spiel getrieben?"

„Es ist kein Spiel." Sein sachlicher Ton stand in starkem Kontrast zu ihrem schrillen. „Es war niemals ein Spiel. Von Anfang an nicht."

Kyla atmete ein paar Mal tief durch, um nicht völlig die Nerven zu verlieren. „Und wann genau war das? Ich gehe doch wohl recht in der Annahme, dass unsere Begegnung nicht zufällig war?"

„Das stimmt."

„Wann also hat es angefangen?"

„Als ich im Militärhospital in Westdeutschland aufgewacht bin und feststellte, dass ich noch lebte. Mir fehlte ein Auge, auf der linken Seite war so gut wie alles gebrochen, aber ich lebte."

„Was hatte das mit mir zu tun?"

Er tat einen Schritt auf sie zu. „Du wolltest wissen, warum Richard nicht in seinem Bett schlief." Sie nickte. „In der Nacht vor dem Bombenanschlag bin ich betrunken nach Hause gekommen. Richard half mir beim Ausziehen. Ich erinnere mich kaum daran, weiß aber noch, dass ich auf sein Bett fiel. Deswegen schlief er in meinem, als diese Bombe hochging."

Kyla presste eine Hand vor den Mund, um einen Aufschrei des Entsetzens zu unterdrücken. Tränen traten ihr in die Augen.

„Genau meine Reaktion", sagte Trevor grimmig. „Als mir klar wurde, dass Richard an meiner Stelle umgekommen war, war es mir einerlei, ob ich noch lebte oder nicht." Er wandte sich ab, durchlebte noch einmal den Schmerz von damals. „Aber ich lebte. Mit der Hilfe eines Sanitäters, mit dem ich mich angefreundet hatte, erfuhr ich von dir und Aaron. Als es mir gut genug ging, um das Krankenhaus zu verlassen, bin ich hierher gekommen. Zu dir."

Kyla verschränkte die Arme vor der Brust. „Meiner Meinung nach hast du deine militärische Pflicht zu weit gefasst. Viel zu weit", setzte sie eisig hinzu. „Ich will keinen Mann, der mich nur aus Pflichtgefühl geheiratet hat! Nein, danke!"

Ihre Stimme hatte sich derart gehoben, dass Aaron verschreckt aufsah. Seine Unterlippe begann zu zittern. „Mama."

Sein Weinen riss Kyla jäh aus den Tiefen der Erniedrigung. Sie hockte sich neben den Kleinen und strich ihm beruhigend über das Haar. „Es ist okay, Darling. Spiel du nur mit deinen Klötzchen. Oh, sieh nur – sie sind alle umgefallen. Bau sie für Mommy wieder auf, ja?“

Beruhigt wandte Aaron sich wieder seinem Spiel zu. Kyla richtete sich auf. Trevors Miene war nun fast so versteinert wie ihre. Seine Lippen bewegten sich kaum. „Es ist nicht so.“

„Dann sag mir doch, wie es ist!“ höhnte sie. „Sag mir, was dich bewogen hat, hierher zu ziehen und mich dazu zu verführen ...“

„Zur Ehe, Kyla!“ sagte er mit zornigem Nachdruck. „Was ist daran so unehrenhaft?“

„Es war doch alles geplant. Ich kann einfach nicht glauben, dass ich so naiv war, darauf hereinzufallen. Auf dich. Dein Verhalten, deine Sorge um Aaron, dein ... ach, alles! Sogar dieser verdammt konservative Wagen! Das entsprach doch alles dem Traumbild eines zweiten Mannes für die moderne Witwe von heute!“ Ihr Ton troff vor Ironie. „Warum hast du dir so viel Mühe gemacht? Warum hast du das alles getan?“

„Ich liebe dich.“

Sie streckte die Arme vor sich aus, so als wolle sie ihn abwehren. „Komm mir ja nicht damit!“ Sie hatte Mühe, den Ton gedämpft zu halten, um Aaron nicht erneut zu erschrecken.

„Es ist mein Ernst, Kyla. Ich habe dich damals geliebt und tue es immer noch.“

„Das ist unmöglich."

Er schüttelte den Kopf. „Einen Punkt der Geschichte kennst du noch nicht."

„Was sollte das wohl sein?"

„Deine Briefe."

„Meine Briefe?" wiederholte sie verständnislos.

„Deine Briefe an Richard."

Kyla ließ sich auf den nächstbesten Küchenstuhl sinken und starrte den Mann an, der innerhalb so kurzer Zeit vom liebevollen Ehemann wieder zum Fremden geworden war. Es war so schnell gegangen. Das Foto hatte ihr wirklich den Boden unter den Füßen fortgezogen. Nun hatte sie das Gefühl, als wäre ihr auch der letzte Halt genommen.

„Du hast sie gelesen?" Ihr Ton verriet, dass sie das von allem, was er ihr bisher gestanden hatte, als das Hinterhältigste ansah.

„Sie sind mir durch ein Versehen nachgeschickt worden, als ich im Krankenhaus lag." Er erzählte ihr von der Metallbox und dem Wunsch Richards, sie auszuleihen, um die Briefe darin einzuschließen. „Als man mir meine Sachen schickte, war diese Box dabei. Ich habe sie aufgemacht. Und ich muss zugeben, ich habe deine Liebesbriefe an deinen Mann gelesen."

Er legte seine Hand auf ihre. „Ich erwarte nicht, dass du es verstehst, aber ich bin überzeugt, dass nur diese

Briefe mir geholfen haben, das alles durchzustehen. Jedes einzelne Wort hat mehr für mich getan als jede Medizin, jede Operation, jede Therapie. Deine Briefe haben in mir wieder den Wunsch zu leben geweckt. Ich wollte leben, um die Frau kennen zu lernen, die sie geschrieben hat. Ich habe jedes Wort auswendig gelernt. Sie haben sich mir tiefer eingeprägt als sonst irgendetwas ..."

„Oh, bitte, spar dir das für dein nächstes Opfer." Sie entriss ihm die Hände.

„Ich will nichts davon hören. Glaubst du im Ernst, ich könnte dir noch ein einziges Wort glauben, so wie du mich hintergangen hast?"

„Ich habe es nicht als Betrug gesehen, Kyla."

„Nein? Die Orchideen, das Haus – alles. Wir oft habe ich mich darüber gewundert, wie du meine Gedanken lesen kannst. Dabei wusstest du alles aus meinen Briefen!"

„Und habe auf das reagiert, was dort geschrieben stand."

„Kein Wunder, dass du mich so mühelos manipulieren konntest."

„Ich habe dir gegeben, was in meiner Macht stand."

„Hast um mich geworben, warst nett zu meinen Eltern und ..." Plötzlich kam ihr ein Gedanke. Sie starrte ihn aus zusammengekniffenen Augen an. „Meine Eltern. Du hast es so gedreht, dass die Straße zu einem so günstigen Zeitpunkt umgezont wurde, nicht wahr?"

Er war mit drei langen Schritten bei ihr und legte die Hände auf ihre Schultern. „Kyla, bitte ..."

Sie schüttelte seine Hände ab. „Hast du es getan?"

„Okay, ja, ich habe es getan!" schrie er zurück.

„Und der Verkauf ihres Hauses? Dieser Verkauf, über den wir uns alle gewundert haben, weil er einen so guten Preis brachte. Der Verkauf ging in Rekordzeit über die Bühne, genau rechtzeitig zur Hochzeit. Das hast du doch auch arrangiert, oder?"

Seine Miene war verschlossen – und sehr schuldbewusst.

„Ich verstehe." Kyla lachte bitter. „Kein Wunder, dass du fandest, du könntest mich heiraten und Aaron zu dir nehmen. Du hattest ja teuer genug für uns bezahlt, nicht wahr?"

„Hör auf damit! Verdammt, ich habe dir doch gesagt, dass ich dich liebe!"

„Ich kann dir gar nicht sagen, was es bedeutet, das von einem Mann zu hören, der unter seinen Freunden als Smooch bekannt war."

„Diese Zeit ist vorbei."

„Zweifellos. Und wie du sie beendet hast! Du hast dafür gesorgt, dass deine letzte Eroberung eine Frau war, die dich wohl kaum ablehnen würde – eine arme, einsame Witwe mit einem kleinen Kind. Komm schon, Trevor – gib es doch zu! Gingst du auf deine hinterhältige Art nicht davon aus, dass ich dich akzeptieren würde, wenn andere Frauen es vielleicht nicht mehr tun würden, nachdem du nun nicht mehr ganz so attraktiv bist? Die arme kleine Witwe musste ja so verzweifelt auf eine neue Ehe aus sein, dass sie eine Augenklappe und einen hinkenden, vernarbten Körper übersehen würde, nicht wahr?"

Der Ausdruck, der bei ihren Worten über seine Züge glitt, hätte sie beschämen können, wäre sie nicht so aufgebracht gewesen.

„Das ist nicht wahr."

„Wirklich nicht? Wie wolltest du Aaron und mich denn loswerden, wenn dein Sex-Appeal wieder hergestellt wäre? Oder wolltest du das überhaupt? Sollte ich vielleicht so dankbar sein für das, was in unserem Bett passiert, dass ich übersehen würde, was du in anderen machst?"

Er senkte den Kopf. „Was willst du von mir, Kyla?"

„Ich will, dass du mich in Ruhe lässt." Sie nahm Aaron auf den Arm, drückte ihn an sich und stürmte zur Tür. „Du hast so viel für mich getan, Trevor: Du hast mich angelogen und meine Zukunft manipuliert. Du hast mich aus Mitleid geheiratet und weil du Angst hattest, ich könnte die einzige Frau sein, die dich unter den Umständen noch will. Aber eines kannst du jetzt doch noch für mich tun: Du kannst für immer aus meinem Leben verschwinden!"

15. KAPITEL

„Wie kann man nur so dumm sein?"

Babs hatte sich Kylas hässliche Geschichte mit wachsendem Entsetzen angehört. Kyla war vor einer Stunde bei ihr eingetroffen. Zu sagen, sie war aufgebracht, wäre eine Untertreibung gewesen. Inzwischen hatte Aaron ein gegrilltes Käse-Sandwich zum Abendessen gehabt, war gebadet und trug eines von Babs' T-Shirts. Glücklicherweise hatte sie für seine Besuche immer einen Vorrat an Windeln im Haus. So lag er jetzt in ihrem Bett und schlief – nachdem ihm eingeredet worden war, es sei etwas ganz Besonderes, im Bett von Tante Babs zu schlafen.

Babs und Kyla saßen jetzt im Wohnzimmer, Babs mit unterschlagenen Beinen auf dem Boden, Kyla auf dem Sofa. Auf dem Tisch standen zwei Gläser mit Wein.

Kyla hatte selbstverständlich erwartet, dass Babs ihre Empörung über Trevors Verhalten teilen würde. „Dumm?" wiederholte sie jetzt verblüfft und überzeugt davon, nicht recht gehört zu haben.

„Dumm. Blöd. Echt ... Ach, was soll's!" Babs erhob sich gereizt. „Ich gehe zu Bett."

„Einen Moment mal!" fuhr Kyla sie an. „Hast du mir denn überhaupt nicht zugehört?"

„Oh doch – jede einzelne, von Selbstmitleid triefende Silbe."

„Mehr hast du dazu nicht zu sagen?" erwiderte Kyla enttäuscht.

„Mehr werde ich dazu nicht sagen. Falls du erwartest, dass ich mich jetzt mit dir hinsetze und darüber herziehe, was Trevor Rule für ein Schwein ist, dann hast du dich geirrt."

„Aber das ist er doch! Habe ich dir denn nicht gerade erzählt ..."

„Ja, ja, ja – du hast mir alles erzählt. Darüber, wie er im Militärkrankenhaus zu sich gekommen ist, halb blind, halb gelähmt, nicht wissend, ob er leben oder sterben würde – und falls er leben sollte, ob er je wieder in der Lage sein würde, zu kriechen, geschweige denn zu gehen, zu lieben oder all das zu tun, was ein normaler Mann tun kann. Er erfuhr, dass seine Freunde von einer Gruppe Verrückter ins Jenseits befördert worden waren und dass nur sein Leben wie durch ein Wunder gerettet worden war. Aber einem eiskalten Typ wie Trevor hat das sicher alles nichts ausgemacht."

Babs' Ton troff vor Hohn. Betroffen räumte Kyla ein: „Okay, er hatte sicher physisch eine schwierige Zeit hinter sich."

„Nur nicht gleich übertreiben, Kyla."

„Also gut, eine höllische Zeit. Aber was ist mit den

Briefen? Sie zu lesen und auswendig zu lernen wie irgendein Perverser!“

„Dieses Ekel! Wie konnte er so etwas tun? So etwas Unerhörtes! Sich vorzustellen, dass er seine ganze Zukunft so geplant hat, dass er in der Nähe der Frau sein konnte, die diese Briefe geschrieben hat. Und das bei einem Mann, der jede Frau hätte haben können! Und er hatte nicht einmal den Anstand, dich zuerst in sein Bett zu locken. Nein, er musste dich gleich heiraten!“

„Nur aus Mitleid!“ wies Kyla sie hitzig zurecht. „Nur, weil er sich für Richards Tod verantwortlich fühlte!“

„Richtig – damit man ihn für einen Märtyrer hielt. Jeder andere Mann hätte dich besucht, dir sein Beileid ausgedrückt, sich dafür entschuldigt, dass er noch lebt, während dein Mann tot ist, dir seine Hilfe angeboten, vielleicht auch Geld, und wenn du abgelehnt hättest, wäre er mir reinem Gewissen von dannen gezogen. Aber nicht so Trevor! Oh nein! Ganz sicher wollte er, dass die Welt ihn für einen Heiligen hielt! So ist er hierher gezogen, hat dich kennen gelernt, hat dich geheiratet, hat für dich und deinen Sohn ein Haus gebaut, das sogar einem Rockefeller zusagen würde.“ Sie schnalzte missbilligend mit der Zunge und schüttelte den Kopf. „Was für ein hinterhältiger Bastard! Was für eine Ratte!“

„Findest du es nicht hinterhältig, wie er mit dem Haus meiner Eltern umgegangen ist?“ fuhr Kyla sie empört an.

„Zuerst die neue Zuteilung, dann dieser schnelle Verkauf?“

„Wirklich ausgesprochen hinterhältig!“ Babs heuchelte Entsetzen. „Er hat ihnen all die Drecksarbeit abgenommen. Er hat einen Top-Preis für ihr Haus bekommen, hat den Verkauf abgewickelt und dafür gesorgt, dass sie tun konnten, wovon sie bereits seit Jahren geträumt haben. Der Mann hat wirklich kein Herz. Und die Art, wie er Aaron behandelt, ist ja einfach grauenvoll! Weiß er denn nicht, dass die meisten Väter nicht einmal ihre leiblichen Kinder so gut behandeln? Wenn er dem Jungen ein richtiger Vater sein wollte, dann müssten doch wohl ein paar harsche Worte sein, etwas Ungeduld und weit weniger Aufmerksamkeit.“

„Genug, Babs. Mir kommen die Tränen!“ Kyla rieb sich die klopfenden Schläfen. „Ich hätte wissen sollen, dass du auf seiner Seite bist.“

„Auf seiner Seite? Ausgeschlossen. Wenn ich es wäre, dann würde ich dir wahrscheinlich ganz offen und unverblümt sagen, was für eine egoistische Gans du bist.“

„Egoistisch?“

„Ganz recht. Dir scheint das Märtyrertum eher zu liegen als das Glück.“

„Hör auf!“

„Es ist sicherer. Es hat keine Risiken. Wenn man nicht liebt, riskiert man auch nicht, jemanden zu verlieren.“

„Du hast es ja nur auf ihn abgesehen. Das steckt doch dahinter. Du warst von Anfang an scharf auf ihn!"

„Zugegeben. Ich hatte schon immer eine Schwäche für tolle Männer mit Gefühl."

„Ihr beide würdet prima miteinander auskommen. Ihr denkt doch beide mit den Genitalien!"

Babs holte tief Luft und hielt eine ganze Weile den Atem an. Dann stieß sie langsam die Luft wieder aus. „Bisher habe ich mich auf wundersame Weise davon abhalten können, dir für dein blödes Verhalten eine Ohrfeige zu versetzen. Bevor ich mich nun doch noch vergesse, gehe ich jetzt ins Bett. Aaron, der hundert Mal reifer ist als du, kann bei mir schlafen. Du kannst sehen, wo du bleibst."

„Komm zurück! Du kannst doch nicht einfach gehen!"

„Oh doch, das kann ich."

„Es tut mir Leid, was ich gesagt habe. Das war gehässig, und ich habe es nicht so gemeint. Bitte, Babs, sag mir doch, was ich tun soll!"

Babs fuhr herum. „Okay, du wolltest es ja so haben. Du kämpfst nicht mit mir, Kyla, du kämpfst mit dir selbst. Und nicht auf mich bist du wütend. Auch nicht auf Trevor. Du bist wütend auf dich selbst."

„Wie meinst du das?"

„Du warst doch von uns beiden immer die Klügere.

Denk darüber nach, dann wird es dir schon einfallen. Gute Nacht.“

Babs verschwand ins Schlafzimmer und zog die Tür hinter sich zu.

Empörung und Selbstmitleid rangen in Kyla, als sie gereizt im Wohnzimmer auf und ab ging. So viel also zur Freundschaft! Sie fühlte sich betrogen. Im Stich gelassen. Sie hatte auf Babs’ Beistand gezählt. Stattdessen war ihre Freundin total auf Trevors Seite.

Kyla ließ sich auf die Couch fallen und trank einen Schluck Wein. Kein Wunder! Schließlich war Babs eine Frau – sie war Smooch verfallen. Genau wie Hunderte vor ihr. Das war es. Babs hatte sie verraten für ein Paar muskulöser Arme und ein hinreißendes Lächeln! Was war Loyalität gegenüber einer Freundin, wenn es darum ging, wie Smooch seine Jeans füllte?

Kyla nahm noch einen Schluck.

Und was hatte sie damit gemeint, sie, Kyla, sei wütend auf sich selbst und nicht auf Trevor?

Nichts. Überhaupt nichts. Babs liebte es, unausgegorene Gedanken in die Diskussion einzustreuen wie löffelvoll Teig auf ein Backblech. Genauso waren sie – halb gar.

Wenn es so war, warum musste sie dann immer wieder daran denken? Warum verschwendete sie auch nur einen

Gedanken an die Möglichkeit, sie könnte tatsächlich wütend auf sich selbst sein? Gäbe es denn dafür einen Grund?

Sie hatte sich in Trevor verliebt.

Mit mehr Nachdruck als nötig stellte sie das Glas zurück auf den Tisch und sprang gereizt auf, um erneut auf und ab zu gehen. Zugegeben, sie fand ihn attraktiv. Sie war ebenso wenig immun gegen ein Paar muskulöser Arme wie Babs. Und seine ständige Freundlichkeit? Seine Liebe?

Nein, sie wollte nicht darüber nachdenken, wie sie seine zärtliche Liebe genossen hatte. Die Schuld hatte einen bitteren Beigeschmack. Irgendwann war Leben und Liebe mit Trevor wichtiger geworden, als Richard in ihrem Herzen am Leben zu erhalten. Sie hatte das Feuer erlöschen lassen, und das war unverzeihlich.

Babs hatte Recht. Sie war wütend auf sich, weil sie Trevor trotz allem liebte.

Sie konnte ihm keinen Vorwurf dafür machen, dass er am Morgen des Bombenanschlags in Richards Bett gelegen hatte. Das war eine Laune des Schicksals gewesen. Er hatte ihre Briefe nicht benutzt, um sie auszunutzen, sondern um ihr jeden Herzenswunsch zu erfüllen. Er war Aaron ein vorbildlicher Vater. Er war ehrgeizig und erfolgreich, ohne deswegen zu einem Sklaven seiner Arbeit geworden zu sein.

Es stimmte. Er hatte gelogen, als er ihr nicht sagte, dass er Richard gekannt habe. Aber was wäre gewesen, wenn er sich als Smooch vorgestellt hätte? Dann hätte sie doch sofort die Flucht ergriffen. Falls er sie nur aus Pflichtgefühl geheiratet haben sollte, dann war er ein Schauspieler, der das Talent eines Laurence Olivier übertraf.

Eine Liebe, wie Trevor sie ihr geschenkt hatte, konnte man nicht spielen – und sie ließ sich nicht auf Befehl einstellen. Sie musste vom Herzen kommen.

Wenn eine Liebe so stark war, was konnte dann dagegen sprechen?

Kyla floh aus Babs' Wohnung. Setzte sich in den Wagen und fuhr los wie von Furien gehetzt. Tausend Möglichkeiten schossen ihr durch den Sinn. Was, wenn er schon fort war? Was, wenn sie ihre Liebe zum zweiten Mal verloren hatte? Beim ersten Mal hatte sie keine Kontrolle gehabt über den Verlust. Aber diesmal hätte sie sie bewusst mit Füßen getreten.

Babs hatte Recht: Sie war unglaublich dumm!

Kyla atmete erleichtert auf, als sie sah, dass Trevors Wagen noch vor dem Haus stand. Sie betrat das Haus durch die Vordertür. Im Schlafzimmer brannte Licht. Sie rannte hinüber.

Trevor saß auf der Bettkante, den Kopf über ein Blatt Papier gebeugt, das schon so oft gefaltet worden war, dass es ganz brüchig war. Kyla erkannte einen ihrer Briefe. Andere lagen auf einem Stoß neben ihm. Das Licht, das sie gesehen hatte, kam vom Feuer im Kamin.

Er sah auf, als er sie hereinkommen hörte. Sein fragender Blick hielt ihren, bis sie bei ihm war. Wortlos nahm sie ihm den Brief aus der Hand. Sie las ihn. Tränen traten ihr in die Augen, als sie an die Stelle kam: „Er scheint zu den Männern zu gehören, die ich verachte."

Mit einer raschen Bewegung nahm sie alle Briefe an sich – und warf sie, ohne lange zu überlegen, ins Feuer.

„Kyla, nein!"

Die Flammen hatten das Papier bereits ergriffen. Innerhalb kürzester Zeit löste es sich in Rauch auf. Die Funken tanzten den Schornstein hinauf.

Kyla liefen die Tränen über die Wangen, als sie sich zu Trevor herumdrehte. „Du bist nicht angewiesen auf das, was ein anderer zurückgelassen hat, Trevor. Wenn du wissen willst, was ich denke, was ich fühle – frag mich. Lass mich dir mein Herz öffnen. Richard ..." Sie holte tief Luft. Es tat weh, das zu sagen, aber es musste sein. Sie musste sich der Wahrheit stellen. „Richard ist tot. Ich habe ihn geliebt. Wir haben durch unsere Liebe einen neuen Menschen geschaffen. Ich werde immer dankbar dafür sein, dass Aaron ein Zeuge dieser Liebe ist. Aber Richard ist nicht mehr. Ich liebe dich."

„Kyla ..." Seine Stimme brach.

Sie warf sich in seine Arme. „Ich liebe dich, Trevor. Um das zu wissen, brauchst du mich nur anzusehen. Lies es in meinen Augen."

„Nein, bleib bei mir!" Kyla hielt Trevor mit der Kraft ihrer Beine zurück.

„Werde ich dir nicht zu schwer?"

„Es gefällt mir."

„Du bist merkwürdig." Er sah sie lächelnd an.

„Ich? Du bist doch hier derjenige, der sich in eine Frau verliebt hat durch ihre Briefe an einen anderen Mann." Sie legte den Kopf zurück, um ihm in die Augen sehen zu können. „Was, wenn ich hässlich gewesen wäre?"

„Wärest du nicht genauso gewesen wie du bist, hätte ich mich dir vorgestellt, hätte dir mein Beileid ausgedrückt, meine finanzielle Hilfe angeboten und mich dann verabschiedet."

„Genau das hat Babs auch gesagt."

„Wirklich?"

„Ja – zu dem Zeitpunkt, als sie noch mit mir sprach."

„Habe ich etwas verpasst?"

„Davon erzähle ich dir morgen früh. Im Moment habe ich Besseres zu tun." Sie erlaubte ihrer Zunge das Vergnügen, sein Ohr zu erkunden.

„Ich hoffe, unser Sohn ist sicher aufgehoben?" murmelte Trevor zwischen zärtlichen Küssen.

„Er schläft bei Babs."

„Das nennst du sicher?"

Sie lachten, ohne ihr hingebungsvolles Liebesspiel dabei zu unterbrechen. Als Kyla spürte, wie sein Verlangen wuchs, nahm sie sein Gesicht zwischen beide Hände und zwang ihn, sie anzusehen. „Verzeih mir. Ich habe einige schreckliche Dinge zu dir gesagt. Über deine Narben."

„Ich wusste, dass du es nicht so gemeint hast."

„Und über deine Augenklappe." Sie berührte zärtlich seine Wange. „Ich glaube, ich weiß, warum du dich dafür entschieden hast statt eines Ersatzes."

„Warum?"

„Du demonstrierst damit deinen Trotz gegen dieses Schicksal. Es wäre einfacher gewesen, ein Glasauge zu tragen und deine Narben zu verdecken. Aber du nimmst nie den einfachen Weg, nicht wahr?"

„Nicht mehr. Früher habe ich es getan. Vor diesem Anschlag habe ich nichts ernst genommen. Ich dachte, das Leben sei eine Kette von Partys, die mir zu Ehren gegeben werden. Ich habe auf die harte Art erfahren müssen, dass das nicht so ist."

Versonnen ließ er eine Haarsträhne durch seine Finger gleiten. „Vielleicht habe ich die Augenklappe auch als eine Art Schild benutzt. Darunter liegt die hässlichste Narbe von allen. Vielleicht hatte ich Angst, dass du, wenn du sie siehst, den hässlichsten Teil von mir siehst – meinen Betrug."

„Es soll keine Geheimnisse mehr geben zwischen uns, Trevor."

„Niemals."

Sein Ton wurde weich. „Du warst mit Recht wütend, Kyla. Ich habe dich tatsächlich mit Tricks in die Ehe gelockt. Aber nachdem ich dich gesehen hatte und wusste, dass du noch schöner warst als in meiner Vorstellung, da musste ich dich einfach haben, ganz gleich mit welchen Mitteln. Es war nie meine Absicht, Richard aus deinem Herzen zu verdrängen. Ich wollte mir meinen eigenen Platz schaffen."

„Ich glaube, deine größte Sünde war die Ungeduld."

„Inwiefern?"

„Hättest du dich als Smooch vorgestellt ..."

„Dann hättest du mich sofort gehasst."

„Anfangs sicher. Aber nicht, wenn ich dich erst einmal kennen gelernt hätte. Was ich damit sagen will: Ich glaube, es war unausweichlich, dass wir zusammenkommen."

„Du meinst, ganz gleich, wie es dazu gekommen ist – wir würden dennoch hier liegen, verheiratet und dies tun?" Er bewegt sich in ihr.

„Ja ..." Sie stöhnte leise. „Weißt du noch, wie du gesagt hast, solange es einen anderen in meiner Haut gebe, sei dort kein Platz für dich?"

Er lächelte schief. „Etwas hart formuliert, würde ich sagen.“

„Hart, aber treffend.“ Sie hauchte ihm einen Kuss auf die Lippen. „Ich gehöre dir ganz, Trevor. Mit Körper, Geist und Seele.“

Behutsam begann sie, seine Augenklappe abzunehmen.

Er hielt sie nicht zurück.

– ENDE –

Band-Nr. 25059
6,95 € (D)
ISBN 3-89941-074-2

Nora Roberts

Sommerträume

Nur für einen Sommer

Wer ist der geheimnisvolle Top-Autor Hunter Brown wirklich? Das will die Journalistin Lee während eines romantischen Campingtrips in die Canyons herausfinden …

Sommer, Sonne und dein Lächeln

Auf einer Fototour quer durch die USA mit ihrem Kollegen Sidney erkennt Blanche, dass sie nicht länger die Liebe aus ihrem Leben ausschließen kann.